世事蒼茫

趙園　著

目次

第四輯　答　問

自序

　　近年來編《昔我往矣》（復旦大學出版社，2011）、《閱讀人世》（南京師範大學出版社，2012），適應出版社的設計，均為新作舊作混編，而以舊作為主，像是對自己文字的「檢閱」。讀自己舊日文字，有時竟像是在讀別人的作品，會暗自驚訝當年何以有這樣的筆墨、尤其這樣的寫作狀態。自己寫過的書，對《地之子》最不看好。編《閱讀人世》重讀其中的片段，卻有意外的驚喜：其時醞釀著的思緒像是一觸即發，表達願望之急切則迫不及待，語流也就滔滔而下。當然，那種活躍的狀態，注定了不能經久。在我，那正是一邊揮別中國現當代文學，一邊踏進「明清之際」的當兒，是蓄之既久、鉚足了勁兒的一次表達。這勢頭直至寫作《明清之際士大夫研究》還在持續，到《續編》已難以為繼。被許為「謹嚴」、「專業化」者，固然有自覺的學術追求，也有不得已。回頭看去，最好的寫作狀態前後不過十幾年。從事學術起步太晚，卻又早衰——不是一夜間乾涸，而是慢慢地耗竭，終至於油盡燈枯的那種。

　　上面所說的「檢閱」，使發生在自己這裏的蛻變真切而具體。晚年的錢謙益說：「古人詩暮年必大進。詩不大進必日落，雖欲不進，不可得也。欲求進，必自能變始，不變則不能進」（《與方爾止》，《牧齋有學集》卷三九），甚得我心。但我也明白，所謂「衰年變法」，談何容易！你所經歷的，有可能是全面的衰退，萎縮，感覺（包括文字感覺）的鈍化，語言材料的匱乏，等等。你發現自己的文字日甚一日

地「緊」起來，正像臉上的皮膚。曾經有過的「淋漓」、「豐沛」的感覺（也有可能是錯覺），書寫中的快感，已經永遠地離你而去。

隨筆亦然。由《獨語》、《紅之羽》到這一集，其間歲月的印記清晰可見。較之前兩個集子，這本小書中較少向內的搜索，更多對於外界的觀感，印象，評判，儘管也仍然是個人的，由「內心」穿過。這與進入 21 世紀後的狀態有關：外部世界引起了更大的焦慮，某些一向關注的問題──如「城市改造」，如古村鎮的旅遊開發，如「老齡」問題的日趨嚴重，如無論城鄉的貧困──令我焦慮。老杜詩曰「悵望千秋一灑淚」。我望之不遠，不敢言「千秋」，時有悵惘卻是真的。本書題作「世事蒼茫」，也正與「悵惘」有關。

2013 年 3 月

第一輯　悵望城市

自上世紀 80 年代末寫《北京：城與人》，就好像與「城市」有了一種緣。儘管出生、成長在城市，對城市有了自覺的「考察」態度，也應當自此始。這裏的得失實在很難估量。一旦將某種東西作為「考察」的對象，也就改變了與那東西的關係。

公共，「整體的連續的美麗」

——城市隨想之一

我曾經寫過「城與人」——以小說為材料對北京這座城市的考察。其實城即生活在其中的人與城市建築、城市設施。人不能不經由設施感受自己居住的城市。有與人親和的設施，也有不親和的設施。某些在網上被展示的政府機關大樓，即與人不親和——其中的人員是否「親民」不論，設施就已經不親和。城市公共空間的設施是「公共品」，能使人切實感受到「公共」的，才成其為「公共品」，比如公園。公園姓「公」，卻未必都與公眾親和。那種佔地面積大卻不舒適，不鼓勵多種多樣的公眾活動的公園，只是「景點」，是公眾偶而去「消費」的商品，甚至奢侈品。

人對城的認同感，相當程度地來自對城市設施的感受，他們日常經驗中的城市設施，每日活動的社區，每天行經的道路。我的一位從事景觀設計的小友和她的團隊，參與了某北方城市公園的改造，將她的設計理念概括為「穿行」。他們設想人們能穿過那座公園到周邊的任何一處，使公園的道路成為不受機動車威脅的最為安全的道路，而穿行者則在穿行中有種種不期之遇，種種小小的驚喜。縱橫在公園的道路，在富於變化的景觀中——風景就此參與了穿行者的活動。設計者甚至希望公園的管理者容許自行車的進出，以充分利用這個位於城市中心地帶的公園，在交通方面提供便利。他們相信公園越被利用，越有可能發揮其功能，也越有可能成為更多的人日常生活的一部分，

而非他們只能在特定時間進行特定活動的場所。[1]小友和她的團隊充分考慮到了周邊可能的使用者，提供了有針對性的景觀設計以豐富、擴展公園的功能。據簡·雅各斯（Jane Jacobs）的思路，公園保持魅力的要訣，是使其「用途廣泛」，不同的使用者在不同的時間裡為了不同的目的來到或穿過公園，將公園作為他們的「公共庭院」，並由此逐漸培養起對這一公共設施的責任感。

可供「穿行」的公園，是一個開敞空間，作為周邊居民日常生活的擴展與延伸。不只是貼近，而且本身就是居民生活的一部分，是他們生活中的日常風景。公園進入、參與了他們的生活。大量的木質設施，使人可以坐臥其中，在公共場所體驗家居的輕鬆隨意。以「穿行」打破城市區隔，以共用推動融合，合於「公共品」的屬性。公園將自己開放向全社會，鼓勵多種活動同時展開，提供可供交往的豐富的空間，以可留連的道路，有可能展開交往與聚會的場所，留住人們的腳步。至於設計所包括的環境對於「穿行」者的影響，屬於心理的精神的層面，體現了功能設計中的非功利性。設計者試圖以「整體的連續的美麗」，給予進入、穿行其中者潛移默化的影響。這無疑有利於緩解、釋放壓力，促進社會的和諧。但這種影響只能是日積月累的，宜於以較長的時間尺度估量，沒有明顯的「可見性」，自然也難以計入「政績」。現在普遍的問題是，所有不能（向上級部門）展示、難以「驗收」、落實於「資料」的，都不再能引起官員們的興趣。

讀到一本翻譯的小書《小小地球上的城市》。（〔英〕理查·羅傑斯、菲力浦·古姆齊德簡：《小小地球上的城市》中譯本，中國建築工業出版社，2004）那本書的關鍵字之一，是「鄰里」（如「令人愉悅

---

1 簡·雅各斯就主張「將公園、廣場和公共建築作為街道特性的一部分來使用，從而強化街道用途的多樣化，並將這些用途緊密地編織在一起」（《美國大城市的死與生》中譯本，115頁，譯林出版社，2006）。

的鄰里」、「鄰里城市」、「鄰里氣息」）。該書也提到鼓勵、促進交往的
「開敞」、「連貫」、「多種用途的公共空間」，「互相重疊的活動」，認為
「城市最重要的和首要的作用是作為人們的聚會場所」（四，125 頁）。
作者說，「城市文化從根本上來說是參與性的。城市文化只能通過產
生於城市與村鎮的集聚和互相作用的環境中的活動得以表現」（五，
151 頁）。作者力圖使你相信，一個城市既具有鼓勵「豐富的相互作
用」的積極能力，也有「扼殺這種作用的破壞能力」，而「公共領域
在鼓勵城市文化和創造市民身份中起著關鍵的作用」（五，152 頁）。[2]

　　請留意，上述作者所提到的，是「連貫的公共空間」，「整體的連
續的美麗」，不是零星分佈的「城市櫥窗」、景點。是否「整體」而
「連貫」、「連續」，要生活在這個城市才能知曉。「環境這種給人以美
感的特點，不但應該簡化，而且要持續深入。這種城市具有高度連續
的形態，由許多各具特色的部分互相清晰連接，能夠逐漸被瞭解。」
（〔美〕凱文‧林奇：《城市意象》中譯本，7 頁，華夏出版社，
2001）這裏涉及認知的層面，最終落實於城市中人對自己所在城市的
感受。首先應當關注的，是「在地」居民而非遊客的經驗。而我們的
城市規劃設計單位與官員，往往是由遊客的角度設想城市的。

　　2005 年我回到自己童年生活過的某中原城市，到了位於城南的
包公府（包公，即民間傳說中赫赫有名的包拯）。那處局促空間中的
人造景觀（包公府邸）不論，我想到的是，除非空降，否則只能穿過
大片破敗不堪的房舍、路面坑坑窪窪的胡同，才能到達那裏。

　　無論街區公園還是其它公園，難以期待的，正是「整體的連續的
美麗」。在我居住的地段，略有這種「美麗」的，即元大都城垣遺址

___

2　簡‧雅各斯認為：「一個城市的整體性表現在能夠把有共同興趣的人集攏到一起，
　　這是城市最大的可用資源之一，很可能是最大的一個。」（《美國大城市的死與生》
　　中譯本，106頁）

公園（人稱「土城」）。自然也因這裏一直在經營；至少在我經常走過
的區域，較少人為的破壞，這座綿延於城北的開放式公園，是周邊居
民的「公共庭院」。公園管理部門令人尊敬之處在於，至今未使得這
一公園服務於商業目的，即如將商業網點安插在公園中以招徠遊客，
獲取收益。不知這種情況能否繼續。

　　2000 年到贛南，發現那裏的大小城市都在實施「一江兩岸」工
程，即開發城市的沿江一帶，使之成為該城的精華部分。北方亦然。
2009 年所見蘭州，黃河兩岸的修飾已有相當成效：由開放式公園、
主題公園，到半人工的「濕地」。城市最初的選址亦如村落，往往基
於水系。經營城市的發祥地，有意識地將水作為組織城市景觀的樞
紐，無疑是明智的。即使城市雜亂無章，沿江、沿河也可能有「連續
的美麗」。但不對城市的這一部分過度「經營」，也同樣重要。沿江、
河的綠化帶有可能減緩污染，過度的人工化也有可能帶來新的污染。

　　我曾三次到湘西的張家界，最後一次，那裏已儼然是「張家界公
園」，山路用了石條鋪設，沿溪則是石板路，規整則規整矣，卻少了
「野趣」。這樣開發下去，將不復有野山野水。在蘭州停留的幾天
裏，我曾尋找「野水」──有著野草、蘆葦的，未被開發過的河灘。
對自然環境的開發，尤其苛求審美修養。即如取法於中國畫的「留
白」，使「景觀」疏密有致。密集的人造設施，適足以敗壞人們的胃
口，也擠壓了感受與想像的空間。江、河是主角，不要喧賓奪主。要
有與江、河相應的開闊空間，以便欣賞自然的偉大壯觀。

　　我們需要有更多的鼓勵交往、令人愉悅的公共空間。如果我的記
憶沒有出錯，1975 年所見的南京火車站，以玄武湖為天然候車室，
令人難忘。北京西站倘若與附近的蓮花池公園連成一體，讓那片湖水
對候車者開放，也一定會讓離開北京的人們將一份美好帶走的吧。西
客站建成至今，有諸多批評。倘若與蓮花池公園相互「借景」，人們

的觀感或許會有不同。這當然會增加管理的困難。但較之現有的格局，利弊若何，是否值得做一番斟酌的衡量？

安全，令人有認同感的城市

——城市隨想之二

簡‧雅各斯說過「安全的街道」，有人漫步的人行道（參看《美國大城市的死與生》中譯本）。上文提到的那本《小小地球上的城市》也說到「富有生氣的步行道」，「安全的和包容性的公共空間」。安全，是認同感的基本條件。走在城市的街道上，我們曾經是安全的。你可以在一天裡的任何時間隻身穿過城市，更不用說鄉村。前幾年聽到發生在鄉村的偷牛的故事。我插隊的那年月，這種故事是奇聞。當然，其時是「集體經濟」，牛既沒有人敢偷也無處銷贓。但當時民風實在淳樸，農家終日門戶洞開；那門像是徒具形式，不具有防盜功能。鄉鄰間無需防範。匱乏經濟，也確無長物可供盜竊。

這已成久遠的記憶。我們已漸漸忘記了曾經有過的安全，那像是如陽光、空氣一樣無需特別留意的東西。行走在城市，尤其夜間的城市，安全感的喪失，是上世紀 90 年代的一大變化。有關於發生在過街天橋、地下通道的襲擊的傳聞。居民區樓窗的防護網已達於高層。我們習慣了呆在防盜門、鐵柵窗後，習慣了堅固材料庇護下密閉的生存。社區張貼著片警的「溫馨提示」：「請不要將貴重物品放在家中。」不放在家中又放在何處？到銀行租保險箱，自非普通居民所能想像。但公共空間（至少在日間）仍然應當是足夠安全的。這有助於舒緩因上述不安全感而帶來的緊張。

街道是居民最日常的行為展開的場所。人行道的美化不止為了供

途經者觀賞，更為了吸引周邊地區的人們停留、交談。如果真的關心細節，有足夠的耐心「經營城市」，每一條街道都值得精雕細琢，每一座城市建築（包括居民樓）間的隙地，都有可能是微型園林，如日本人已經做到的那樣。進行這種「改造」，一個相關專業的大學生，有可能較之官員有更好的主意。

街道生活的品質固然有其物質體現，卻更體現為人與人的關係，該處居住者之間、居住者與行經者以至偶而的進入者之間的關係。「老北京」的主體，由「胡同—街坊」構成。「如果一個街區的自治是在順利運轉的，那麼在人來人往的表面下，必須要有一個連續的人群，是他們組成了街區的人際網路。這個網路是城市不可替換的社會資本。一旦這種社會資本丟失了，不管是什麼原因，這個資本帶來的收益就會消失，而且不會再回來，直到或除非新的資本緩慢地、偶然地積纍起來。」（《美國大城市的死與生》中譯本，123 頁）該書強調好的城市街區的一個重要因素，是「擁有長期居住在那兒的單個的個人」（同上，124 頁）。

我們的「城市改造」中拆除的不止是危舊房屋，而且是在歷史中形成的人際交往的網路，是對所在街區基於親切記憶的認同感，是維持一個街區良好氛圍的上述不可或缺的東西。不設法改善老城區的基礎設施，徑直用推土機將居民趕到五環路之外，即使原地建起了「仿四合院」，也不再是北京的胡同。對於新居民，那也不大可能是「他們的」胡同，他們只不過買到了居住權而已。他們會將公寓樓、單位宿舍培養的鄰里關係帶進新居，居住者的相互關係以及與周邊環境的關係由此改變。也因此「危」、「舊」改造中的「回遷率」，一定程度地決定了改造後的面貌。這一點卻既不為房地產商所關心，也非與房地產商共用「改造」收益的政府部門所樂聞。

關於城市的童年記憶通常與街道、街區有關。我記得的童年城

市，是那院落也是門前的那條街。幾年前重到舊地，看到那條街愈加破敗，路面坑坑窪窪。那座城市有倣古（即宋朝）一條街，有題為「清明上河圖」的景點，而居民日常生存的空間卻破敗如斯！各種「倣古一條街」，所仿只是「皮膚」而非「肌理」。城市肌理是在漫長歲月中形成的，破壞卻極其容易。

至於行道樹，其主要功用，不僅在於美化道路，而且在於遮蓋路面，使街道成為可停留的。據說上個世紀五十年代初，在稍高處看到的北京，幾乎整個覆蓋在了綠樹的濃蔭下。胡同、院落中的老樹，構成了當時城市的肺。這樣的城市似乎不致對「肺」有額外的需求的吧。[1]

簡・雅各斯該書還談到了在城市的街道和地區生發豐富的多樣性的條件。條件之一，即「一個地區的建築物應該各色各樣，年代和狀況各不相同，應包括適當比例的老建築」（《美國大城市的死與生》中譯本，136 頁）。這種思路，是中國主管「城市改造」的官員不願聞問的。曾在北歐某城生活過的小友，多年後重返故地，發現不但街市，而且那個街角的小小報亭也仍在原地。「老歐洲」或許確有點老邁，但我們的天下一大拆，似乎更不正常。無數個政府組織的「考察團」、以「考察」為名的「團」遊走於世界各地，尤其歐美那些發達國家，究竟何所見、何所聞？他們是否也像普通遊客那樣，一味地跑景點，或在豪華商業區、城郊別墅區流連忘返，而對於城市的社會生活組織、社區、街道和關涉居民日常生活的設施漠不關心？

城市有可能是不同歷史時期的建築博物館。有選擇地保存五六十年代的建築形式，是保存歷史記憶的一種方式。有人寫到上個世紀五

---

1 與我們所習聞的不同，簡・雅各斯要求摒棄關於公園是「城市的肺」的「不切實際的胡說」（《美國大城市的死與生》中譯本，81頁）──這當然有可能只是一家之見。

十年代的新華社大院，說「最能反映 50 年代生活形態的是兩座 1954
年建的四層宿舍樓，樓頂是藏青色琉璃瓦的，就是後來毛澤東批評的
那種『穿西裝戴瓜皮帽』的大屋頂」（《動盪的青春——紅色大院的女
兒們》，56 頁，新華出版社，2008）。不知對當年的大屋頂如何評
價；由保存下來的一些建築看，至少較之近年來的許多商業性建築以
至政府大樓要經得住時間。

　　我自己所居住的，是一個老舊而擁擠的社區，它當初的設計，似
乎只為了塞進盡可能多的居民，而沒有為居民的休閒預留空間。相鄰
的興建於同一時期的另一社區，樓房的布置較為錯落有致，貫穿社區
的道路，因路邊的公園而顯得開敞。奧運會前我所住社區的改造，更
將樓房間本已狹小的共用空間，「改造」為部分居民的停車場。主持
方提供的選擇是，或者接受這樣的「改造」，或者任那片空地破敗下
去。本可以有第三種選擇，即聽取居民的意見，將那空間改造為更適
宜于居民間交往的場所，而我的鄰居中不乏研究古代園林、建築的專
業人士，對於美化自己生活的環境，想必有更高明的主意。主持者顯
然不曾想到利用這一機會增進居民的社區意識，更不會認為這是「公
民教育」的題中之義。我所住樓前原有兩棵泡桐樹，春天滿樹淡紫色
的花，芳香四溢。幾年前初冬的一場暴雪壓折了主幹，依然枝葉紛
披，卻在社區改造中被莫名其妙地砍掉了。伐去已能遮陰的大樹，代
之以小樹或灌木，讓社區的空地裸露在陽光下，是一種愚蠢的做法。
突擊施工與對「整齊劃一」的嗜好，使社區失掉了空間形態多樣化的
機會。而上述「改造」，並沒有解決社區的停車問題。事實是，不但
樓房間的共用空間，而且所有道路的兩側都成為了停車場。[2]

2　半個世紀前簡·雅各斯就談到了「如何讓城市和汽車和諧相處」（《美國大城市的死
　　與生》中譯本，5頁）。將社區的共用空間「改造」為停車場固然解決不了問題，闢
　　一段（或幾段）商業氣味充斥的「步行街」，也決非解決問題之道。

　　同一時期京城的居民看到的，是城市「化妝術」的濫用。即如臨街樓房的「平改坡」，舊樓外牆的噴塗。「平改坡」跡近造假──即使有部分實用功能（如為建築的頂層降溫）。奧運會後有坡頂被大風掀翻的事故，可知不但有資源的浪費，且造成了安全隱患。那些用於「化妝」的資金，何不用來切實改善低收入者聚居區的環境，而非將貧窮破敗用圍牆隱藏起來？這種做法尚有其它不良影響。即如暗示何種東西「有損於」城市形象──是否貧民居住區、上訪者、乞丐等等，可以隨時用了「雪藏」的方式「處理」？

　　由媒體得知，世博會前的上海也實施了類似的「化妝」，或許因了其它種辦法緩不濟急。我卻仍然相信有更好的辦法，更長效，更能使居民受益：何不問計於民，他們難道不是城市真正的主人？

新城／舊城
──城市隨想之三

　　棄舊圖新，已成城市改造的通行模式，由省會城市，到縣城。且政府機關及工作人員往往迫不及待地率先遷往新城或新區──當然會用了冠冕堂皇的名義。與政府機關相「輝映」的，自然是大小公司、高檔住宅區、別墅，與之配套的商業區、娛樂設施，由此完成了貧富的空間分割。這種分割與任何意義上的「進步」無關。那些居高臨下的政府機關，戒備森嚴的「高尚社區」，直觀地詮釋了政府與民眾，以及貧富間的緊張關係。梁思成曾有保留北京老城、就近另建新城的設想，未被採納。但眼下轟轟烈烈的新城、新區興建，就我見聞所及，絕不像是為了保存舊城，更像是逃離。當然「逃離」未見得「放棄」，但其造成的區隔，影響于城市的人文面貌、生態，將是長期的。我想，那位大建築學家泉下有知，對於眼下的新城、新區熱，會不勝感慨的吧。

　　中原某省會城市的新區早已被作為了標本。在乾旱缺水的中原設計「水城」，已不免荒唐；更在無水（無自然水源）的人工河上修建大橋，所滿足的只能是某些人「生活在別處」（如威尼斯）的想像。在那新區看到了一所貴族中學。我不知曉那中學的學生能否有「現實感」，他們會如何感受自己生活的世界？對於無緣享用新城的市民，東區更像是旅遊景點，而非同一城市的一個區。而我所見西北一座人口不多的省會城市的新區，擁有諸多大小廣場與六車道、八車道的寬闊公路，更像是該城的「高尚社區」。

　　城市不同社會階層間的分割，不但實現在居住條件上，而且實現在居住環境、交通狀況，對文化設施、文化資源的佔有以至空氣品質上，使城市充斥了關於「等級」的明示與暗示，無疑將差別以誇張的形式放大了。這種新城或新區，令你想到的是「剝離」，剝離貧窮破敗，將這些留給沒有條件搬離者。較之前此一窩蜂地興建的「開發區」、「工業園區」、「大學城」，新城、新區的成本無疑更高，「國土資源」的成本外，更有加劇貧富分化、擴大心理落差的無形成本。[1]「仇富」的確是一種不健康的心態，卻非「心理疏導」或有關部門組織編寫的宣教小冊子所能消除。

　　發達國家的內城（城市中心區）、外城（郊區），多少是「自然形成」的。我們的舊城、新城則由政府主導，有計劃地快速造成。較之商人、企業家，政府官員像是更有「暴發戶」的心態，醉心於「大手筆」（大投入、大專案、大工程），有一擲千金的氣概，可惜所擲的並非私產，而是公共財政。所以取上述做法，自然也因舊城改造之難。拆遷既不能隨心所欲，「國土資源」則使用由我。[2]城市規劃設計部門對新城、富人居住區的偏愛，也為了避開已成之局，避開城市改造的難題。因此推土機成為了城市改造的形象代言者。批評「形象工程」者，往往略過了這種規模巨大的形象工程。以一個城市展示「政績」，堪稱「豪奢」，是「傳統社會」的父母官不敢想像的。

1　政府官員的「嫌貧愛富」，表現是多方面的。放棄保護外企、民企工人的責任，在勞資衝突中「代表」資方的利益；對農民、農民工權益的長期漠視；等等。在城市建設中，則表現為與房地產商合謀，熱衷於「開發」高檔住宅區（所謂「高尚社區」），延緩對老舊社區基礎設施的改善。「城市始終被視為消費主義的舞臺。政治和商業方面出於權宜之計的考慮已經把城市發展的重點從滿足社會的廣泛需求轉移到滿足個體的有限需求上來。對於這一狹隘目標的追求已經損害了城市的活力。」（《小小地球上的城市》一，9頁）

2　「市場的動力是利潤。這種做法傾向於選擇城區以外的基地或綠帶邊緣的農田，因為那裏的土地便宜，資金能夠很快地回籠。」（《小小地球上的城市》四，108頁）

　　曾有過來自高層的對於「攤大餅」式的城市擴張的批評。原有城市邊緣的無限度擴張固然有弊，在原有的大餅外另攤一張何嘗就是解決之道！攤大餅、再攤一張大餅的過程，上世紀 80 年代以來不斷提速，以侵佔（不止於「蠶食」）農田為代價。在一輪輪建新城的「熱潮」中，「國土資源」的大規模流失不可阻擋。農民則在承包的農田中蓋新房，將舊房棄在日益空殼化的老村中——與「城市發展」同一模式。如此下去，守住 18 億畝的生命線，只能是一句空話。

　　何為「宜居城市」？應當是公共設施滿足盡可能廣泛的居民的需求，有利於該城居民的精神健康，為居民間的交流、交往最大限度地提供可能，有利於該城人的共生、融合的城市。「缺少基本的平等是一種持續的力量，它足以抵消任何可能使社會變得和諧、使城市變得人性化的努力。」（《小小地球上的城市》一，8 頁）老北京雖然有「東城貴，西城富，北城貧，南城賤」的說法，卻不同於老上海的有「上只角」、「下只角」，胡同仍然是各色人等共同的居住空間。在我看來，這也是中國的「傳統城市」值得珍視的一份「遺產」。在眼下社會分化（分層）加劇的情況下，公共投入只能有利於共用，彌縫社會機體上的裂隙。公共設施決不應擴大層級，而應努力拉近不同社會地位的人群之間的距離。這也屬於政府提供公共品的基本原則。城市建設，與環境影響的評估並重的，應當是社會效應的預測。這裏有人文學科專業知識運用的空間。

　　對於簡‧雅各斯所激烈批評的埃比尼澤‧霍華德的「花園城市」與勒‧柯布西耶的「輻射之城」，我不能置一詞。但我知道那種城市規劃設計思想，已在中國被廣泛採用，而簡‧雅各斯的思路，卻難以被理解且更憚於落實——見效慢之外，還因太不容易「出彩」。她的那種由居民日常生活經驗角度的觀察與判斷，是規劃設計部門所不屑一顧的。「輻射式的花園城市」，是近十幾年這一輪城市改造中常見的

模式。在所有那些「新城」中，這種模式更清晰可見。但一個基本的事實是，不管你是否喜歡，北京、上海都是中國人口密度相當高的城市。其實除某些偏遠地區的小城鎮之外，中國的大中城市幾乎無不高密度，且密度仍然在增高。無論城市官員與開發商有何種個人口味，他們都不能不將此作為規劃設計的基本依據，即為密集生存的眾生創造盡可能適宜的生存環境，而非在這樣的地面上建造天上的花園。

誰的城市，誰設計與管理城市
——城市隨想之四

每個城市均應當有其獨特的視覺形態、視覺品質。

上個世紀八十年代，在曾發生過「城濮之戰」的地方「支教」。那裏是一座正在興建中的小城。學校周圍矗起的樓房，據說是由各大城市依葫蘆畫瓢描來的圖樣，大約如舊時婦女的描鞋樣、花樣，描畫時內心充溢著關於「富裕」、「繁華」的想像。小城市描中等城市，中等城市描大城市，相互模仿、抄襲、複製。中小城市對大城市的模仿，尤有複雜的「心理動因」。而大城市的「示範」效應，部分地由地方官員的趣味好尚造成。

應當為眼下的「千城一面」承擔責任的，首先是決策者而非設計者。低品味的官員造成低品味的城市。一個城市的面貌取決於主管官員的個人知識水準、審美取向，強使一城居民接受其個人品味，這種情況，在中國歷史上，似乎從來沒有過，至少沒有如此的普遍。從來沒有過另一個時期，行政力量能如此強力地塑造一個城市。即使皇帝老子，也未必能如此。他甚至未見得能決定皇城的格局與建築形態。

城市有其生成的過程，即使不便擬之於自然史，與後者也有相似性，除非經了巨大的自然災害或兵燹，否則它會依其邏輯「自生長」。私有制下即使沒有《物權法》，也仍然會有尊重「物權」的默契與共識，對官員構成了制約。如若有某官一時興起，想將其管轄的城市「改造」成私家園林，怕也難有公帑支持的吧。

　　一個時期以來，城市成為了政府官員個人品味的載體。據說某城市長素有對於亭子的癖好，於是隨處可見那座城市的現代建築樓頂的「瓜皮小帽」。官員為城市打上個人印記的願望是如此強烈，曾有過將行道樹改換為自己喜愛的樹種的荒唐做法（或者也為了與前任切割）。這只不過是權力濫用、公共資源被濫用、公共財政被濫用的並非稀有的例子。

　　而在我看來更加令人絕望的，是簡・雅各斯半個世紀前就已說到的，城市「規劃理論家、金融家和那些官僚們都處在同一個水準上」（《美國大城市的死與生》中譯本，9頁）。城市規劃、建築設計中對官員口味的揣摩、曲意迎合，是長期以來不正常的政治倫理的後果，嚴重地毒化了專業界的空氣。不受制約的權力，造成了諂上的惟上是從的「文化」。在這樣的機制中，專業人士倘缺乏抵抗力，不難淪為權力的僕從。

　　凱文・林奇的《城市意象》談到城市的「中等規模地區的可意象性」。最能引起居民對於城市的自豪感的，不是供遊覽的地標式建築，而是他們所在社區的環境與設施。他們的生活品質部分地是由此決定的。一度流行的「經營城市」，有十足的商業氣味。主持此種「經營」者，其興趣通常不在中下層居民聚居的胡同、社區，不在「能見度」不高的城市細部、細節，而在吸引「觀瞻」，打造城市地標，作為所謂的「城市名片」。地標式的大建築，滿足了成就感、對「樹碑立傳」的隱秘渴望。因此體量宜大，務求「震撼」（而非「親和」）；投入宜多，以便宣示聲威。每一屆政府都不妨追求足以震撼的建築——亦為該任官員特製的名片。

　　當政者醉心於城市建築、設施所體現的權威感，形象傲慢的政府大樓前，往往是該城佔地面積最大的廣場，似乎不是為了「與民同樂」，而是完善權力的象徵。這種廣場通常並不能為周邊地區灌注活

力，令人感到的與其說是公共空間，不如說提示你「權力中心」、政府機關的權威性，甚至炫耀當局者的大氣魄、大手筆，炫耀控制、揮霍資源的權力。當然，既有了這樣空曠的一片地，就不難有「同樂」的表象。但這一片地難道不更宜於分配在城市各處，深入進居民的日常生活？

有些面世已久的著作，比如上文一再提到的簡·雅各斯的《美國大城市的死與生》，對於中國，依然新鮮，有作者當年不可能料到的針對性。那些已成常識的見解，值得一再重溫——尤其用於為官員們「開蒙」。沒有可能以速成的手段為各級政府官員普及有關的知識，提高他們的知識水準與審美素養，只能完善決策程序，以制度限制權力，以保障優秀設計人員的優秀作品能獲得支持，尤其「公共功能建築」與公共空間。決策過程中尊重專業人員與專業知識，設計方案的討論鼓勵居民廣泛參與。「讓社會介入決策過程的前提是把建築環境作為教育的一個基本組成部分」，「教給兒童關於他們日常的城市環境的知識，使他們具備參與尊重和改善城市過程的素質」(《小小地球上的城市》一，17頁)。只有這樣，他們才更能將城市視為「自己的城市」，以為城市所發生的無不與自己息息相關。

如果不算奢望，城市居民還應當要求參與管理「自己的城市」。發生在我所生活的這座城市各處的文化活動，早已證明了居民自組織的能力，何不嘗試組建居民的自治機構，實現社區的自管理？城市居民社區，應當是「民間組織」、「社會工作者」、「義工」活動的重要舞臺。提供「民間組織」發育、生長的空間，以此培育公民意識，也有助於使社區居民經由義務服務，增強對社區的責任感與歸屬感。[1]由

---

[1] 未知「居委會」的工作人員的作為「公職人員」起自何時。我記憶中上個世紀五六十年代的「居委會」，曾被譏為「小腳偵緝隊」的，不過幾個退休或無業的大嫂大媽，是你的左鄰右舍。今天行政化、官僚化的日益龐大的社區管理機構，其存在的

媒體得知，南方有的城市在「社會管理體制」改革中，已包含了「社區自治」的內容，將社區管理「去行政化」、「社會組織民間化」作為選項。在這方面，國外大有成熟的經驗可供借鑒。參與了城市的管理之後，那城市才有可能真的被感受為「自己的城市」。喚起了責任意識的市民，會如何感覺自己生活的城市、社區，是不難想像的。

必要性值得質疑。這種機構的日常工作，或許更在對上級部門負責，即如提供各種報表，以及下發通知之類──不難由居民自己的組織承擔。將用之於社區管理機構的經費用於公共設施、社區環境的改善，利莫大焉。

童年的城市

　　開封是我童年的城市，我的三四歲到十一二歲，在這城市度過，關於這城的記憶，曾寫在題為「舊日庭院」的散文中。不記得遷出這城市後有過多少次回訪。次數並不多，上次則是在 1997 年。今秋有機會重回故地，用了幾個下午在城中閑走，回到住處，隨手記錄。這城市已日見陌生，不難將我逐出夢境，卻因此有了旁觀的心情，邊走邊問邊想，是一種新鮮的經驗——誰說你童年的城市只能充當懷舊的觸媒？

　　10 月 18 日，搭乘河南大學一位研究生的車由鄭赴汴，經過了屢經媒體曝光的「鄭東新區」。我曾幾次來到這片「新區」，心情複雜。據說有「內含城市」、「外緣城市」的概念。經營「外緣」，政績易見；改造舊城區，投入大，見效慢，因而城市的父母官樂於將文章做在城外，即原先的關廂地帶；而買賣土地，又是地方財政的重要來源，錢來得最方便。如此巨大的投入，倘若用來「經營」農村，又會怎樣？當然不會產生如此的視覺效果，政績不至於如此烜赫。離鄭前新區正舉辦農業方面的展覽會，人工湖邊垃圾遍地。於是想到，即使硬體勉強上去了，人的文明程度也不可能就隨之提高。

　　高檔住宅區仍在繼續興造，大約也因勢成騎虎，欲罷不能的吧。這種房地產開發，即使不考慮農民的利益，也未必能官商「雙贏」。途中聽到了「房奴」的說法。據說有些被動員買房的公務員已成此種「奴」，而因新區的開發失地的農民，在繼續上訪，堵在某些政府機關門外。近城農民以出租房屋為生。那種簡易樓房高度密集，一旦有

火災，勢不能救。這種「都市村莊」能維持幾時？那些農民的生活將何以為繼？在裝點「盛世」、打造「政績」之外，父母官們是否準備為失地農民「經營」一份「可持續」的生活？聽說正在搞「鄭汴一體化」，以帶動開封的發展；希望「一體化」中的開封，不要再造這樣的「新區」。對於豫外媒體的批評，未聞當局作何反應。當今不但有「易地審理」，也早已有「易地報導」（所謂「隔山打炮」）。媒體不被鼓勵談論本地弊政，對來自他方以至高層的批評則極力淡化，「正面報導」、「正面引導」往往被作為掩蓋問題、壓制輿論的口實。

是日午後，由河南大學老校區南門去龍亭。在路口向攤販問路，攤販頭也不抬，用了我曾經熟悉的鄉音，說：「咋，你地奔（讀作bo）走？」「地奔走」即步行；開封一帶的這方言，我差不多已經忘卻了。一路走去，無論馬路邊還是小巷口，都可見「方城之戰」，倒是難得在京城也不曾在鄭州看到的一景。上個世紀五十年代對賭博實行厲禁，麻將幾近絕跡，自然不在我的童年記憶中。後來聽三輪車夫說，開封搓麻將的風氣很盛，他認識的一個靠撫恤金過活的老太，也照搓不誤，只不過小輸小贏罷了。或許也是那老人貧窮日子中的一點樂子？河大的研究生對此的分析是，開封人不同於鄭州人，安於現狀，不圖進取。領一點低保，每晚在路燈下玩牌，頭上頂塊磚，樂此不疲。依我在鄉間插隊的經驗，人窮慣了，也會苟活，所謂「人窮志短」。

去龍亭的路上，見到一輛破舊的板車（當地人叫架子車），車上坐著老婦，車邊站著的，應當是她的老伴。老翁面容慈祥，腿有殘疾且口齒不清，像是正在撫慰老妻，說他們是濮陽人，要飯的，老伴病了。老婦抱怨說還不曾吃午飯，三元一碗的麵條，吃不起。不知他們走了怎樣的長路來到這裏。我勸他們早點回家，說天氣就要轉涼。離開他們後，總不放心，尤其不能忘那看起來好脾氣的老翁的臉。

　　「地奔」走到了龍亭。記得 1997 年龍亭像是還沒有「公園」的名目。這次所見「龍亭公園」，已經「旅遊開發」，整飾一新，不再是我夢中的那個「龍亭坑」。遊人寥寥。幾個青年男女著了古裝，對著揚聲器表演，也像是沒有什麼看客。相信三十六元一張的門票，足以將這個消費水準不高的城市的眾多市民擋在門外。有幾個像是由外縣來的中年男女在門外遲疑著，其中有人說，「來都來啦，進去吧」。倘不進，只能繞湖原路返回，因環湖的路被公園封住──確實是精明的設計。但那片湖水畢竟不像貴州的黃果樹瀑布，為了賺取門票，用了高牆圍起。湖邊護欄外，就有一群老人圍坐著，個個一臉的嚴肅，像是在討論什麼問題。上世紀五十年代我家曾租住過臨湖的房子。房子磚牆風化，冬季會有風呼呼地由牆洞朝屋裡灌，穿過院牆間的夾道就到了湖邊──那可真是孩子們玩耍的好去處。

　　由龍亭向南，到旗纛街（開封人將「纛」讀作「毒」），再向南，由大坑沿北口右拐，是我曾經讀過書的大廳門小學。小學還在，當然已不復舊觀。校門外擁擠如集市，後來才明白是接學生的家長。此後的幾天，凡見人聚成了堆，就知道是小學。這一景當年自然是沒有的。省府遷往鄭州前，我就讀的已是稍遠的另一所小學。每天同妹妹在胡同中曲曲折折地走，也曾被頑童堵截，這種時候，是絕不能指望父母趕來救援的。後來還是同班的一個接受過我捐助的衣物的同學得知了此事，要她的弟弟干預，為我們解了圍。我明白，發生在學校的事，只能由自己來應付。但那時的確不曾聽說過「校園暴力」，沒有同學間的敲詐勒索，上學放學路上的綁架搶劫。

　　由大坑沿胡同的北口進入，知道離舊居近了。胡同之破敗，更甚於 1997 年所見。那年來這裡，因是雨後，只見到泥濘。這次所見路面，竟坑坑窪窪。據說「社會主義新農村」都在建房鋪路，城市何以破爛至此！那舊日庭院，像是消失在了時間深處，了無蹤跡。萬曆末

年，沈德符比較當時大都市的街道，說：「街道惟金陵最寬潔，其最穢者無如汴梁，雨後則中皆糞壤，泥濺腰腹，久晴則風起塵揚，覿面不識……」(《萬曆野獲編》卷一九《工部‧兩京街道》)今天的開封儘管不至於如此，半個多世紀的漫長時間中，胡同卻日見剝蝕。未知這城市的公共財政有多少用於改善市民的基本生活條件，市政當局真的以為旅遊者將空降到「景點」，而不必經由這些條胡同？

由大坑沿再向南，走過一片生意清淡的攤檔，就是「包府坑」，已有了更文雅的名字，即「包公湖」。那裏不再是一片野水，蘆葦自然是見不到了，較記憶中狹小的「坑」邊，似乎是市民的聚集之所，只是淩亂雜遝，沒有龍亭周邊的清幽。

為便於聊天，且想更從容地看看這城市，由「包公湖」找了輛人力三輪。車夫一臉的忠厚，說是下崗工人，每月蹬三輪，大約能掙到五六百元。後來發現無論人力三輪還是機動三輪，要價都相當低，你多付一點，車夫會不好意思地笑著，說是「不得勁」。這回由城南蹬車到城北的河大，只要四元；知道我是重遊故地，車夫主動地向我介紹沿途的地名，無不熟悉而親切。回到了午後去龍亭的路上，又想到了那對濮陽的討飯老人，即向路邊搜尋那輛板車，卻不見了蹤影。過後的一些日子裡，一再想到那老夫婦。所幸這個秋天相當和暖，算著日子，天氣轉冷之前，即使走得再慢，也應當可以到家了。

次日下午，在遇到那對老人的地方，又找了輛三輪車，告訴車夫去市中心，但要穿胡同。車夫有點奇怪，說：「走小路？可頓（讀陽平，即顛簸）得慌呵！」道路確實顛簸。個別處的路段在翻修，臨近龍亭的磚橋街、解放胡同已拆。拆建應當是打造景點的工程的一部分。因了近湖，這一帶的房地產想必有升值空間。向車夫打聽拆遷的補償，說是平房每平方米 800 元，樓房則 1160 多元；居民要遷新居，大多只能東挪西借。鼓樓一帶並無可觀，但南北兩條「書店街」

猶在，是開封作為「文化城」的標記。臨街的二層小樓，還依稀在我
的夢裡。曾經寫到過兒時跟了家中的女傭走夜路，上了門板的店鋪，
門縫泄出條條燈光。不記得進過這條街上的書店——12歲以前的
我，絕料不到今生會與書店有後來的交涉。眼前的小樓自然已非舊
物，卻仍有許多店面經營著字畫、文房四寶。據說開封的陋巷中仍不
乏風雅之士，敝衣縕袍而能書善畫。這種氣息，是鄭州所沒有的。

「山陝甘會館」始建於乾隆年間，此前卻不記得聽說過。我在開
封的胡同中嬉鬧的時節，正在大建設與一波波的階級鬥爭中，公眾似
乎全沒有「文物」的概念，也不會有訪古的雅興，卻總覺得當年的開
封，更有所謂的「文化」似的。眼前的會館經了修繕，也仍然像是原
物。周邊有配套的開發，卻將會館剝離了它原先所在的空間——是眼
下城市建設中常見的做法。景點固然得以突出，文物成為了旅遊資
源，其地的意境卻遭到了破壞。我到的這天，無論會館還是臨近的店
鋪，均生意蕭條，像是並沒有與景點共榮。

「肌理」、「脈絡」一類概念，還滯留在學者文人的文章中，遠沒
有深入人心，尤其未被城市規劃設計者知曉。而如簡・雅各斯上個世
紀六十年代即已發表的關於小街區、高密度、功能混溶、不同年齡的
建築物並存、不要亂建過大的公園等主張[1]，似乎是救治當今中國
「城建病」的良方，也尚未引起當局者的注意。在我看來，北京的土
城公園與朝陽公園，即正反之例；而已成事實的前門大柵欄一帶的拆
建，是否可以作為「以公路工程主導城市佈局」的顯例，從中引出教
訓？據說北京將建「郊野公園環」，佔地達 600 多公頃，何不讓這些
土地繼續生長莊稼、果樹，用田園風光環繞城市？

1　〔加〕簡・雅各斯：《美國大城市的死與生》中譯本，《書城》雜誌2006年12月號有
　　陳冠中的書評。

仍然放心不下那輛板車；濮陽在北，歸途中要了輛機動三輪出了
北關。車夫是個老者，咧著缺牙的嘴。記憶中的開封也如其它古舊城
市，即使有城牆，關廂與城區仍沒有顯然的分割，西關、北關外有沙
土崗，有柳樹和棗樹。現在則也如其它城市的城鄉接合部，是佈局雜
亂的商業區。第三天下午，先乘三輪、後乘計程車又到了西關一帶。
那也曾經是童年的我常去的地方。城門是做古建築，老城牆或許有部
分遺存。如果我沒有記錯，我和哥哥姐姐常去的「水門洞」就在城
西，應當是當時的洩洪閘。城牆內有大片林帶。我至今像是還嗅得到
疏林中的泥土味、雨味。似乎也在城西，城牆外有些處的沙堆，高與
城齊。現今西關外的開發區，應當是「鄭汴一體化」的設計中將逐漸
與鄭州銜接的部分。市府大樓已坐落在了那裏。據計程車司機說，市
府還要更向西，遷至杏花營一帶。這固然便於「一體化」，至今仍然
是城市主體的老城區的居民若要找政府機關，想必會多了一些辛苦。
而他們由那些破敗的胡同中走出，看到這裏的建築，會不會感受到
「震撼」？這片風景或許會偶而借著夢境，潛入他們的生活。市府附
近住宅區的精心營造的綠地，可以媲美於任何「發達城市」。中國的
一些城市正在以環保、「綠地」的名義繼續侵吞農地。相信稍有良知
的城市人面對因失地而漂泊城市的農民，不會為佔有了此種資源而
慶幸。

聽計程車司機說，計程車是自己的，全市有二十個左右的公司，
大公司有五六百輛車，小公司百十輛車。他所在的公司司機每月交三
百七十元錢，稅、公路養護費、公司的管理費都在其中；司機經由公
司上保險。因用的是天然氣，油價上漲對他的收入影響不大。他個人
對這套制度尚滿意。矛盾主要不在司機與公司之間，而在計程車與三
輪之間。夏天在延吉，則聽說那裏計程車的經營不經由公司，車是個
體車主的，只向有關方面交稅。因而儘管兩個城市的消費水準不高，

計程車司機卻不像京城同行那樣滿肚子的怨氣。你和他們談到京城計程車份錢之高，他們都笑說不信：那怎麼可能？

乞丐從來是城市街頭的一景。我在這城市度過童年時，就見慣了門洞外街上走著的、屋門前院子裡站著的乞丐，是我童年記憶的一部分。那個時候是不懂得悲憫的，還會被街頭頑童捉弄盲人的殘酷遊戲逗樂。開封也仍然有乞丐，卻像是集中在了鬧市區。我就曾在鼓樓一帶無意間聽到一個中年婦女向老年乞丐低聲下達指令。即使知道有所謂的「丐幫」，也仍然反感於媒體對「乞討致富」的過分渲染，不止因了未加區分，也因了這種宣傳勢必稀釋掉城市那裏已極其稀薄的對於貧窮無助者的同情。而我知道，鄉村倫理系統、親情網路的瓦解，已將一些老人拋向了城市街頭。那些龍鍾老者，何堪以他們的淒涼暮年再遭城市的歧視與冷遇。

離汴前偶感風寒，稍有恢復，仍然在大學周邊隨意地走。老校區南門外的小店鋪，擴展成了一道商業街，釀造了與大學不相應的氣氛。東面校牆外生意清淡的攤檔前，一對男女在專心地下跳棋。街角的大棚下，像是有幾十上百人，在那裏喝著廉價的飲品看影碟，是上世紀八十年代上半期小城鎮的一景。這天並非週末，又是大白天，不知這些年輕人何以如此悠閑。這個消費水準低的城市，大學竟成了高消費的標杆，據說計程車司機遇到打車者，會條件反射地想到去大學。這大學除了「拉動消費」外，能否對城市有更切實、多方面的貢獻？這所大學不應當是城市破衣爛衫上一塊織錦緞的補丁，她應當在城市的肌理中，作為城市富於活力的部分，在城市的「經濟—文化」生活中發揮其效用。

由所住招待所看去，大學的夜景很美。晚間和河大的研究生在校園閑走，開學不久，藝術系的新生一排排地碼在一座大建築的臺階上，舉行文藝演出，燈光和氣氛令人愉快。校園裡保留的老建築，也

是這城市歷史文化的一份證明。由鄭來汴時由新校區的邊緣擦過，那座較老校區「闊」的校區，不可能有這種風味。臨行的那天下午，與幾個河大的研究生到了離學校不太遠的一處像是新建的園林，在池塘邊談學術。林間寂寂，是聊天的好地方。只是這些設施至少眼下還無助於改善胡同生態，無助于改善居民的日常生存。

鄭、汴確有不同。在「經營城市」的理念下，鄭州的某些地段已相當豪華，儘管不少大商場據說生意清淡；「亮麗工程」之後街市燈火輝煌，顯然電力資源已足夠用來揮霍。行前聽由西寧來的親戚說，西北的那座城市也被「經營」得光鮮亮麗，而她原先的同事、破產的國有企業職工的處境，令她心酸。比之鄭州，開封確實處處見出窮相，有待「一體化」提攜。這城市的交通工具就不同於鄭州，人力三輪、機動三輪、公車、計程車並行。機動三輪有的已很破舊，突突突地巨響。在這個經濟欠發達、就業機會稀缺的城市，許多人被逼到了同一條窄路上。據說市政當局也曾試圖取締三輪，在車夫們這裏遭遇了強大的阻力。其實交通工具的多樣化，為我這樣的旅行者提供了方便。也有當地的同行提醒我三輪車不安全，對此我沒有體驗。

「一體化」或有可能增加開封人的就業機會；我聽說的卻是此方案一出，開封房價上漲，開封人以低收入維持的低生活水準、消費水準，將難以維繫。不可期的前景，畢竟不能解決眼下增加著的生存難題。

由開封走出，記住的不是景點，而是那些張臉，人力車夫的、機動三輪車夫的、計程車司機的、濮陽的一對討飯老人的。有些車夫已鬚髮灰白甚至白髮盈顛。回到北京，仍念茲在茲，中宵夢回，想到的是所見「鄭東新區」、開封破敗的胡同與城西的綠地，和那些張臉。與朋友談開封，他提醒我說開封的尚未充分開發，未見得不是好事，或許有可能避免某些弊端。他希望舊城區不要像大拆大建後的北京，

而保有原先的肌理。但破舊遠甚於京城的胡同,「肌理」該如何保存?我則想到,開封人的「不思進取」,也可以由積極的方面估量。但居民的生存狀況畢竟需要改善;而淡泊與苟活,其間或許只隔了一張紙。我該如何期待這童年的城市?

2006 年歲末

開封：水，民風，人物

　　讀孟元老《東京夢華錄》，最先注意到的，是當年開封的水系，其次則是城牆。

　　唐代崔顥詩中所云「春風起棹歌」（《入汴河》），鄭毅夫的「畫船明月綠楊風」（《過汴堤》），所詠都像是今人經驗中的江南。這樣的一條河，今天的開封人已不能想像。清初顧祖禹撰《讀史方輿紀要》，引宋張洎所說「汴水橫亙中國，首承大河，漕引江、湖，利盡南海，半天下之賦由此而進」（卷四六《河南一》，2104 頁，中華書局，2005），下文說的卻是，宋室南遷之後，「故都離黍，江、淮漕運自是不資於汴，於是汴河日就湮廢。……明初議建北京于大樑，規畫漕渠，以浚汴為先務。……既而中格，自是河流橫決，陵穀倒置，汴水之流，不絕如線，自中牟以東，斷續幾不可問矣。」（同上，2110 頁）我們所承，即此「幾不可問」的夢中汴河。水的命運繫於政治設施與國之興衰。一部「汴水傳」，豈不就是自春秋至當代的中原地區興衰史？

　　《清明上河圖》的核心部分，是那道橫在汴河上的虹橋。明人王士性卻寫到汴河當水勢盛大時的可畏，說隋朝引黃河入汴，不過為隋煬帝南下舟船的方便，「不意河流迅急，一入不回」，而河北地勢高，汴河位置低，河南的土質又疏鬆，「任其衝突奔潰」，「遂為千百年之害」（《廣志繹》卷三，224 頁，中華書局，2006）。倘如此，則汴河之涸對於開封，還說不准是禍是福。

　　僅由地名看，古代中原地區，水資源絕不匱乏。若洧川，若臨潁，若延津，若商水，若滎陽，若氾水，若洛陽，若澠池，若汝陽、

泌陽、淅川、濟源，若淇縣，若臨漳、湯陰，若涉縣，若汝州，無不
因水得名。據宋代朱弁的《曲洧舊聞》，其時的洛陽一帶尚多稻田
（卷三，25頁，商務印書館，1936）。但到了明末清初，缺水已是河
南經濟社會生活的嚴峻現實。《日知錄》卷一二「水利」條：「古之通
津巨瀆，今日多為細流，而中原之田，夏旱秋潦，年年告病矣。」
（《日知錄集釋》，294頁，中州古籍出版社，1990）陸隴其也說其時
的衛水，「非但無唐虞之汜濫，比班孟堅、酈道元之時，水勢亦迥然
不侔矣」（《衛水尋源記》，《陸子全書‧三魚堂文集》卷一〇，康熙四
十八年刊本）。

　　《讀史方輿紀要》告訴你，《東京夢華錄》寫到的蔡水、五丈
河、金水河等，不知何年已「堙」、「廢」、「涸」；宋代用以習舟師水
戰的金明池，亦已「淤塞」（卷四七）。記水，該書觸目驚心的，即一
「涸」字。氾水，「今涸」；魯溝，「今涸」；五池溝，「今涸」；曾經
「環帶縈紆，澄澈如鑒」的翟溝（即白溝），「今涸」；曾有少男少女
出沒的「濮上」，濮水「今涸」[1]；百尺溝「堙廢」；賈侯渠「堙廢」；
濟瀆，「今無水成平地」；文石津，今堙……至於陂、塘，「堙」、
「廢」者，尚不在內。[2]清初以降，「堙」、「廢」、「涸」者，又不知凡
幾。中原地區的衰落，不消說與水有關。我想知道的是，隨水一道乾
涸了的，還有些什麼。那些消失了的水，不惟留在了地名中，也將印
跡留在了地表。我兒時所見開封關廂一帶的沙，應當是當年的河岸
的吧。

1　該書另一處說，「今黃河遷決，濮水絕流」，則濮水之涸又與黃河的一再改道有關。
2　據《明史‧地理志》，鄭州周邊的鄭水、須水，均「堙」，永城南的泡水「淤塞」，
　　新鄉的古沁河，「時決時涸」。見諸《大清一統志》，僅開封府，就有海子河之支
　　流、溝渠「俱塞」；黃渡河「涸為田」；古滎澤「今成平地」（卷一八六，《四部叢刊
　　續編》史部，上海書店，1984）

　　這座城市與水有關的故事，最驚心動魄的一幕，在明亡之際。

　　崇禎十五年四月，「自成再圍汴，築長圍，城中樵採路絕。九月，賊決河灌城，城圮，恭枵（按即周王）從後山登城樓，率宮妃及甯鄉、安鄉、永壽、仁和諸王露棲雨中數日。援軍駐河北，以舟來迎，始獲免」。「汴城之陷也，死者數十萬，諸宗皆沒，府中分器寶藏盡淪於巨浸。」（《明史・諸王列傳》）[3]被那道滾滾濁流席卷而去的，固然有宮中珍寶，也有私人收藏，更有街衢坊巷、商肆酒樓，汴京的數十萬生靈。錢謙益《列朝詩集》記死於此次水患的張民表，說水灌開封之際，張「負其先人神主，抱詩文稿三尺許，登木筏」，鄰居紛紛求登筏，張不忍卻，筏沉。後登屋，「水大至而沒」。其小兒子，「憑浮木依老僕婦棲屋上，垂兩日夜」，老婦餓急了竟要拿那孩子當食物，「急附浮木，順流下，得渡舟以免」（《列朝詩集小傳》，641頁，上海古籍出版社，1983）。朱彝尊《靜志居詩話》記「河驟決，聲震百里，排城北門入，穿東門出，流入渦水，渦忽高二丈，士民溺死數十萬」。張民表的文稿沉於水，門人刊其遺集，「存者悉非其稱意之作」（卷一六，475-476頁，人民文學出版社，1998）。沒於那道水的，還有下文中將提到的周亮工《書影》所記汴梁名妓、周氏以為可擬之于秦淮河邊馬湘君（按即馬湘蘭）的李三隨。此種記述，散見於

3　清初陳之遴《汴梁行》寫「洪濤屢徙」，說：「君不見汴梁萬雉高入雲，今在河南昔河北。」（《浮雲集》卷四，清鈔本，《四庫禁燬書叢刊補編》）該詩寫明亡之際河決開封，說「繡衣使者出奇籌，中夜決堤使南灌。須史盈城作魚鱉，百姓盡死賊亦散」，則指是明方所決。陳氏不平于藩王及「朱門婦寺」無恙，百姓則無處逃生。關於決黃河口的元兇，湯綱、南炳文所著《南明史》判斷審慎。該書說：「關於這次黃河大決口的原因，史書所載不一，或稱為起義軍決河灌城所致，或稱為明河南巡撫高名衡、開封推官黃澍等決河所致，或稱為官府掘堤于前，農民軍再掘於後所致，或稱為上天所致。近人所寫論著，意見雖不盡相同，但大體上認為此事與起義軍無關。其真相如何，尚有待進一步考證。」（第二一章第三節，1154頁，上海人民出版社，2003）

筆記、野史、碑版文字，只是有待裒集而已。

　　周亮工本人當時並不在汴城，其叔父與兄弟輩被水淹沒者十多人，「親串」死者則難以數計（《祭靖公弟文》，《賴古堂集》卷二四，890頁，上海古籍出版社，1979）。周氏事後作《汴上謠》，一題為「河決後，民多有以書紙蔽體者」（同書卷一，114頁），其時的慘狀可想。[4]

　　其實明末決河者不過襲前人的故智。秦始皇二十三年攻魏，就曾水灌大樑（戰國時的大樑即宋浚儀縣故城），「一國為魚」。蒙古人也曾決河。既然「滔天之浸，近在咫尺之間」（《讀史方輿紀要》卷四七，2139頁），就不能不成為隨時的威脅。有明一代，黃河水患頻仍，你可以在《明史‧河渠志》讀到關於河決開封的大量記述；黃水漫進城區，漂沒盧舍、溺死軍民，「議者至請遷開封城以避其患」（卷五九）。[5]這條懸在汴城之上的河，在漫長的歲月中，決定了這座城的命運。

　　周城《宋東京考》（中華書局，1988）王玠序，說有宋一代，汴城「工築營繕之興，踵事增華，靡不窮極其盛。盛極而衰，蕩焉無存什一於千百」。王玠卒於1742年，所見開封如此。[6]兵燹，水患，更

4　周氏對於其師張民表之死，痛心不已，所撰《張林宗先生傳》，記張氏之死特詳（《賴古堂集》卷一八，689-691頁）。

5　顧炎武《天下郡國利病書‧河南》錄《開封府志‧河防》、宋王應麟《漢河渠考》，均有關於河決的內容。由該書所錄材料看，與河南有關之「病」，首在河患，其次則田賦——可知顧氏的關切所在。

6　關於汴城故宮，元代楊奐說過：「觀其制度簡素，比土階茅茨則過矣。視漢之所謂千門萬戶珠璧華麗之飾，則無有也。」建議後人「因其制度而損益之，以求其稱。」（《汴故宮記》，引自顧炎武：《歷代宅京記》，236頁，中華書局，1984）日本學者久保田和男的《宋代開封研究》中說，「據日本僧成尋的記載，開封皇城的面積類似於日本禦所，遠不及長安大明宮的規模，不能作為中國首都的象徵。」（中譯本，140頁，郭萬平譯，上海古籍出版社，2010）

有洪濤巨浸，一座城市於數百年間幾於蕩然無存。明清之際的名城毀於一旦的，應當首推開封與揚州的吧。[7]套用簡・雅各斯的書名，「中國古城的死與生」，大可由開封、揚州取樣。後者曾死於清軍的屠城，前者則死于水淹。可惜劫後的開封沒有王秀楚其人，生動地記錄那一時刻；或雖有記述，而不能如《揚州十日記》流傳之廣，深入人心。我曾討論過揚州的死與生（《想像與敘述・廢園與蕪城》），討論並不充分，遇到了史料方面的限制：不止於揚州之屠的材料，還有其再生的材料，尤其物質生活的細節。未知開封在史料開發方面是否尚有餘地，可否利用文集（既包括河南籍人士，又包括流寓、著籍的人士，如下文還要提到的阮漢聞）、方志、碑版文字，復原這座城市毀滅與再生的過程？

我童年生活的開封，距明亡之際那一幕已相當遙遠，卻隨處可見黃河水患留下的鹽鹼，乾巴巴的地面、牆面上泛著白花花的一層霜。兒時在開封城的邊緣處，常見蹲在地上刮「城面」（即製作食鹽的材料）的人——真是窮到了極處。未知水質是否也拜黃河所賜。《東京夢華錄》中記有當年開封的若干條「甜水巷」。據顧炎武《歷代宅京記》，明代開封，「城中井水悉苦鹹難飲，汴人率於城外汲水飲之」（卷一六，236頁）。到我居汴的上個世紀五十年代，市民用水，仍然有「甜水」、「苦水」之分。

也有不同方向上的變化。上個世紀五六十年代大舉興修水利，疏浚河道、開挖新渠。這些河、渠的現狀，是另一可供考察的題目。所有這些發生在地表與地層深處的變化，不也正是「地方史」的重要部分？

---

7 明清爭戰中中原地區戰事之慘烈，不下於揚州，讀一讀鄭廉的《豫變紀略》即可知。鄭廉《豫變紀略》，收入張永祺等撰、欒星輯校：《甲申史籍三種校本》，中州古籍出版社，2002。

五代時後周世宗曾發開封府曹、滑、鄭州民十餘萬，築大樑外城；宋開寶元年增治京城（《歷代宅京記》卷二，29頁）。《讀史方輿紀要》：「世傳周世宗築京城，取虎牢土為之，堅密如鐵」（卷四七，2142頁）。該書注引《城邑考》：元「至元中盡毀天下城隍，開封城亦僅餘土阜。洪武九年始營築，甃以磚石……宋、金遺址不可復問矣」（同卷，2143頁）。周城《宋東京考》錄《癸辛雜識》：「汴之外城，周世宗時所築，宋神宗又展拓之。其高際天，堅壯雄偉。」（3頁）經考古發掘，宋代城牆的面貌已漸次顯露，而我童年所見城牆，或許是清道光二十一年大洪水後重建的部分？

除了鐵塔、繁塔[8]，北宋以至金、明時期的開封均沉埋地下之後，若干歷史信息有可能殘留在地名中。龍亭、午朝門、相國寺、包府坑（今包公湖）等，應當更是「遺址」，或竟出自後世的附會，亦用了磚石演繹故事。街巷，宋代有馬行街，我童年的開封則有馬道街。其它《東京夢華錄》、《宋東京考》提到的地名，幾乎全然陌生。「歷史潮水」的沖刷，總不至於如是之徹底，也一定留了一點痕跡在地名中。怕的是熟悉「老開封」的耆舊也多故去，遺跡、掌故也就隨之湮沒在了塵沙中。

曾經如水一樣豐沛的，是「物」之流。《東京夢華錄》中的開封，物資確也豐盈到了滿溢、氾濫。該書伊永文箋注所引與宋代「都人風俗奢侈」有關的文獻，令人咋舌，其時東京一帶之富庶可以想見。「大抵都城左近，皆是園圃」（卷六《收燈都人出城探春》，613頁）。至於城內，汴河兩岸榆柳成蔭，隋代已然（《東京夢華錄箋

8　亦見之於《輿地廣記》、《廣志繹》的春秋晉國師曠所作「吹台」（後曰「繁台」），上有大禹廟，清初尚在，周亮工有《同滕伯倫計玄柚吹臺酌月》一詩（見《賴古堂集》卷三），是否即我童年所知的那個「禹王台」？

注》，16頁，中華書局，2006）。禦溝則「近岸植桃、李、梨、杏，雜花相間，春夏之間，望之如繡」（同書，78頁）。宋徽宗被金人所俘，遷徙途中作《眼兒媚》詞，以汴京為「花城」。我童年時的開封，更像沙城，城北城東，彌望皆沙土岡，近城處沙丘高與城牆齊。現今的河南大學附近，即有沙丘。城外有柳樹、棗樹，卻絕無園囿，也無從想像劉益安《北宋開封園苑考察》所說諸園，有可能設在何處。

　　《東京夢華錄》大有與食物有關的記述——用了今人的說法，即「吃在汴梁」——足證宋人味覺記憶之深刻與豐富。寫到的食物，滿足口腹之欲的種種，無論生食熟食，除了粥、面、餅及數種蔬果，我均聞所未聞，其做法想必也失傳已久。[9]可知「飲食文化」之傳承對社會經濟條件的依賴；而開封的衰敗，僅此一端也可以證明。由《夢梁錄》、《武林舊事》等卻又可知，宋室南渡，汴京的美食，在杭州及江南其它處保存了下來，是「物質文化」易地「繁衍」的例子。[10]即使我生活的年代，開封較之其它中原城市，仍然有更多美味，只不過因了我的做教員的父母，薪水僅夠應付日用，那些美味無福享用罷

9　久保田和男認為「《東京夢華錄》中最具獨創性並大放異彩的記述」，「是詳盡記錄名菜，以及描寫因時刻不同而變化的小攤實態」（《宋代開封研究》中譯本，254頁）。儘管明代李濂對《東京夢華錄》的「蕪穢猥瑣」深致不滿，而清四庫館臣對李所著《汴京遺跡志》以「義例整齊」、「徵引典核」稱許，《東京夢華錄》的感性、細節的豐富性仍令人著迷，非《汴京遺跡志》一類著述所能取代。李濂《汴京遺跡志》，《文淵閣四庫全書》史部地理類。

10　葛劍雄、曹樹基、吳松弟著《簡明中國遺民史》：「據《都城紀勝》、《夢梁錄》、《咸淳臨安志》諸書所載，臨安的王家絨線鋪、榮六郎印刷鋪、樂駐泊藥鋪、陸太丞儒醫、宋五嫂魚羹、李七兒羊肉、李婆婆雜菜羹、太平興國傳法寺、開寶仁王寺等商店、藥鋪、寺廟，均系開封人南遷臨安後開設或建造，大多沿用開封舊名。」（第五章第四節，293頁，福建人民出版社，1993）關於開封的飲食文化在臨安，則楊寬《中國古代都城制度史》記述較詳（參看該書391-395頁）。《中國古代都城制度史》，上海人民出版社，2006。

了。早年吃過而記得的，無非鍋盔、叉燒包子、羊雜碎湯之類，似乎不獨開封才有。

近代以來，歲時節慶，一概從簡。自我的早年起，已不聞有所謂的「中元節」，也不再有七七「乞巧」之類有趣的活動，更不曾聽說「春社」、「秋社」一類名目。但較之後來遷往的鄭州，開封仍然更有年節的氣氛，氤氳在胡同裡，流蕩在左鄰右舍的眉眼間，無論貧富。

孟元老自序其《東京夢華錄》，說當年的東京，「人物繁阜」、「人情和美」。我童年的開封，物資匱乏，里巷卻一派安寧祥和；雖「人物」決不能稱「繁阜」，「人情」之「和美」卻依舊。當然那是 1954 年省會遷往鄭州之前的開封。1957 年之後，1966 年至 1976 年間這城的「人情」如何，就無從想像了。

關於老北京的胡同，我曾引老舍的文字，說那城中「連走卒稗販全另有風度」；《東京夢華錄》則說北宋年間的開封，非但「賣藥賣卦，皆具冠帶」，甚至乞丐「亦有規格」（卷五《民俗》，451 頁）。該書極寫其時汴梁風俗人情之美，諸如「人情高誼」，店家「闊略大量」（同上），與其說是地方風俗，不如說更是京城氣象，與近人關於「老北京」的記憶，約略相似。在我想來，其時開封的空氣，應當是溫潤的。市井語言儘管「鄙俚」（亦見孟氏自序），卻未必粗野，宜於傳遞溫情與善意，如文獻中的老北京、老北京人。

宋代樂史撰《太平寰宇記》，引《漢書》「河南之氣，厥性安舒」。接下來說：「今汴地涉鄭、衛之境，梁魏之墟，人多髦俊，好儒術，雜以遊豫，有魏公子之遺風，難動以非，易感以義。」（卷一《河南道一》，3 頁，中華書局，2007）《大清一統志》卷一八六《開封府一》關於開封一帶的風俗，引《通典》「地居土中，物受正氣，

其人性和而才慧，其地產厚而類繁」云云。[11]元人編《大元混一方輿勝覽》關於汴梁路風土，曰：「風物富庶，習俗侈靡，君子尚禮。」（卷中，《河南江北等處行中書省》，345頁，四川大學出版社，2003）

人情之美尚不限於汴城。《讀史方輿紀要》引《周禮·職方》：「河南曰豫州」；釋「豫」，曰「稟中和之氣，性理安舒，故雲豫也」（卷四六《河南一》，2087頁）。此義已非現今的河南人所知。王士性《廣志繹》說「中州俗淳厚質直，有古風，雖一時好剛，而可以義感。語言少有詭詐，一斥破之，則愧汗而不敢強辯」（卷三，225頁）。王氏於明代的見聞如此，與近年來外省人對中州的印象大不同。[12]「稟中和之氣，性理安舒」，「淳厚質直」，這些意思都太好，只不過使其成為當代人的經驗，還要經一番艱巨的文化重建罷了。

與老北京人所自得的北京話不同的，是開封話的「鄙俚」。《東京夢華錄箋注》關於該書孟元老序所說「此錄語言鄙俚」，謂宋、明多種著述，「均記宋語言鄙俚者，可證《東京夢華錄》誠非偶然，乃宋之俗語大盛風氣而成」（6頁，伊永文箋注），即不以之為地方性現象。縱然在同一「俗化」的過程中，也一定有地域之別的吧。依我的經驗，較之河南其它處（包括省會城市鄭州），開封話較輕、滑，多少令人想到北京方言，雖則鄙俚，卻也有十足的市井味兒。

周亮工的《書影》說到開封方言，曰：「汴人語有不甚解者，大半是金遼所遺。如藏物於內，不為外用，或人不知之者，皆曰『梯

---

11 在北宋的改革家王安石看來，開封作為其時的時尚之都，「節義之民少，兼併之家多。富者財產滿布州域，貧者困窮不免於溝壑」（轉引自久保田和男的《宋代開封研究》中譯本，184頁）。

12 當然，王氏還說，「汴城在八郡中為繁華，多妖姬麗童，其人亦狡猾足使」（《廣志繹》卷三，225頁）。

己』，不知所出。後閱《遼史》：梯裡己，官名，掌皇族之政教，以宗姓為之。似即今宗人府之官，所以別內外親疏也。或即梯己之意歟！『梯里己』但呼曰『梯己』，二合音也。汴音多有二合，如『不落』為『餺』之類甚多。」（卷一〇，254-255 頁，中華書局，1958）周氏所說「二合音」，我早年也說過的，實在鄙俚得可以，難怪被侯寶林用作了相聲材料。[13] 1949 年之後推廣普通話，時下開封的年輕人或已不知所云了吧。我有時會想，李清照在世時，是否耳中聽的也是這種話？文人所說，想必另是一套話語，腔調亦有不同，即使其人確系汴人。

政治史對一個城市的塑造，開封是極佳的標本。

宋室南遷，無疑是開封城市史的一大轉捩。錢穆《國史大綱》：「蒙古入汴，依舊制，攻城不降則屠之，耶律楚材諫不聽，乃曰：『凡弓矢、甲仗、金玉等匠，皆聚此城，殺之則一無所得。』乃詔原免，汴城百四十萬戶得保全。」（修訂本第七編第三十五章，653頁，商務印書館，1996）洪武元年，曾「徙北平城中兵民於開封」（《國榷》卷三，375 頁，中華書局，1958）。徙江南富民實北平，比較易解；卻又徙北平兵民於開封，就有點費猜想了——似乎不全因了元明之際的殺戮。但由移民史可知，明初確有由山西向河南（包括開封府）的大規模的移民。我所屬家族關於其所自來，就有洪洞縣大槐樹之類的傳說。

---

13 葛劍雄、曹樹基、吳松弟著《簡明中國遺民史》說，「由於居民多來自開封，南宋以後杭州的語言帶有明顯的北音」（293頁）。「今天杭州市區的方言仍帶有明顯的北方味，周圍則依然是吳語的天下。」（613-614頁）該書引明代郎瑛《七修類稿》關於杭州「城中語言（應為『語音』）好於他處，蓋初皆汴人，扈送南渡，遂家焉，故至今與汴音頗相似」云云（293頁），顯然不以汴梁話為「鄙俚」。不知汴人的俚語、「二合音」，是否也被帶進了杭州。

有明一代，不乏關於建都的議論。明亡前後，追究燕王朱棣都燕的責任，不免舊話重提。關於建都的諸多選項中，開封不被看好的理由很簡單：無險可守。黃宗羲就說到唐代朱泚之亂，德宗幸奉天，「以汴京中原四達，就使有急而形勢無所阻」（《明夷待訪錄・建都》，《黃宗羲全集》第 1 冊，20 頁，浙江古籍出版社，1985）。《讀史方輿紀要・河南方輿紀要序》開篇即道：「河南，古所稱四戰之地也。當取天下之日，河南在所必爭；及天下既定，而守在河南，則岌岌焉有必亡之勢矣。」（2083 頁）以下即舉東周、東漢、拓跋魏的「衰」、「弱」、「喪亂」為例，更以金、北宋之亡，斷言「河南信不可守」（同上，2084 頁）。黃、顧等人關注河南、開封的軍事意義，或多或少出於「明亡」這一近事的刺激。其實宋南渡後，葉適即不以當代人的類似議論為然，憤然道：朱溫「在四戰之郊，而能翦滅黃巢、秦宗權，咀吞河南山東」，宋人「乃以大樑為不可戰，亦不可守，使女真人入吾地數千里如無人，而卒有之」（《習學記言序目・五代史・梁本紀》，640 頁，中華書局，1977）。

據鄭曉《今言》，明太祖曾「欲徙大樑、關中」（卷三，第 221 條，中華書局，1984）。該書引洪武元年詔，有「江左開基，立四海水清之本；中原圖治，廣一視同仁之心。其以金陵、大樑為南、北京」云云（同書卷四，第 274 條）。《讀史方輿紀要》也說明初朱元璋「嘗幸汴梁，議徙都之，未果」（卷四七，2138 頁）。倘若當初真的將都城定在汴梁，此後的明代歷史該如何書寫？

開封這座城市的歷史，還另有所謂的「拐點」。清末建造黃河大橋，主持京漢（盧漢）路務的湖廣總督張之洞選址於鄭州的意見被採用，對於後來的開封、鄭州兩座城市，屬於那種攸關命運的時刻[14]；

---

14 參看《中國週刊》記者田乾峰的報導《被京廣線改變的兩座城市》，網址為http：//wenku.baidu.com/view/c139940e52ea551810a6872d.html。

而河南省省會 1954 年由開封遷往鄭州，意義之嚴重不下於此。那麼，對於中國的其它「N 朝古都」，開封在何種意義上可以作為標本、可供分析的樣品？

　　成書於宋代的《太平寰宇記》關於開封的「人物」，由伊尹算起，最著者如蔡邕、阮籍、庾亮、謝安，多屬魏晉名士，《世說新語》中人；唐代僅劉仁軌，阮籍的同鄉，「與子侄三人並授上柱國，州黨榮之」（卷一《河南道一》，4頁）——其所知名與鄉黨所引以為榮，與諸阮的時代已大不同。這僅限於宋代開封府所轄區域的人物。倘將該書所列今河南境內的「歷史文化名人」一一輯出，其陣容之豪華，令人目眩。若進一步將宋以降的人物也如該書那樣列出，想必能令人看到一地域人才狀況演變的軌跡——那麼你看到的將會是什麼？[15]

　　明代過庭訓著有《本朝分省人物考》（《續修四庫全書》史部傳記類），所考明代河南省人物計 357 人，其中有朝廷重臣如高拱，有以風骨著稱沈鯉，亦有著名文人如何景明。該書刊刻於天啟初年，啟、禎兩朝人物不在所考範圍。[16]清初孫奇逢（客居蘇門（即今輝縣），撰《中州人物考》（《文淵閣四庫全書》史部傳記類），將所考人物分為七科，理學、經濟、忠節、清直、方正、武功、隱逸，清四庫館臣注意到上述分類，未為「文士」留出位置，「概意在黜華藻、勵實行」。該書將何景明歸入「方正」類，而將上文提到的張民表歸為「隱逸」

15　《大元混一方輿勝覽》所錄宋代汴梁路的名宦、人物，見該書卷中《河南江北等處行中書省》，346頁、346-347頁。該書所錄「河南歷史名人」，可與《太平寰宇記》對照。

16　另有《皇朝中州人物志》十六卷，隆慶年間刊印，收入近一百四十人的傳記，李夢陽也在其中。《皇朝中州人物志》，《明代傳記叢刊·綜錄類》，臺灣明文書局1991年版。

類。[17]孫氏所考，不乏有影響的人物，如「理學」類的曹端、呂坤；「經濟」類的李賢、劉健；「忠節」類的鐵鉉、劉理順；「方正」類的沈鯉等等。出於可以想見的原因，孫氏該書沒有將史可法列入。史可法，開封府祥符縣人，是開封人大可引以為榮的一位，儘管其主要事蹟在弘光朝的揚州。

中原一向是重要的「歷史舞臺」，在此舞臺上表演過的「歷史人物」，自然大有其人，其中就有元末曾以河南為主要活動區域、被封為「河南王」的擴廓帖木兒（王保保）。我較為熟悉的明清之際，則明末名臣范景文「撫豫」，曾論及中州政治、軍事的重要性。至於上文剛剛提到的孫奇逢，則是明清之際的北方大儒。[18]

依我的閱讀經驗，明代的中原地區，由文學的方面看，人才不足以稱「盛」。這一帶，元明之交、明清之際，兵燹災荒，破壞之嚴重，非今人所能想像。王士性說發生在中原地區的戰事影響于該地人文，「宛、洛、淮、汝、睢、陳、汴、衛，自古為戎馬之場」，元代以來，「殺戮殆盡，郡邑無二百年耆舊之家，除縉紳巨室外，民間俱不立祠堂，不置宗譜」；而明初徙民實中州，又「各帶其五方土俗而來」（《廣志繹》卷三《江北四省》，230頁）。明代的開封已是一再的大破壞之餘，人文的衰敗不可避免，其人物氣象不同於江南人文薈萃之

---

17 過、孫兩書中均有高叔嗣，是《明史·文苑傳》中人物。據《明史·文苑三》，正、嘉間祥符人高叔嗣有《蘇門集》。《靜志居詩話》卷一一有對其詩作的評論。周亮工《閱伯宗詩序》說閱詩「清妙玄勝」，「大似吾鄉高蘇門」（《賴古堂集》卷一五，613頁）。

18 《大清一統志》卷一八五《河南統部》有「名宦」之目，列舉曾任職河南的知名人物，明代有于謙、何喬新、劉大夏、范景文、蔡懋德等。其中范、蔡是明末著名忠臣。該書對河南省歷代人物，搜羅也較他書為廣。僅明代開封府人物，即有馬文升、王廷相、高叔嗣、高拱、劉理順等四十六人。

區，不難想見。[19]明代著名文人中，籍屬中州的，或許「前七子」的何景明最知名。至於明末清初，最負盛名的，則首推侯方域，與其人的名士行徑不無關係。周亮工亦其時的聞人，聲名卻沒有那樣煊赫。[20]關於侯氏，黃宗羲不無微辭（見《思舊錄・張自烈》，《黃宗羲全集》第 1 冊，359 頁）。對侯氏其文也如對其人，時論毀譽參半。周亮工《與吳冠五》一劄，錄時人關於侯文的評論而評論之，不欲為鄉邦人物諱（《賴古堂集》卷二〇）。關於當時中原地區的知名之士，侯方域在《與陳定生論詩書》（《清代文論選》，人民文學出版社，1999）中，曾提到吳之鯨、王鐸、賈開宗、徐作肅、宋犖，除王鐸外，多屬其「雪苑詩社」中人。王鐸以書法名，宋犖官運亨通，以詩名，都算不上其時第一流的人才。而據關於明清書院的研究著作，河南卻是其時創建書院最多的省份。[21]

　　清四庫館臣批評孫奇逢的《中州人物考》，說「薛瑄本河津人，李夢陽本慶陽人，牽合歸之中州」。其實那種「牽合」、混淆或許正難免。王士禎論詩絕句：「中州何李並登壇，宏治文風競比肩。詎識蘇門高吏部，嘯鸞鳳獨迥然。」（《清代文論選》，349 頁）即將李夢陽「牽合」到了中州。[22]

　　周亮工以第三人稱自序其詩集，說自己「本豫章人，籍大梁」，

19 據周亮工《周藩牛左史宮詞引》，明初開封一帶殘破，以致周定王在藩邸種植四百餘種「可佐飢饉」的植物，撰《救荒本草》，以為救濟（《賴古堂集》卷二一，794-795頁）。可知其時汴民的苦況。

20 侯方域、周亮工、張縉彥（河南新鄉人），均被認為節操有玷，周、張更是「貳臣傳」中人物（《清史列傳》卷七九《貳臣傳》乙），卻各有其文化方面的貢獻。

21 吳震《明代知識界講學活動繫年》據大英久保子有關明清書院的研究著作，有《明代書院地域分類表》。

22 李父曾官周王府教授，徙居開封（一說徙扶溝）。王士禎該詩所說高吏部，或即高遜志，錢謙益《列朝詩集》甲集、朱彝尊《靜志居詩話》卷五均有傳。

然「實生秣陵」（《賴古堂詩集序》，《賴古堂集》卷一三，529頁），二十一歲那年才到大樑。即使先世居金陵，周本人亦生於金陵，死于金陵，對於僅僅生活過八年的開封、中州，他仍懷了對於「鄉邦」的感情，曰「吾邑」、「吾鄉」，前者指大樑，後者則凡中州皆是。其詩文集，其所撰《書影》，多有涉及家鄉人物的篇什；對其所謂「吾師」張民表[23]，更是一往情深。如《賴古堂集》卷三《庚戌春侍張林宗先生北上，宿鄰下南寺，越十年己丑，與公子子顧再宿其地，見先生壁上詩，泫然泣下，用原韻得詩四首》，長歌當哭；卷七《汴水奔崩，林宗張先生抱其詩文同長君次君淪水中，季子子顧甫十一齡，浮木出，予弟靖公覓之河干三閱月，載與俱歸，匆匆十年矣。予役返裡，躬送之至中牟，集其族子懋德輩與其老僕郭明，拜而授之，紀以詩》，詩題直是一篇關於張氏之死及周為之撫孤的沉痛告白。實則周氏不但為其師撫孤置產，且遍徵其遺作，「匯而梓之」（《張林宗先生傳》，同書692頁）。

收入《賴古堂集》的詩文，頗有涉及大樑及中州人物者，對河南籍及流寓河南的文人的撰著，揚挖推獎（如卷一三《王王屋文集序》、《阮太沖集敘》，卷一五《袁周合刻稿序》、《閔伯宗詩序》，卷二一《題楚西來傳小引》，卷二三《徐存永鈔秦京詩集跋》、《書馮幼將畫竹卷後》等），刊印遺作，無非盡一份對於鄉邦的責任；以致有人不滿於他選編尺牘，在取捨的寬嚴之間「私故鄉人」（《賴古堂集》附錄，王愈擴所撰《小傳》，898頁）。由《黃河阻雪，同劉公勇登李家亭子，予家大樑，久為水沒，累欲移家，依劉穎上》（卷五）看，喪亂之後，周氏似乎還有過移家穎上的念頭。

我所讀過的明人、明清間人的著述中，涉及汴城、中州足備掌故

---

23 周氏科考失意，曾居汴八年，在張氏家塾中課其子弟。

的，也仍然是周亮工的《書影》。該書卷六記當時所稱「中州三先生」
（一說「天中三君子」）的張民表（林宗）、阮漢聞（太冲）、秦京，尤
以張、阮的交往，得之於親見，記述生動（161-162 頁）。關於阮以浙
人而居汴，而移家尉氏，周氏的說法為他書所未見。[24]。此外卷六記
「汴曲中人」李三隨（字無塵，一字居貞），卷八摘引並評論王鐸的
詩，卷四記汴梁酒，同書還寫到密縣香鼠、「吾梁」之桃。同書寫其
時某人「苦蠍」，汴人告以避蠍良方（卷八）。我也記得幼年時家人的
「苦蠍」。幾年前所見胡同中老房子傾圮破敗，蠍患或許還未成過去。

　　但周亮工確曾以「原籍（按：即今所說的『祖籍』）江寧，祖宗
墳墓在焉」為理由，要求致仕；「部議：例無兩籍」，駁回（《年譜》，
《賴古堂集》附錄，918 頁）。關於周氏的傳記材料，則一再提到如
下細節：祥符令孫承澤得其試卷，「大異之」，斷言「定非汴人」。後
周氏具以始末告之（《年譜》，906 頁）。待到周中鄉試，其「闈墨遂
為中州風氣之祖」（同上，907 頁）。周氏的門人黃虞稷所撰《行狀》
的敘述微有不同，說考官（或即《年譜》提到的歸德推官王世琇）得
周氏試卷，曰：「此非中州士也。」當面「詢知籍于南也，顧侍者而
笑」（同書附錄，952 頁）。說老實話，這一句「顧侍者而笑」很令我
不爽。誰說這裏沒有今人所敏感的「地域歧視」？周亮工的以金陵為
「原籍」，也應當有如上背景的吧。這種偏見、成見延續至今，很可
能已進入了「中州士」的集體無意識：壓抑自外而內，影響了知識人
的精神意氣。

---

24 周氏說阮「因皦生光之變，移家尉氏」（《書影》，161頁）。《阮太沖集敘》記阮「授
　徒于尉，以尉固阮舊土也，遂家焉」（《賴古堂集》卷一三，534頁）。同卷《顧輿治
　詩序》說自己曾刻張民表詩，「僅千百之一二耳」，阮、秦詩「亦落落如晨星」（436-
　545頁）。關於張、阮，錢謙益《列朝詩集》有傳。該書說張「兀傲自放，世莫測其
　淺深」（《列朝詩集小傳》丁集下，641頁）。

　　侯方域與陳維崧論詩，自稱「下里之鄙人」（《與陳定生論詩書》，《清代文論選》，168頁），固然是通常的客氣話，也未見得不出於其時中原人士面對江左才俊時本能的反應。當時的江左，城市經濟已有相當的發展，而同一時期的中原，更像是相對於東南富庶之區的鄉村。侯氏還說，「余家中原，……中原風氣樸，人多逡巡不敢為詩」，並非故示謙抑；接下來卻又說，「惟其不為詩，詩之所以存也」（《陳其年詩序》，同書，165頁），那意思很可玩味。大致是，正因不在風氣中，不妄稱作者，才能存詩，也要置諸侯氏的明代文學批評中，才便於理解。

　　周亮工先世居金陵，至其祖父，「游大樑而樂之，因占籍開封，遂為開封人」（姜宸英撰《墓碣銘》，《賴古堂集》附錄，940頁）。由此看來，周氏確也不過是古代戶籍制度意義上的開封人。黃虞稷則徑說周氏「籍大樑而實白下」（黃撰《行狀》，同書附錄，951頁）。較之于此前中州人士幾度大規模地向南流動，周亮工、阮漢聞的反向流動或顯得稀有。西晉末年永嘉之亂，北宋末年靖康之亂，將多少中原人士、開封人帶到了江南或其它某處，不消幾代，便氣質與眉眼一起改換。[25]這些始而卜居繼而定居，由流寓而占籍的開封人、中原人，除了商鋪、食品、節慶習俗以及語音，又將什麼帶去了江南（及其它處），幾無可考。歷史過程的這種細膩處，往往湮滅在了時間中。

---

25 孟遠撰《陳洪綬傳》，說其先河南人，宋南渡，徙居諸暨，到陳氏已歷十餘世（《寶綸堂集》）；唐順之《華三山墓表》說華氏「當宋南渡，始自汴徙無錫」（《唐荊川文集》卷一一）——不過手邊現成的兩例。據葛劍雄主編《中國移民史》，南宋臨安「移民的76%來自今河南，其中絕大多數又來自開封，並往往是在南宋初年隨高宗遷入的。受開封移民影響，臨安在經濟生活、社會風俗和語言等方面都極像開封，似乎是將開封城搬到臨安」（卷四，280頁，福建人民出版社，1997）。據同書關於《宋元學案》中北方籍傳主的遷移與分佈的統計，北方籍學者遷入江南的一百多人中，遷出地大多為河南（參看同書485-486頁）。當然，遷出地未必即原籍。

　　有宋一代高度成熟的文人文化，在其後的歲月中剝蝕殆盡。2005
年在開封，卻聽人說至今仍然有蟄居陋巷的文人，不知是否真的——
或許亦屬某種孑遺之民。那年在書店街，看到了售賣文房四寶之類的
「文化生意人」，想必是在慘澹經營。不知那些鋪面是否已幾經易
主，改售了其它貨品。我孤陋寡聞，想不出還有哪座城市有一條「書
店街」。[26]這街名是我童年時熟聞的。當代作家中，汪曾祺、陸文夫長
於寫市井奇人，似乎還未見有人為開封的市井人物圖形繪影。

　　《太平寰宇記》說後周「改梁州為汴州，以城臨汴水，因以為
名」（卷一《河南道一》，1頁）。可知「汴梁」一名所由來。《宋史·
地理志》：「東京，汴之開封也。」在這樣的表述中，「汴」與「開
封」是何關係？

　　已有關於開封的城市起源及「開封」一名來源考（參看日本學者
久保田和男《宋代開封研究》的《序章　考察端緒·引言》）。據說
「開封」原作「啟封」，因避漢景帝劉啟名諱而改為「開封」——則
漢代即有此名。據此，「開封」系動名結構，與「啟封」義近。人們
似乎不都這樣讀解。有過一個謎語，謎面是「矛盾」，打一地名，謎
底就是開封。在我看來，「開」而又「封」，更像是一道古老的讖語，
挾了點神秘。這座曾興而又衰甚至死而復生的城市，一定會有一天，
終結這種生死輪迴，興衰迭變。

　　你不妨如此相信。

2011 年 9 月

---

26 宋代開封的行市有「文字行」，據說即書籍行，楊寬認為是東京新興的行市之一，
　　他猜想，「宋代或稱書籍鋪為文字鋪」（《中國古代都城制度史》，275頁）。關於北宋
　　開封的書籍市場，參看該書339頁。

附錄

我與開封

——在「開封：都市想像與文化記憶」國際學術研討會 上的發言稿

　　我提交會議的，是一篇較長的隨筆，其中堆砌了一些未經消化的文獻。其主題之一，是水。或許正因生長在乾旱的中原地區，有與水有關的情結。「文革」期間所寫文字，僅餘的，是 1975 年的一組書信體散文，第一篇寫的就是往返於北京、鄭州之間，由京廣線過黃河時的心情。「文革」後期在鄭州教中學，不止一次，或與父親或與朋友，騎自行車到花園口看水。我以生長在這條大河邊為幸運，迷戀水紋、水色、水氣、水聲，迷戀水的溫潤。當然，對黃河的一往情深，是賴有培養的，包括文學藝術的培養，其中有所謂的「家國情懷」。近十幾年來，兩度到壺口感受震撼。這一份感情，相信為中國人——至少某幾代中國人——所特有，不能與外人分享。

　　附錄文字的寫溱與洧，寫的也是對水的想像與嚮往。洧水是我家鄉的水。上個世紀九十年代中期，有一組題為「鄉土」的散文，開篇就寫水，寫由父親那裏聽到的家鄉的水，那些不知消失於何時何處的水，那種不能重複感受的水的氣息。「父親說，他童年時的那片沙土並不乾旱。正如尋常村落，村西有河，有荷塘，村中有水很旺的井。秋雨連綿的日子，村東崗以西的路旁，甚至到處可見咕咕吐水的『翻眼泉』。我於是像是聽到了水聲，見到了小河近岸處的蘆葦，覺到了

水面上的沁涼。」這種生態已難以修復。

　　古代中國的輿地之學有「山志」一體；《水經注》、正史的河渠、溝洫志之後，續寫「水志」，即如為汴河或洧水寫史，必能寫出精彩的吧。以一條水映照一地域歷史的變遷，誰說不是別具一格的開封志、中原地區史？

　　1956 年隨省會由開封遷至鄭州，無論對我個人還是對我的家庭，都意義重大。這是要到事後才知道的。如果為我自己的早年找一個所謂的「時間點」，那應當就是 1956 年了吧。發生在 1958 年「反右」中的家庭變故，使上述遷徙意味深長，似乎真的冥冥中有什麼安排。黃河大橋的選址，竟至於改變了一個小女生此後的人生軌跡——這樣說似乎有點誇張。我其實不能斷定倘若那座大橋坐落在開封，省會不曾遷移，我個人的故事會有什麼不同。

　　卻也正因了後來家庭的變故，早年的開封歲月才見出了完整。與其它某些更其不幸的「右派子女」不同的，是我還有過「幸福的童年」。

　　或許更是經了暗示，成年後的我會由宋詞中讀出童年開封——「依稀」，「彷彿」，如對故人舊地。據說「宋代城市文化研究，現在已可成為一門世界性的前沿學科」（《東京夢華錄箋注》傅璇琮序）。我的讀宋代東京，卻不過是讀童年城市的一種方式，讀一個久已消失了的城市，及其留在此後世代的微弱氣息。當然，那氣息是我由童年記憶中捕捉到的，若有若無。或許是我自己將文獻中的東京，與記憶中的開封有意無意地混淆了。

　　寫作《北京：城與人》的緣起，就有關於開封胡同的記憶。由開封遷往鄭州，生活上最大的變動，是就此告別了胡同，住進了「單位宿舍」、「單位家屬院」。被對新生活的嚮往所激動，當時並沒有對於胡同的留戀。胡同記憶，是被始於上世紀 80 年代、延續至今的「胡

同熱」點醒的。而在寫作那本關於北京胡同的書的時候，相隔數千里的兩處胡同的影像，不免重疊；關於「老北京」的想像中，疊印了我早年的胡同記憶。其實我並不十分清楚開封與北京在何種程度可以互為詮釋，相互生發。北方的胡同都大同小異——我說的是「胡同生態」、人際關係，尤其古城且名城。只是開封敗落已久，被洪水更被經濟衰落所剝蝕，較之老北京，更少了古意而已。

關於開封的童年記憶中，最深刻的，除了胡同的人情外，還有貧窮。隨處可見的乞丐，街頭頑童對行乞盲人的捉弄。還有左鄰右舍的生業。家境稍寬裕的，應當是對面街角的裁縫；而與我家租住的宅子緊鄰，是一戶烈屬，抗美援朝中死了兒子，靠拉架子車為生，日子一定過得很拮据。

經由文學作品讀城市，我們的城市經驗不免於文學的塑造：由作品打開的城市空間，呈現的城市景觀，塑造的城市地標，描畫的城市街區；而不能進入作品的部分，則有可能成為我們認知的盲點，視若無睹。文學藝術的誘導作用，在旅遊開發以及個人的旅遊活動中，顯得分外強勢，幾乎無法抗拒。我們已經很難確定，我們所體驗的城市有多少來自文學藝術，而基於我們的日常活動的「直接經驗」，有沒有可能獲得它的形式。

2005 年在開封短期講學期間，我曾走街串巷，事後寫了一篇隨筆，《童年的城市》，寫對這城市的不滿與失望，卻終於沒有發表。我知道自己看這城市的時候已不在其中。我行走在城中，用了旁觀者的眼神。它早已不再是「我的城市」，只是保存了我童年記憶的城市。我深知「記憶性知識」之不可靠。我個人的開封記憶中，就不免有著色與改寫，而且是一再的著色與改寫，摻入了幻覺與夢，有時自己也覺得光影淩亂。

那年踏勘時，隨處能見到街邊巷口的牌桌。三輪車夫告訴我，打

牌的也有窮人，不過小輸小贏，窮極無聊，找點樂子而已。我不知是
否如此。這讓我想到了王夫之關於改善民風應豐裕其生的說法。據那
年的印象，大學區似乎被公認為這城市的「高尚社區」。大學猶如城
堡，孤子於胡同之上、之外。我想到了大學對於所在城市的責任。大
學既應面對城市的過去，也應直面其現在。地方當局應鼓勵大學參與
所在城市的文化復興，比如開設面對市民的講座，開放課堂，介入社
區文化活動，等等。大學文化與居民社區文化不妨互動，讓大學深入
城市，而居民則由大學擁有的資源獲益。

　　縱然宋代的開封已蕩然無存，仍然有《清明上河圖》，有《東京
夢華錄》。由《清明上河圖》看當時的城郭人民，人煙輻輳的市廛，
近郊的巷陌，熙來攘往的行人與商販，富於動感的場景象是瞬間定
格，成為了後世人們持久凝視的對象。這幅畫出世之後的世代，人們
窮極搜索，意圖從中讀出更多的信息，關於北宋的京都，關於那個時
代的商貿活動，其時社會生活的一般面貌，構成日常生活空間的物質
細節，人與人的交往方式，等等，等等。還有哪個城市，有這樣富於
魔力的紙上風景？據說杭州（南宋臨安）也在經營「宋城」，與開封
的「宋城」可有一比。此宋城與彼宋城的重大差異之一，就應當是彼
宋城沒有《清明上河圖》作為藍本，也沒有其經典性堪與《東京夢華
錄》比擬的著述。此圖此書，也就成了開封獨佔的優勢。

　　「城市學」近年來已成顯學。嚴格意義上的「城市學」，應當是
整合了多個學科同時具有現實指向的學問。據我所知，臺灣學者在城
市研究方面有大的推進。臺灣「中研院」2006-2008 年「明清城市文
化與生活」的主題計劃，涉及廣泛。希望大陸的城市研究也能不循現
成路徑，開出新路、新境，走向中國史中城市的新的可能性，在歷史
與現狀的交接處重新發現一個城市的可能性。

　　我自己近一時期有關城市的文字，更是「時政批評」──具體而

言，即「城市改造批評」——無關「城市」之為「學」。「城市改造」
乃緊迫的「社會問題」，早已引起普遍的焦慮。面對已成之局，阻止
最後的破壞，由推土機下搶救殘存的「城市文化」，人文學者與有責
焉。我個人則希望如開封這種古城慎於旅遊開發。與其展示粗劣的假
古董，不如「留白」，或逸筆草草，提供想像的空間。不與別處爭名
人、「故里」，而是改善胡同的基礎設施，讓城市的下層、底層民眾活
得有尊嚴；延續與豐富歷史記憶，興起人才，培育生機，經由活躍的
文化活動，使蘊含於城市的能量得以釋放，讓「文化」重新生長起
來。開放、敞開，而又自成一格，在「千城一面」的城市改造中有一
張自己的臉。這才是真正的「城市名片」。

　　出生地（蘭州）與生長地（開封、鄭州），對於我，後者顯然更
是「決定性」的。與這樣一個具體地域的緣，是你與斯世的諸緣之一
種，是你所以為你的一部分根據，與生俱來，無可替代。那是你的宿
命。這樣說似乎有消極意味。其實我感激於家鄉的給予，嘗試著由各
個方面探索這一種如此切身的關係，從而更深一層地認識我自己。寫
作提交會議的文字，也是我認識家鄉的過程。其中所用材料並不稀
見，對鄉土、故地的那一份關切與期待，卻是我自己的。

　　做明清之際的思想文化研究，我始終留意鄉邦文獻，卻只有零星
片斷的收穫。記得讀清初鄭廉的《豫變紀略》，明清鼎革中發生在中
原地區戰事之慘烈，令我心神悸動。但在準備提交會議的文字時，感
到的卻是有關家鄉的知識的貧乏。閱讀有關家鄉的文獻，一點一點地
拼貼家鄉的史地面貌，這樣的學術工作，一定改變著也豐富著我與家
鄉間的聯繫。我希望知道，北宋以降在這片土地上發生了什麼，將家
鄉塑造成了我所知所見的樣貌。這一過程的每個環節、每一細節我都
想知曉。尤其近代以來發生在這土地上的變遷，20 世紀的政治史、
20 世紀後半期的政治文化對這裏的世情民風、人文面貌的塑造。這

或許不是一個適於用學術來處理的題目。至少處理的時機尚未到來。但作為問題，它強烈地吸引著我。當我的家鄉遭受非難時，我並不竭力為其辯護，我更希望知道，那一種印象——即使是歪曲的，以偏概全的，甚至不懷好意的——是怎樣造成的。

我曾聽父親講他早年經歷，說在家鄉較為荒僻、交通不便的地面，可以向店家雇一頭毛驢代步，到了目的地，毛驢自行返回。這聽起來像是奇聞。父親自然不是在編故事。那麼這一片風景是在何時、又是在怎樣的過程中消失淨盡的？

歷史地理、文化地理（或人文地理）是有趣的學科，可惜我缺乏有關的學術訓練，所提交的文章一定大有糾謬的餘地。歷史地理學務求精確（即如地名所指範圍），而我卻不免含混。所涉及的若干線索，也未能展開。但讀有關的著述，至少使我關於家鄉的想像豐富起來，甚至因此而有莫名的感傷。

但文章既已寫完，不如抽身出來，回到旁觀的位置，為這座城市及其中的居民祈福。

2011 年 10 月

再說我與開封

今年 10 月下旬在開封召開的「開封：城鄉記憶與文化想像」國際學術研討會前，我準備了文章《開封：水，民風，人物》和《我與開封》的發言稿。所以說「文章」而非「論文」，是因其中有「我」現身，涉及了一點與開封這座城市有關的早年經歷。儘管文章除此之外的部分，嚴格遵照了學術工作的工作倫理，這種個人的經驗性的內容，仍然是通常學術文體所不能容納的。所以這樣寫，是因為開封之於我作為研究對象的特殊性。這是一座於我有溫度的城市；寫作關於開封的文字，甚至有如對肌膚般的觸感。我不能忘懷這個城市對於我的塑造。在這座城市度過的早年，是我成為現在的我的一部分原由。

面對開封，你不能沒有關於「盛衰」的感喟。這座城市的歷史中蘊含了深刻的悲劇性。倘若你隨時想到層層城市遺骸就在你腳下，會有一種奇特的感覺的吧。當然，我們的腳下遍佈歷史遺跡，但開封仍然不同。由戰國時期直至清代，城市遺骸幾乎在「原地」層層沉埋，仍然極其稀有。那不是某個特定時期的城市化石，如龐貝古城，的確是層層掩埋的歷代開封的「遺骸」，以至這座城市儼若巨大墓園。開封的考古工作者將此描述為「城摞城」。在我看來，這儘管不失為一種通俗形象的說法，卻難以傳達我所感知的那種沉重。細想一下，這種事不免有點兒匪夷所思。第一次被淹沒後，何以不重新選址，有何必要非得原址重建？為了風水？因了與「自古帝王都」、「龍興之地」

有關的迷思？一個基督徒，或許會即刻想到「被詛咒」，但這不是古代中國人的思路。他們寧願以其信念對抗幾乎是注定了的厄運。

　　為寫那篇文章，讀了日本學者久保田和男的《宋代開封研究》。久保田和男在他的書裡提到了自己為了這項研究，曾於 2000 年在開封生活了十個月，領教過那裏春季的風沙，「再次對北宋為何奠都開封感到疑惑」，因「將開封作為首都的理由，一定不是適於居住這一點」。我卻想到，或許那沙塵未必從來就有。至少《東京夢華錄》的作者像是沒有抱怨宋代開封的氣候不能忍受。

　　寫那篇文章，我的「問題意識」是，開封這座城市北宋以降經歷的衰變過程究竟是怎樣的？更擴展一下，中州地區唐、宋以還所發生的經濟文化全面衰落原因何在？「原因」似乎不難歸結，無非那樣的幾條。但倘不梳理過程，「原因」就難有著落。

　　對於開封、中原地區在古代中國歷史上的衰變，我有切身的沉重感。「切身之感」並非從事學術工作的必要條件，甚至有可能因此而減損了「客觀性」。但我仍然認為，有此感與沒有此感是不一樣的。也因此總希望能探問「歷史」，想問出個究竟。這也是我寫開封的一部分動力。探問、回溯之後，你的經驗與感覺會有不同。學術工作重塑了你對這一地域的感知，以某種形式進入了、滲入了你的經驗。這應該可以為「學術/人生」做一例證（我曾寫過以此為題的短文）。嚴格遵循學術工作的工作倫理，不意味著那份職業無關乎從業者的身心。

　　我嘗試過不同文體的鄉土書寫，各有側重，互為補充，但仍然認為學術是提升、拓展個人經驗的有效方式，有利於更深地進入一個具體地域。我發現在認知層面，世代累積的有關某一地域的知識，對於現狀，未見得沒有解釋力。即如人才狀況。有學者希望知道，何以中州人士與其它地域（如江南）人士少有交集，其影響局限在當地，聲光不能達於該地之外。你要經由回溯，才能求得一部分「解」。

　　古代中國豐富的地方史文獻，方志外，另有山志、河渠志等形式，「輿地」的概念涵容豐富。有傳統體裁，又有個人方式。明代王士性的《廣志繹》，清初顧祖禹的《讀史方輿紀要》，就各擅其勝。更個人化的，是大量的紀遊文字。凡此，未必合于近代學科意義上的「歷史地理」、「人文地理」的界定，卻可能既有缺漏又有溢出，有近代學科制度所不能容納的內容，尤其那些更人文、更感性、更有歷史性、更與一段歷史血肉相連、更與個體經驗、個人關懷相關的內容。這些文獻取「地域」視野，平衡了「空間」概念與「時間」概念（正史的「地理志」正有此功能）。借由不同的材料進入「歷史」，進入一座城市，也可能是新的學術經驗。

　　儘管河南的經濟社會發展較為落後，我卻曾就讀於省內最好的小學與中學；又因父親的緣故，較早地開始了文學閱讀，並在寫作方面受到父親與老師的鼓勵。儘管有過挫折，卻也因此而獲得了較之同齡人複雜的內心經歷。插隊與任教中學，則使我有機會瞭解鄉村與底層城市。物質生活方面從來沒有條件「貴族化」，這對我尤為有益。我至今仍能適應較低的生活水準，自以為對貧窮尚能感同身受。這種感知能力，在我看來，是人文學者所必備的──或許這一點未必能獲贊同。河南，早年經歷，目擊親歷的「下層」，對於我，是「背景」一類的東西，卻又對於作為姿態的民粹式的「底層關懷」保有警戒。

　　10月下旬的會議之後，我走訪了遷離開封前讀過的最後一所小學，第二師範附屬小學，與妹妹走了一趟放學回家的路，經「寺後街」、「小西閣街」到了家曾在的胡同「大坑沿」。開封有「街」有「胡同」，不止馬路稱「街」，如馬道街、旗纛街（開封人讀「纛」為「毒」），胡同也可稱「街」。大坑沿是「胡同」（開封人讀「同」作「洞」）。在那條胡同，有老者還記得當年我家的房東，說是叫石華亭，是個律師。每次回到開封，總會鬼使神差地走到這地方，見到的

卻是年復一年的破敗。路面愈加坑坑窪窪，毫無改善。窮巷中的老
人，推了安裝了輪子的木箱，能坐能行——那是他們的「座駕」，倒
像是一種發明。一家店鋪門外，見推了這種木箱的老嫗，吃力地由自
行車掛籃中撈一張廣告紙。這些老人，倘若瞥見日見繁華的西區（新
城、新區），會不會有無以填充的缺憾感？他們或許更宜於枯守在老
巷中，待在生活水準大致相當的左鄰右舍間，保住一份與世無爭的
平靜。

這座城市在大舉開發旅遊，菊花盛開，景點無不花團錦簇。如蒙
當地父母官垂詢，我會說，旅遊業固然要發展，老城區的改造總要破
題的吧，雖則難度相當大。不能讓老街繼續作為新城、新區的陪襯，
將那裏的居民——大多是開封的老戶，見證了這座城的歷史——無限
期地留在黯淡中。總得給他們點希望。至少在拆遷改造前，先以民生
設施拉近與居民間的距離。即使僅僅為當道計，這種「民心工程」也
有可能成為日後「改造」的鋪墊的吧。開封畢竟不應當是展示給遊客
的假古董，它首先是其中居民安居之地，他們安心過日子的依託。

北京的南鑼鼓巷、煙袋斜街、五道營之類的地方，是旅遊景點。
恭王府周邊的胡同尚存舊貌，如何維護，也是難題。紹興的老街保存
尚完好，卻如嵌在城市中的盆景，與周邊城區不搭調。或許是在市政
當局發現了它們的商業價值後，由推土機的履帶下「搶救」下來的。
去年年底看過了那裏的幾條老街後，寫了一篇短文，題作「老街老橋
老屋老人」。較之開封，紹興的老街尚有保留價值。開封的胡同如大
坑沿，老舊的門樓只一二見，「歷史面貌」早已湮沒在蒼老的歲月
中。如何保存胡同而又提升居民的生活品質，是當局者早晚要面對的
課題。

以學術的方式回訪「童年的城市」，我發現自己在完成一項研究
後，難以輕鬆地抽身。於是有這些衍生品，以盡未盡之意。我並不常

常沉湎在「懷舊」這一種情緒中。既有思緒襲來，不妨順應，於是斷斷續續寫下了若干篇文字。

2011 年 11 月

第二輯　屐　痕

郁達夫有遊記的結集──《屐痕處處》。我的遊蹤不廣，不敢言「處處」，更不能周行萬里、「車轍滿天下」。所到之處，也少有古人「攬山川形勝」的情懷。殊方異域，絕少履及。但即使「屐痕」不過幾點，也是個人生活中的印跡，自己偶而檢視之外，也如野人的獻曝、獻芹，一意與人分享，而不自揣其鄙陋──這是要請讀者諸君體諒的。

進入中國現代文學之初，曾耽讀郁達夫的遊記，在我讀來，略近於白話體的古代散文，或者說有古文韻味的漂亮的白話。郁達夫曾旅日，是著過屐的。今天的人們（南方多雨地方或許除外）已少見所謂的「屐」，但不說「屐痕」而說「鞋印」，稍嫌俗；「遊蹤」又不免誇張。

不難看出，寫下面的文字的，是挑剔的遊客，似乎總有不滿：這不是旅遊的最佳狀態。也如上一輯的寫城市，收入此輯的紀遊文字，有或隱或顯的「考察」味道，所涉及的，或與我長期以來的關注有關。而較為「純粹」的旅遊，感印更深的，倒有可能難以形諸筆墨。即如 2006 年與幾個友人的西北（蘭州─天水─敦煌─嘉峪關─銀川）之行。那更像是一份「私人收藏」，難以與人分享似的。

雨中過居庸關

　　那年夏天由包頭返回北京，清晨時分車過延慶，車窗外正在下雨。偶而瞥見了道邊「狼山」這地名，精神為之一振。之後又與「青龍橋」這字樣迎面相遇，瞥見了車站邊的詹天佑墓；而後是居庸關。我對於地名，略有一點「文字敏感」，在日本看到「淺草」這地名，就不免望文生義，有某種意象浮出腦際。以往多在京城以南往返，那次由內蒙回京，初過京西一帶，觸目皆新鮮。在這乾旱的華北平原，官廳水庫算得上「巨浸」，卻只能由列車上遠遠地看過去，未能去親近那一片水罷了。

　　因系雨天，鐵路沿線諸山煙雲繚繞，尤其居庸關一帶，矗立的高壓輸電線與亭閣並置在同一畫面上，有一種奇異的情調。雨水沖刷著岩石，僅餘了牆基的長城，貼在山脊上，蜿蜒接上了簣峙嶺上的烽火臺。這以磚石書寫於「實地」的歷史，在煙雲繚繞中見出了深遠。看著層巒疊嶂間的「遺痕」，你不難想像工程的浩大，施工的艱難，只能賴有以生命為抵押的苦役犯的勞作。當然你還會想到，在這樣的所在，軍械、糧餉的運送，該有何等不易。

　　讀明人的文字，往往遇到京畿諸關隘的字樣，以及屢屢見諸明清之際文獻、為兵家必爭的古北口、牆子嶺、喜峰口、一片石之類，總令人有異樣的感覺，似乎看到了月光下鐵甲刀兵的反光，嗅到了硝煙塵沙的氣味。那些個地名各有故事，甚至重重疊疊的故事。崇禎十一年秋，清兵自牆子嶺入；吳三桂引清兵入關，曾大敗李自成軍於一片石，都不過是諸多故事中的一兩則罷了。

　　崇禎九年，盧象昇以兵部左侍郎兼督察院右僉都御史總督宣、大、山西軍務，奏疏中說曾由居庸關曆岔道、柳溝、永甯、劉斌堡、周四溝、黑漢嶺、四海冶、火焰山、靖胡堡、滴水崖、寧遠堡、長伸地、龍門所、牧馬堡、鎮安堡、青泉堡、兩河口、鎮寧口、獨石口，迴環四百餘里，其間大小隘口不下四十餘處（《請增標營兵餉疏》，《盧忠肅公集》卷五）。另疏則說自己「從昌平、得勝口出柳溝、南山以達永甯、延慶州，登火焰山，曆靖胡、甯遠諸堡而抵獨石、龍門、張家等口，直至萬全、右衛、柴溝、新河，紆回曲折，盡一千三百里之長邊，蓋無處不到矣」（《處分協府將備疏》，同書卷六）。這一長串地名看得我眼花繚亂。但這明末名將卻不是戰死在他提到的那些個關隘堡寨，而是死在鉅鹿賈莊、無遮無攔的冀南大平原上。當年有人哭盧象昇之死，說「遙望將軍酣戰處，賈莊落日起悲風」（《哭盧司馬》，《盧忠肅公集》卷首）。盧氏如若說死於戰場，毋寧說死於黨爭。知不可為而不得不為，不能不為，死得實在可惜。

　　我真的佩服那些晚明史專家，將其時犬牙交錯的戰場形勢、頭緒繁多的大小戰役，梳理得井井有條。我讀與戰事有關的文獻，記住的卻往往是情境、人物，即使這次的過居庸關，想到的也不是某一次具體的戰役，而是實地感受了這古戰場的寂寥空曠；令我怦然心動的，是岩石上淋漓的水跡，閃亮的水光。其實我關於盧象昇、孫傳庭，更為動心的，是其人的被置於「絕境」、「死地」時的悲情——仍然是以「文學」的方式讀史。較之史實，興趣始終更在於人的境遇與命運。而對關隘阨塞這種「歷史地理」環境的興趣，固然來自文字歷史，卻也有或多或少出於青少年時代培養的「英雄主義」的激情。這種激情雖然經了歲月的銷蝕，卻依然藏在了「內心」的某處，一旦讀史，也就被喚起。在這種時候，你知道了自己的心還沒有乾冷。

　　自昔傳說中黃帝與蚩尤戰於涿鹿之野，這片土地上發生了太多的

戰爭。密佈的關隘，無非天造地設又加了人工的戰場。古人所謂的「山川形勝」，往往正是由軍事的方面著眼。明代的王士性說「長安稱關中，蓋東有函關，西有散關，南有武關，北有蕭關」，其它尚有大震關之在隴右，瓦亭關之在固原，駱谷關之在厔，子午關之在南山，蒲津關之在同州，豹頭關之在漢中（《廣志繹》卷三《江北四省》）──拱衛長安，竟有如此多道關！

　　寫過一篇關於明清之際的文字，題作「談兵」，分析的是明人、尤其是明末士人兵事之談以及談兵者的心態。其實我的興趣更在於與「兵」有關的意象，寫完了那一篇，也並沒有增多關於「兵」的知識；每當觸到與軍事有關的地名，即如陸游的「樓船夜雪瓜州渡，鐵馬秋風大散關」，總會有莫名的感動。刻印在史書中的那些字樣，各各挾了一段煙塵，讓人頓生莽蒼遼遠之想。曾經設想過攜了史籍遍訪天下雄關，尤其史書詩詞中一再提到的諸關，即如被認為京師屏障的渝關（今山海關）、居庸關、紫荊關、倒馬關、井陘關，以及陝地的大散關，山西的娘子關、甯武關、雁門關……這些個關，僅字面就對我有神秘的吸引，至今卻除了居庸關、山海關、嘉峪關外，到過的惟有江西境內的梅關，曾在紀遊文字中寫到，說其地在今人看來，並非「雄關」，無險可以扼守。作為標誌的關門雨跡斑駁，記得楹聯寫的是「梅止行人渴，關防暴客來」，據說系贛人所設，為粵人所不滿；那擬想中的「暴客」，多半自南而來的吧。此門不知是何年月的舊物，今天尚無恙否？到過的諸關，山海關最稱雄偉，嘉峪關則更蒼涼，且格局完整，一組建築，錯落層疊。與三四友人站在城樓上，斜陽下四面臨風，綿亙在遠處的，是祁連山的雪峰。那種感覺，是遊山海關時不曾體驗的。山海關作為旅遊景點太「熱」，又經了粉刷油漆，而嘉峪關，至少我們登臨之時，尚未加修繕，保留了較多「歷史」的顏色。我的經驗是，你不如滿足於品味文字，不必定要踏勘那

「實地」，若是你不想破壞醞釀已久的意境的話。

「關」在用來抵拒敵國外患之外，更經常的，或許是行政分割的標記。「日暮鄉關何處是，煙波江上使人愁」（崔顥：《黃鶴樓》），「關」與「鄉」一道，盛載了遊子的鄉思。交通日益便利，鄉愁也就日見淡薄。明人稱「絕塞」的，早已是人煙輻輳之區。去年春夏之交，到了瓜州古渡對岸的鎮江，竟喚不起歷史的滄桑感。讀城牆、讀關，無非是在讀刻寫在磚石上的歷史，讀流經磚石的歲月，培養由「實物」感知歷史的能力。磚石所記錄的，是王朝的一部分歷史；其粗糙的表層，正令人想到「歷史」可觸摸的質地。即如明朝，將最後掙扎的痕跡也留在了「牆」上，使後人的歷史想像有所憑藉。「實物歷史」正在迅速消失，或被以商業目的改造。這種消失與改造不可避免地重塑著人們感知、想像歷史的方式。這種更為隱蔽的改寫歷史的過程，往往為人所不覺。

據張穆《顧亭林先生年譜》，顧炎武順治十六年，出山海關，返，至永平之昌黎，著《營平二州史事》六卷，有《山海關》一首，《居庸關》二首，其中一聯曰「居庸突兀倚青天，一澗泉流鳥道懸」。[1]順治十七年，康熙元年、三年、八年、十六年，顧氏又前後五次到昌平。他一謁再謁的天壽山，乃明皇陵所在。說謁天壽山其實也就是謁明陵，亦一種「政治表態」的動作。[2]年事漸高，我自己早已淡去了踏勘的雄心，也想不出該如何進行——是如談遷似的「擔簦」步行，還是像顧炎武的以二馬二騾「載書自隨」？不可解的是，何以當年那「亂世」尚沒有如今天這樣嚴重的安全問題，以至你已不敢涉足人跡罕至之地——在這一點上，真不知是進步還是退步。最可靠

1　王冀民《顧亭林詩箋釋》引《呂氏春秋》「山有九塞」，說居庸即其一，漢代稱「軍都關」，北齊名「納款關」，唐朝稱「薊門關」，為太行八陘之第八陘。

2　年譜以《古北口》一首、《五十初度時在昌平》一首繫於康熙元年。

的，自然還是神游於記述雄關險隘的文字之間。即使真到了「實地」，你所能感受的，也依然是「意象」，你個人的歷史想像。如此看來，踏勘也不過是想像的觸媒而已。

上一次去作為旅遊景點的長城，已記不清是何時候。較之經了整修的古跡，倒不如去看殘跡以至廢墟。上世紀 80 年代在西安參觀兵馬俑，令我心動的，是尚未充分開掘的部分。那些露出在土層外的兵士的頭顱，殘缺不全的肢體，令人不能不去想像血戰之餘「穴胸斷脰」的慘烈。所見平遙、興城的城牆，均經了整修。2002 年在山海關所見的牆，修補痕跡清晰可辨，合於文物保存的原則。這些段城牆自然各有故事；那些磚石始終在講述著什麼，只是我們有可能不善於傾聽、或聽而不聞罷了。我所見過的最雄偉的明代城牆在南京。1975年由城牆下走，只見苔痕斑駁，水跡縱橫；2002 年春重訪該地，在玄武湖邊所見的一段已過於整飭，不免令人生疑。坐在玄武湖邊看明城牆，想到的卻是不知有多少磚石是當年舊物，未免敗壞了興致。

毛澤東曾引朱元璋的「高築牆，廣積糧，緩稱王」。明定鼎後持續地築牆。明長城無非是規模最大的牆。明末邊政，「邊牆」是一個大題目。在今人想來，在廣袤的松遼平原上，那些牆，真的不知道效用如何。讀陳子龍等人所輯《皇明經世文編》，談兵者關於邊牆的主張針鋒相對。反對的一方，理由就有，築牆不過方便了消極避戰：征之明末的戰事，誰曰不然！讀有關的記述，我想到的是其時的軍人瑟縮于邊牆之下，冀延一日之命。盧象昇就說過，「蓋塞上一牆，便是華夷之界」，明軍畏「夷」如虎，往往敵方「掩至門庭，猶然不覺」（《請飭秋防疏》，《盧忠肅公集》卷十）。明亡之際的事實證明了，無論關隘還是邊牆（包括長城），以至當時的先進武器（火器），均不足以拯救一個頹敗的王朝。最堅固的長城，本不是用磚石構築的。

2003 年「十一」長假，居民社區附近的「元大都城垣遺址公

園」整修後開放，曾與丈夫向東向西各走了一趟。東行遊人漸少，那「城」也漸顯。鋪了草皮的土牆，雖不高峻，卻壁立，草葉在陽光下的反光，若水之流瀉。一路走過，令我難忘的也就是這段牆。

雨中過居庸關一些年後，記憶中那水光閃閃的岩石，仍清晰如昨。遙想當年，蕭蕭馬鳴，獵獵旆旌——今人還能否由風中隱約聽到鐵馬金戈的撞擊聲？

2013 年元月

貴州一日

　　已是抵達貴州的第四天，學術討論會及會後的活動已結束。依來黔前的約定，上午是面向本科生、研究生的講座。演講 10 時許開始。儘管近於座無虛席，卻覺得報告廳空曠、清幽，四壁間似有回聲。我隨時能感覺到坐在右側的偉華的專注的目光。她由北大讀博返回貴州後，已是一個幹練的學術活動的組織者，不再是我記憶中的那個女孩。演講後走在校園中，偉華挽著我的臂，流了眼淚，說慚愧自己荒廢了學術。我其實很瞭解在地方院校做一點事的艱難，也不認為只有學術是惟一值得致力的事業。

　　下午，按計劃訪問貴陽、安順間的一個村子——是來黔前由我提出，偉華安排的。曾在北方的鄉村插隊，儘管看到過南方的村莊，走進農舍，這似乎是第一次。村子離公路不遠。據當地的幹部說，貴州的貧困鄉村多在山裡，有些處至今道路不通。這村莊在平壩上，農舍密集而高低錯落，沒有北方式的農家小院。儘管天氣晴好，村路仍泥濘，爛泥中有牲口的糞便。也如此行所見貴州其它處的鄉村，就地取材，農舍的外牆用石片疊成，屋頂也用石片苫蓋，由我似的北方人看來，覺得不如北方的土木結構的居所嚴絲合縫，不知到了冬季是否真的能蔽風雨。也如在「屯堡」所見民居，宜於觀賞，尤其俯視，卻像是並不舒適。但我也知道，每一地的民居，都在悠長的歲月中形成，適應著當地的環境、氣候，形制、格局，必有其合理性，非觀光客所能知。

　　去了村子中較貧困的幾戶人家。樓底進門的一間，北方作為「堂

屋」者，無不狹小局促，堆放著糧食、雜物，砌著鍋灶。有的人家，
閣樓由樹枝棚起，像是不能承重，卻是一家老小的臥室。先去的一家
的主人，是村子裡的代課教師。家中絕無長物，沒有看到一本書，閣
樓的床板上，堆著一團爛棉絮。代課教師看來體質較弱，說到收入的
微薄，神情憂鬱。他已代課多年，還沒有轉為正式教師。儘管陪同的
村官表示已盡力關照，但這樣的家境，怕是難以讓這位鄉村知識分子
保持尊嚴的吧。另外的一家則已婚的兄弟同住一處，也同樣逼窄狹
小，當門的一間，牆角的鍋灶據說是老人自己做飯用的。

　　陪我來村裡的，有一位貴州師大的碩士生，途中講述了她自己的
故事，和她與同學參與扶貧活動的見聞。女孩是貧困生，除得到有限
的資助外，有時也發表一點文章在報刊上，補貼日用。女孩很嚮往北
京，希望將來能到外地讀博，我卻擔心她難以與京滬等地名校的學生
競爭。較之大城市、名校學生，她的學術訓練或許不若，「知識水
準」卻未必在那些年輕人之下，如果所謂的「知識」包括得之於閱歷
的社會生活的知識的話。回到北京後收到了她應許寄給我的她與同學
記述扶貧活動的文字。文字是幼稚的，但這些年輕人所承受的沉重，
卻非我在北京的學生所能想像。

　　趕到安順的文廟，天已向晚，已是錢君與當地一些從事農村建設
以及參與社會調研的知識分子茶敘之後。這文廟的文物價值無可懷
疑。即使在薄暗中，也看得出這一組建築的宏敞精緻，據說是當地讀
書人的聚會之所，確有有心人在經營這份文化事業。院子的一角有茶
座，空氣中飄散著樂音。當時就想，倘若這一組建築在京城，一定不
會如此冷清的吧。即刻又想，總想將天下的好東西搜羅到京城，是不
是也有京城人的貪婪與自私？我們佔有的資源已足夠豐富，卻並沒有
與此相稱的貢獻。比如我自己，就不曾像眼前這些知識者那樣，切實
地在一個村子與村民一同從事建設，也不曾參與如此深入系統的社會

調查。司馬遷說訴諸空言「不如見之於行事之深切著明也」，能「見之於行事」的，就有我面前的這些人。一本厚重的《屯堡鄉民社會》遞到了我手中，參與這項調研的，有和我一同前來的師大的那位研究生。我想她是幸運的。儘管不能擁有京滬的青年所有的物質條件與文化生活，卻能生活在這樣的一些活力四溢的知識者中，在這種嚴肅而生動的氛圍中。發生在這裏的，不大象是上世紀九十年代後的故事。這種純正的風味，或許正因了遠離喧囂才有可能？

餐後同了當地的朋友在老城區閑走。那段老街多少保存了一點這小城舊日生活的氣氛。在貴州師大校園中曾不意遇到一座像是上世紀五六十年代的舊建築，那年頭的大禮堂或室內運動場，頓覺熟悉而親切。幾年前在莫斯科街頭，看到不同時期的建築並存，就很有點感慨，想到我們民族「苟日新，日日新，又日新」、「日新月異」、「革故鼎新」的古訓，是否被誤讀、至少是僅僅字面上的理解。時時追求面貌一新，必欲將舊日生活蕩滌淨盡，固然不利於文化（尤其是物質文化，更尤其是建築文化）的保存，也支持了目下到處進行中的大拆大建。曾留學西歐的小朋友說，他們許多年後重返當年居住的城市，發現不但城市面目依舊，連街角的小報攤也仍在原處，使他們有瞬間的迷茫。無論歐洲的「不變」還是中國的多變，都難以做簡單的價值估量。魯迅說的是「時時上征，時時反顧，時時進光明之長途，時時念輝煌之舊有，故其新者日新，而其古亦不死」（《摩羅詩力說》）。

夜的安順城令人安適。入夜未久，那段老街正度過一天中最閑散的一段時光。石板路面反射著燈光，跑過眼前的是嬉鬧的孩子。老街不寬，有的人家燒飯的爐子就在道邊。臨街的二層木板小樓，風味古舊，窗上印著燈下做功課的孩子的身影。不知這段老街還能保留多久，會否也像北京的胡同，在「城市改造」的名義下被大片地夷平。

回到賓館，繼續聽錢君與當地朋友閒談。錢君是老友，這「老」

是有時間長度的，已近三十年。我早就知道他在貴州在安順有一些朋友，被他以「精神支柱」形容。我知道他們一同度過了「文革」中的一些非常歲月，共有一段非常的歷史。但這些人物畢竟到這時才站在我面前。由貴陽一家書店中錢君著述的專櫃，到這個晚上的聚談，我不能不感動於一個人與其客居地的關係，竟有如是的「血肉相連」，在我看來，幾乎像是現代傳奇。回到北京後，我在幾個場合談到這傳奇。我自己則與任何一地都不可能建立這樣的關係，是漂浮在「生活」上的耽於冥想的書齋動物。

返京途中讀貴州作家戴明賢的散文集《一個人的安順》，又嗅到了那老街的氣味。久矣夫沒有讀到這樣的佳文字了。戴氏的筆墨細膩溫暖而富於情趣，正宜於講述這樣的小城故事。

回到北京後收看央視播放的影片《青紅》，即刻記起了貴州師範大學賓館天井中嘀滴答嗒的雨聲，天地間扯著的水簾，也想到了那位面容愁苦的代課老師，那些致力於鄉村建設的生氣勃勃的知識者。儘管不過幾天，相信已與這地方結緣——遠方的那些人們，那裏發生的事情，都將與我有關。

2006 年 12 月

印象婺源

　　2010 年春，終於到了婺源。十年前曾走過贛南，始終以未到婺源為憾。此次婺源之行，目的地之一為李坑村，正是我所期待的——早就想看看徽州民居。

　　雖春寒料峭，李坑村外的油菜花卻已殘了，零零落落。據導遊說油菜花盛放時，不但遊人填街塞巷，且排滿了田埂。我們到的這天，村中也遊人如織。與記憶中十年前去過的撫州的流坑不同，這裏的旅遊業當用「火爆」形容。出售旅遊產品的攤檔，由村外直排進村裡。村中的主路兩側，店鋪密佈。儘管已劃入江西，婺源屬古徽州，此行算是圓了看徽州民居的夢。但因我儘量避開遊人，也就失卻了看精品建築的機會。與村民交談，得知為開發旅遊，村裡貢獻了 170 多畝田地；每人每月付給 100 元錢作為補償。旅遊收入，政府與旅遊公司拿大頭，村民所得往往不到百分之十。由旅遊開發中受益的，如村口的店鋪，一年可有幾十萬元的進賬，其它店鋪則大大低於此。不臨街的村民，由店鋪代售農副產品，獲益有限，仍然主要靠務農、外出務工維持生計。

　　一條商業街，店鋪密匝匝排開，像是已成這類「景點」共同的設計。遊人很少有機會、往往也並無願望走進村鎮深處——那裏有仍在進行中的「日常生活」，與商業街上的一派喧鬧像是無關。白日的喧鬧過後，夜晚的村鎮或重歸闃寂，找回了自己的本來面目，如果那些提供食宿的農家，沒有收住過多的客人的話。

事後回想，對雲南和順古鎮的好印象，多少也因了我們抵達該處的時間。當時天剛破曉，我們應當是第一批遊客，該鎮尚保持著一份寧靜。而我們最先見到的鑲在古鎮邊緣的旅遊設施，也因了這寧靜而令人可以從容觀賞——那一組建築確像是經了精心的設計，以至我們竟忽略了作為「旅遊目的地」的古鎮本身，以為該地的精華盡萃於此。

婺源顯然有打造「景點」的自覺。動身之前，你已聽熟了央視旅遊廣告中的那一聲「老家」，以及接下來的廣告詞「江西婺源，夢裡老家」。沿途所見民居，形制經了統一規劃。在我看來，嶄新的粉牆黛瓦固然悅目，老舊房舍白牆上的水跡（黴跡？），是歲月的留痕，另有一種水墨畫的筆意。

作為一個景點，婺源的彩虹橋不大能使遊客滿足。「中國最美廊橋」的說法也不免誇張。至少由圖片上，看到過更精緻的「廊橋」。但彩虹橋造型簡潔、構造輕巧而實用，亭與廊的確「錯落有致」。支撐橋身的橋墩，有效地分散了流水的壓力。4月或許是枯水期，當洪水洶湧而至，當更能見出它的輕盈而穩固之姿。此種橋或許要生活在近處，才更能領略其好處的吧。它更像「老家」的橋，你童年嬉戲過的橋。

其實我們大可不必借助於攝影家的鏡頭看世界。攝影作為「藝術」依賴於攝影機的位置（角度）、拍攝時間（時令、光線），你對上述條件卻無從選擇。美是要尋找的；是否感受到美，系於心境也基於能力。由李坑走出時，無意間聽到了福建遊客的抱怨。有一句妙語：所謂旅遊，就是由你厭倦了的地方到別人厭倦了的地方去。誠哉斯言！但走走總是好的，尤其春天，剛由漫長的蟄伏中醒來。

或許因來去匆匆，未發現婺源將朱熹作為「品牌」。此公參與並主導建構的思想體系，與老百姓的關係太間接，顯然不能如李坑村、

曉起村的可供親近。來婺源的途中經過鵝湖書院，只見門庭冷落，細雨中一派淒清。

面對這類「開發」，我會想到沈從文的那篇《建設》，心情複雜。「建設」、「開發」都是好詞兒，很正面，只是要適度、合理，方「可持續」。在與地方政府、旅遊公司的博弈中，村鎮居民多半是弱勢的一方，難有討價還價的餘地。我其實不知道旅遊開發而不改變當地的社會環境、生態，是否可能；既讓當地政府與居民由「開發」中受益，又不強行改變當地居民的生活方式，「開發」該如何進行。也應當承認，借助於這類「開發」，增強了人們關於老房子、古村鎮價值的認知，有了保護的意識。只不過吊詭的是，不「開發」，老房子、古村鎮固然會在「自然過程」中死去，「開發」卻有可能造成不可修復的破壞，不過是另一種死法。在和順、李坑都聽到居民的抱怨：既不允許改建，又不給予補償，以支付為維護、修繕所必要的經費。生活在那裏的居民，至少在理論上有支配自己的房產、選擇自己的生活方式的權利。他們未必都情願將自己的生活作為向公眾展示的「文化遺存」。寫了上述文字之後，我得說，我自己也在人流中，是驚擾了當地寧靜的遊客中之一人。邊游邊大發感慨，是否有一點虛偽？

套用那個時尚的題目「印象……」，因婺源正是一個時尚的旅遊景點，也因如此匆匆走過，所得只能是淺表的「印象」。深度考察是要在該地停留的，用了遊客的方式自然不行。姑且保存一份「印象」，或許將來有印證或校正的機會。

2010 年 4 月

　　據 6 月 18 日《新華每日電訊》，包括婺源在內的江西、福建兩省四地，今年擬投入 40 億元為朱熹慶祝生日。看來朱氏並未逃過此劫。拙文以為婺源未將朱氏作為「文化品牌」，不過證明了「印象」之不可靠。

2010 年 7 月 7 日補記

溫潤雲南

　　我所見雲南的山水，多半有一種溫暖的調子，不那麼鋒棱峭利，也不曠遠迷蒙——當然，我所見確實有限，幾年前到過的昆明、思茅（現名「普洱」）外，也就是中緬邊境佤族、拉祜族聚居的西盟、瀾滄，與這次所到的仍在中緬邊境的傣族、景頗族聚居的瑞麗，以及曾經是滇西抗日重鎮的騰沖。

　　雲南早晚溫差大，有一日四季之說。清晨的空氣清冽澄澈。遠處的霧如帳幔，並不流蕩，就那麼凝然半掩在山腳、山腰。抵達和順時，古鎮尚在薄暗中，收入相機鏡頭的景色沒有層次，卻寧靜如尚在初醒前的朦朧中。民舍被陽光點亮，這一角，那一隅，光暗分明，古鎮的輪廓漸次顯現。最醒目的是鎮頭那間圖書館，「和順僑鄉」的招牌。當年央視的古村鎮評選，和順拔得頭籌，與這圖書館大有關係。由文獻看，圖書館的前身，是清末當地的同盟會會員組織的「咸新社」（按：「咸新」應即「咸與維新」）和 1924 年成立的「閱書報社」；後經海外華僑和鄉人捐資贈書，1928 年擴建為圖書館。這一組建築的風格中西合璧，有濃厚的「僑鄉」風味，在類似設施中堪稱極品。較之江南各地的藏書樓，圖書館因其「公共性」，更有近代意味。至今圖書館在中國的鄉村仍屬奢侈品，無怪乎令評選者印象深刻。

　　在週邊的商業設施盤桓之後，真的進入了古鎮，不得不加快了腳步。我和兩位年輕同事進了一處保存完好的清末民居，四進的院落，格局完整，窗欞與周邊新建商業設施相比，雕工精緻而圖案豐富。房主人——一位中年婦人告訴我們，這一家的親戚多在境外。對這老宅

他們也想修繕——我們看到了院子裡的水泥——卻苦於資金不足。我們叮囑房主人千萬不要塗飾、刷新，盡可能保存原貌。

古鎮建在山上，道路相當陡峭。鎮內幾無遊人。沿路有門面小小的修鞋店。道側幾個男人在和泥，不知要建些什麼。也有嶄新的店鋪，所幸不多，就我們行走的範圍，似乎尚不足以改變古鎮的原貌。此次出行系集體活動，不能充分地「考察」。同行的年輕人遺憾事先沒有做足功課，否則會有明確的目標，也會更有收穫。古老村鎮的日常生活，只有住下來，才能細細地品味。而我們只不過走了一段路，進了一戶人家而已。

應當如實地說，古鎮周邊的商業設施顯然出於專業設計，品味不俗，只不過令人流連其間，忘其為「附屬物」罷了。附屬設施，其功能應當限於引導人們去看那文化遺存「本身」，而不宜喧賓奪主；而遊人將古鎮當作公園來遊（其周邊設施確也更像公園），則無異於買櫝還珠，不能不說是資源的浪費。倘若再畫蛇添足、斷鶴續鳧，那破壞將是永久性的。不少地方官與開發商熱衷於做的，正是這種事。2004 年由友人安排了去離上海不遠的朱家角，只見密密匝匝的店鋪排列在道旁，踏入該鎮，商業氣息即撲面而來。後來與兩個陪同的女孩迷失了道路，走到了遊覽區之外的僻巷，瓜棚豆架，幾個老人臨流（水渠）而坐，悠然地打牌，如汪曾祺小說中的一景，不禁心動。

到處有文物、古建專家與旅遊業、開發商之間的博弈。旅遊產業的開發與文化遺存的保護孰輕孰重，早已無人關心。短線投資，立馬收益，因「開發」而致損毀、破壞的例子，舉不勝舉。湘西的鳳凰，雲南的麗江，無不開發過度，淪為或正在淪為商業繁盛的文化廢墟，令人痛惜。而慈谿等地則在急不可待地跟進，且有著堂皇的理由。接下來還將有多少古城、古村鎮步鳳凰的後塵？

2000 年與幾個小友驅車到了江西撫州的明清村「流坑」。其時大

約因了交通不便以及「宣傳」不力，該村還沒有成為旅遊熱點。過後我在紀遊文字中寫道：「這村子令我感動的，更是流蕩在古老建築間的活的人生的氣息——進門處有米櫃，農具靠在牆上，板桌上、天井的水池邊，是剛洗過的青菜。今人與古人，前人與後人，那些富有而顯赫的人物，與他們的農人後裔，儼然共用著同一空間。只要想到在這些老房子中每天以至每時都會發生的相遇與『交流』，想到你隨時可能與活在另一時間的人物擦肩而過，無論如何是一種神秘的經驗。較之午後的儺戲表演，這些實物與尚在進行著的日常生活，或許更有民俗學的價值。」（《走過贛南》）過了這些年，那個當年保存完好的村子是否能幸免於「商業包裝」？那些個院落、狹巷尚無恙否？居民是否還照舊住在先輩留下的老宅中，而不是將那些古色古香的房舍院落改作了展品以至店鋪，打磨、粉刷、油漆，使先人的氣息永遠地消失？

幾年前在我童年生活過的開封，見到一處不曾聽說過的「會館」，已被「開發」為景點。為吸引遊客，會館所在的街道被擴寬，路邊嶄新的店鋪冷冷清清。會館被剝離了原先所在的環境，即風味大失，這一點，主持者是不會想到的——且那樣的街道，還是開封嗎？也因了怕失望，上世紀 80 年代去過的，即無意重遊，怕該地早已為商業空氣、旅遊產品充斥，失卻了舊日風韻。專家的聲音永遠不如開發商們的宏大，更不為官員所樂聞。而為各級官員補文化課，又緩不濟急，且倘若不為了混個學位、文憑，又有誰肯坐下來聽？

離開和順，在騰沖縣城西北的濕地稍作停留。我曾看過盤錦的濕地，銀川周邊的濕地，雲南的這片「北海濕地」視野更開闊。天朗氣清，遠處的一帶淺山歷歷如繪。浮在濕地上的草叢如厚毯，跳下去彈性十足，似乎隨時會陷落，不由你不心驚。

午後乘大巴赴瑞麗，有幾個小時的車程，正便於看野景。我看著

窗外，不願放過視野所及的任何一間農舍，一處田地。山道上有供遊
人歇腳的茶寮，兼售水果。坐在崖畔，有溫軟的山風拂面。北京正是
寒流，下著入冬後的第一場大雪，這裏卻如春末夏初，滿眼綠意。我
和同伴們很享受這冬日裏難得的和暖。沈從文寫過《雲南看雲》。我
的此行對雲南的雲未曾留意，在記憶中長久親切的，大概是「氣息」
的吧——莫可名狀，難以形容，卻是我所感知的雲南。

2009 年歲末

青岩‧青舍

2005 年參加貴州師範大學組織的學術活動之後，今冬有機會再到貴州，系應一民間資金支持的論壇的邀約。因了季節的緣故，此行在貴陽停留時間短暫，卻仍然有與舊雨新知聚談的機會，也仍然與上一次那樣，對該地印象深刻，離開後還回味不已。

每到一地，對該處的「城市改造」總有瞭解的興趣。論壇舉辦的前一日，由主持這項活動的兩位先生陪同，沿著「南明河」，看了被作為貴陽市地標的甲秀樓。覺得煞風景的，是甲秀樓後的兩座高層建築，粗暴地剪切了城市的天際線。這種不協調，在現今的城市中隨處可見。你不免會想到，倘若不急於照貓畫虎的「現代化」，這城市或許會是另一種格局、樣貌，比如化用本地的建築元素，兼由民族地區擷取素材。也不妨有不同時期建築風格的並置，如我在莫斯科看到的那樣──不同風格間有節奏、韻律的和諧，那座俄羅斯城市正是如此。去往麵館吃麵的路上，瞥見幾條像是很有味道的巷子。希望那些巷子不至於被拆得七零八落，使殘存的味道也消失淨盡。

餐後驅車到距城區約十公里的花溪區青岩鎮。出於對近些年古村鎮旅遊開發的失望，看青岩古鎮，並非我預選的項目，此行卻有意想之外的收穫。青岩古鎮也如我到過的上海近郊的朱家角、婺源的李坑，沿街店鋪密佈。同行的吳先生卻說，只要建築的面貌能保存，這不失為一種思路。當然，保存是要支付代價的。我一再在其它處寫道，無論城市老街還是古村鎮，在旅遊開發中均有必要改善基礎設施，即如借鑒國外保存老建築的經驗，保存形制而改造內部，接通上

下水,改善採光條件,且使那些地方的居民村民,由開發中切實獲益,而非為了開發旅遊,而硬將那裏的居民留在「前現代」。

古鎮的主路略有坡度,乍看竟想到了臺北的九份,只是不那麼陡峻,也少了一點雅趣。若是由文化人參與設計、經營,品味或有不同。遊人如織,兩位先生提議先避一避。彎進了一道小巷,入門,進院,坐進一間名叫「青舍」的茶室(吳先生稱之為「庭院式酒吧」)。茶室(或曰酒吧)樸野而不粗陋。經營的是一對小夫妻和一位由廣西漂泊而來的青年。那年輕人據說因喜歡上了這地面,就留了下來。人們似乎只知有「北漂」,有向著「北上廣」的「漂」,卻不知還有別種「漂」,隨緣適性,有可以安頓身心的所在,就不難在那裏活得自自在在。

茶室主人兼營客棧,那種嚮背包客提供低價位住宿的「青年旅館」。主人說,當初租下的是一個破敗的院落,現有的房舍系邊經營邊搭建。冬季客棧生意清淡,茶室倒像是很有人氣,暖意融融,一派輕鬆的家居氣氛;先後到來的年輕人,有的打開手提電腦,有的倚在沙發上閒談,都像在自家客廳,情調略近於我在日本所見京都小酒館主人與老主顧。小店的空氣,時尚而又古舊。古舊的那部分,不知是由何年月延續下來。

主人沏了一壺鐵觀音,略品即茶香滿口。因同行的兩位先生是熟客,吳先生就與青舍主人彈了吉他唱歌,陶然忘機,似乎可以無休無止地唱下去似的。那位廣西青年則輪番彈奏吉他、冬不拉和一種夏威夷的彈撥樂器「優客李林」,還吹奏了日本的「尺八」。吉他的彈奏技藝尤其精湛。中國的大小城市以至僻遠鄉村,想來大有這樣的青年,不只以某項技藝謀生,也自娛自樂,為那些陌巷荒村塗染了顏色。這或許可以歸為我一向陌生的所謂「青年亞文化」的?似乎內心深處的一根弦被撥動了一下。令我心動的,或許是那一種不同於我輩的活

法，與年輕人所擁有的生存能力。我較為熟悉的，是高校的研究生，學術圈中的年輕學人，承受著求職、學術競爭以至生存競爭的壓力，而這裏見到的他們的同代人，生存狀態與生活態度卻有顯然的不同。

我們進店時，青舍女主人尚在巷口擺攤，出售由網上淘來的稀罕小對象，小兒子則在寬敞的院子裡撒歡；中間曾跑了進來，對父親告狀說「大哥哥打我」。一隻我從未見到過的「下司犬」，緊緊地偎在我的腳邊。年輕夫妻雖以經商維持生計，神態卻閑閑的，雖營商而不失文化氣質，沒有慣見的生意人的面目。我卻也想到，再有幾年，待那小孩子到了學齡，這青舍還能否維繫。但我相信，在這環境中長大，古鎮的氣息，會從此伴了他一生的吧。

廣西青年撥弄吉他，大家聽得入神，幾乎忘了時間的流走。吉他是溫柔的，如竊竊私語。到起身告辭，似乎還浸泡在迴環往復的樂聲中。街巷上依然有遊人往來，心卻靜了許多。

論壇的舉辦已有三四年之久。赴青岩的路上，肖先生提到了籌備中的其它文化事業，又聊到了頗具規模的成都大邑民間經營的博物館。飯桌上還聽人說到民間出資的交響樂團，被視為論壇外另一文化品牌。你大可相信民間社會蘊藏著的巨大能量。民間文化事業的興起，或許將是今後數十年間的大趨勢，注定了會影響深遠。

我這一代人，曾對馬克思關於藝術的繁榮時期不與社會的一般發展成比例，不與物質基礎的一般發展成比例的論斷耳熟能詳，如將「藝術」代換以「文化」，明代的「新安理學」、「江右王學」即可作為注腳。上世紀 80 年代的四川、雲南、貴州，曾活躍著有全國影響的詩人群體。文化資源的高度集中，是 90 年代以後的事，並非從來如此，也必不會從此如此。即使僅僅由遊客的角度，也會發現滇、黔、桂這些經濟欠發達的地區，較之「先發」之區，更風味醇厚，且往往有深藏在俗世角隅的稀有人物，不同於大都會的別種情調、風

味。真的希望青年們能負起對於「原鄉」的責任。即使沒有這種「反哺」，富於社會責任感、有擔當的企業家和「在地」的文化人，也不難使該地的文化蓬勃興旺的吧。你對此不妨抱有期待。

2013 年 1 月

重遊日月潭

2007 年、2010 年訪台期間，曾兩度到南投的暨南大學，均係應暨大的學玲所邀。學玲任教於暨大中文系，所做的研究與我在同一時段且有交集。遊日月潭，是講學活動的「餘興」。2010 年的一次，因與老伴偕行，尤其難忘。

由台中到南投，地貌漸變，綠意也更濃。崗巒間公路邊的地名標牌，有「國姓」的字樣迎面而來。於是我知道了那地方與鄭成功有關。鄭成功被賜姓朱（即明代所謂的「國姓」），也叫朱成功，在我的學術研究範圍。不曾想到在這旅途中，會與「研究對象」如此地相遇。到暨大時雖已是黃昏時分，天光尚明亮，較之前一次，對這位於山上的美麗的校園，看得更清晰。次日清晨走出校內客舍，滿眼是明亮而柔和的綠，空氣清新甘冽，周邊環境清幽開敞，不由你不陶醉。

兩次遊湖的當日，都風和日麗，波光瀲灩。重遊有原先即已認識的暨大學生琇慧一道。琇慧的質樸誠懇，是我在大陸的同齡人中難得見到的。下午回到臨湖的教師會館——應當是提供給教師的休閒場所，雖不豪華卻十分雅致，設計很用心，處處舒適溫馨——坐在住室的陽臺上，邊喝咖啡，邊與琇慧閒談，眼光卻總為樓下湖灣的景色所吸引，難以移開。晚間演講後，學玲開車送我返回，山中一派清寂，葉縫間閃出零落的燈火。偶而瞥一眼車燈照亮的學玲的側影。車上那些瑣瑣細細的話，像是都印在了記憶中的山道上。走進會館的大堂，見老伴坐在蔥蘢的花木與閃爍的燈飾間，一時回不過神來，覺得一切都恍若夢中。

兩次遊湖都在臺灣的秋天。初游那次到湖邊時，欲雨未雨。在賓館的房間小憩，躺在窗下的榻上看水，只見天邊雲隙間橫著一道明亮的光，層雲下湖面平遠空曠，別是一種風韻。隱約可聞樓下水邊呂先生與暨大陶先生的語聲，訝異自己何以身在此地，如此寧適，不但遠離了「塵囂」，也暫離了學術，身心舒泰。像是很久沒有體驗過這種鬆弛了。

在看過了大陸的青海湖、千島湖以及寧夏的沙湖等等之後，我不能說日月潭給了我怎樣的驚喜。前後幾次臺灣之行，較之山水，更能令我一再回味的，往往是那種氣息，人與人之間的溫情。你走過的地方，並非都有短暫相聚卻歷久不能忘記的人。在暨大的兩次講學，題目均關「明清之際」。演講中印象深刻的，就有暨大師生間互動時，那種家庭般融和的氣氛，覺得與到訪過的臺北、新竹的名校，風味不同。因了自己曾經做過教員，對這種氛圍尤其感受得親切，不免會想到在這遠離都市的蒼翠叢山間，一些優秀的學人，與淳樸的學生相對，應當是一件美好的事。較之我們，總覺得那些老師是更純正的書生。

由南投陂陀的崗皋間走出，在彰化短暫停留期間，對幾十位讀碩的中學老師講沈從文，那氣氛也難忘。難忘的甚至有校門外吃過早點的小店。數度遊台，事後常常記起的，往往是市井街巷間尋常的風景：臺北馬路邊的豆漿攤點，城郊道旁向公車司機遞送便當的露天食攤，鹿港街頭的小餐館……你在這種地方隨處領受到溫情與友善。「誠信」其實只是底線而已；倘若僅有誠信，臺灣不足以令大陸遊客有那樣深的感觸的吧。

在我的記憶中溫暖著的，另有臺北市北投的那間造型別致、環境優雅、設施完善的圖書館。當我們走進時，不但沒有遭遇查驗證件，甚至沒有被多看一眼：那些工作人員都在埋頭各自手中的事。坐下來

翻閱報紙，見有像是無家可歸的老人，由破舊的袋中取出飯盒、筷子去打熱水，然後取了份報紙，坐在閱覽室外的廊上。能讓流浪老人坦然安然地用餐、讀報紙的圖書館，是我們有限的經驗中未曾進過的。看了分佈在那一帶的圖書館、溫泉展覽館，見雷先生夫婦和女兒已候在賓館門外。雷先生夫婦和女兒是我們最早結識的臺灣友人，對居住環境的安排極其細心體貼。較之旅遊指南上的「景點」，在我們看來，這當地居民可以日常享用的空間，確也更值得流連。

幾度赴台都不免想到，這隔海想像中藍綠惡鬥的地面，絕非戾氣充斥，倒像是一派安詳寧和，而且安詳得極平常，極家常，是島上居民習慣了的常態，無所用其「宣導」。看來要瞭解一個地方，僅據媒體是靠不住的，還要用了兩腳去「踏勘」，動員你的全部感官去感受。

至於所到過的大學、研究機構，我的感覺，那裏的空氣至少比較健康，或者說較為正常。儘管也分藍綠，卻未見水火不相容，如我們這裏「文革」的派仗中那樣。所交往的學人、文化人無不溫文爾雅；與其中的幾位相處，只覺其醇厚肫摯，有古君子之風。「社會」似乎也未見真的「撕裂」。當然，我不過是訪客，知道那些大學、科研機構一定有他們的問題，甚至體制方面的問題，卻仍然不失「正常」的吧。這「正常」，豈是我們都能指望的？其實你想要的，或許就只不過是「正常」而已。

去年的今天，剛由台島返回。一年後回想，那段旅程歷歷在目，印象依舊新鮮。於是就將追憶所及寫在了上面。

2011 年歲末

　　寫這篇小文，原是應某官辦刊物的邀約，但後來該刊出於我所不知的某種考慮，未予刊用。過後由央視得知，那所北投的圖書館，被某國際組織評為全球十大環境優雅的圖書館之首，想到該館或許從此會熱鬧起來，不免有點擔心——多半是我過慮。

遙遠，遙遠
——俄羅斯之行瑣記

　　到達莫斯科機場，已是下午。由機場到市區，所見無不平常，一時竟沒有異國之感，平靜得令自己生疑。這片夢中的土地，見之於這個晴明的日子，心情竟如常地平淡，波瀾不興。當晚在馬雅可夫斯基廣場附近的中餐館用餐前，有機會在這紅色詩人的銅像前拍照。蒼茫暮色中，這巨大的雕像擺出的，正是中國知識者曾經熟悉的威猛的姿勢。我猜想歐美的遊客會不知此君乃何許人的吧。在此處流連的，大約只是中國大陸人，而且必是我的同代人或前輩。旅伴中有青年時代曾經寫過詩的，這一刻或許記起了《好》或《列寧》中的若干詩句。回到北京後朋友翻看我的相冊，驚訝於這雕像的依然矗立。他們或許由此想到了一個富有教養的民族對於自己歷史的態度？

　　直到坐在了宇宙飯店的客房的窗臺上，對著窗下的燈火，仍然要一再提醒自己已身在莫斯科。這是真的。路燈下有稀疏的行人。街對面據說是展覽館的一組建築，在精心設計的燈光下如夢如幻。此後在莫斯科的幾天裡，我們隨處見到城中的大片林地，以及廣場直到居民區的各種紀念性的人物雕像。這正應當是我想像中的俄國，儘管似乎並沒有刻意去想像。

　　行前見到了「帶一本書去巴黎」這樣的好題目。倘若要帶一本書到俄國，我還想不出應該帶的是哪一本。為了喚醒記憶，我的確將手邊容易找到的「文革」前印製的小書帶上了客機，契訶夫的《草

原》,庫普林的《阿列霞》,想借這些書「入境」,事後自己也不禁失笑:何不「物來順應」,享受一份單純的快樂!但此後的經驗證明,因了對俄國的閱讀從一開始就太為文學所引導,不惟我,即同行的師友也像是隨時在為記憶中的文學尋求印證,因而快樂已不能單純。《草原》是曾經令我沉醉的,當我在機艙的燈光下溫習舊課,發現的卻是自己已不能返回當年的閱讀狀態。個人的「閱讀史」竟也如此不可逆。

　　此行的安排是「莫斯科─聖彼德堡─莫斯科」。列車到聖彼德堡時,這城市尚在黎明前的濃睡中。由車站赴飯店的路上,聽導遊小姐安娜講這座城市,其間說到老人處境的艱難。當天在尼古拉一世銅像下,就見到了乞討的老人,有著似曾見到過的俄羅斯老媽媽的慈祥的臉,令我此後一再黯然地記起。我摟住老人肥厚的肩請孫老師拍了照。照片影像模糊,我看不清她的表情。事後一再不安地想,我並未在拍照前徵得她的同意,這一動作會否使她感到屈辱?我是否在「以富驕人」而不自知?回到北京後丈夫看到這幅照片,說,這不就是當年的勞動者嗎?那些快樂的「蘇聯勞動者」的形象,曾經是我們讀熟了的。以下的幾天裡也看到過乞討的老人,向行人伸出手或易開罐,並不如行前由別人的遊記中讀到的,只是沉默而尊嚴地等待布施。倘若這些老人也如導遊安娜小姐那樣由中國遊客判斷中國老人的消費能力,進而做中俄比較,那自然是大大的誤解。自費旅遊於我已是奢侈,而我知道中國有太多終生未到過縣城的老人,他們甚至不大會有「旅遊」的夢。

　　由聖彼德堡波羅的海大飯店餐廳的玻璃窗看出去,海岸空曠靜美,尤其當清晨,光色變幻微妙而層次分明、海鳥點點飛起的時刻。深秋的冷寂中,一個戴了絨線帽的男孩出現在這背景上,像是一幅不

記得在哪裡瞥見的現代派的畫。但當你向海岸走近，卻看到了瓦礫、一端燒焦了的木料、酒瓶，遍地狼藉。有兩個流浪漢模樣的男子，互不注視地小聲交談，我即刻想到自己隻身來看海，可能是個錯誤，緊張中竟絆了什麼東西，重重地栽倒在沙礫上。兩個男子中的一個走過來攙扶我，俯身為我撣去粘在褲腿上的沙子，另一個仍然在低聲地向他說著什麼。慌亂中我只是急促地用俄語說了聲謝謝，匆匆走開。即使事後我也不知道，我是否真的與危險擦肩而過，匆忙走開有沒有失禮，應否為得到的幫助而付費，付費將引起怎樣的反應。

聖彼德堡為時間所剝蝕，面目滄桑。2003 年是建市三百週年紀念，隨處有腳手架。我不知道看破舊的彼得堡，與看整飾一新的彼得堡利弊若何。那些向旅遊者開放的主要景點則無不金碧輝煌，遠距離地觀看——即如由涅瓦河的遊船上，這據說歐洲最美的城市，依然魅力十足。

圖拉的雅斯納亞・波良納是嚮往已久的，同行的吳君為了不錯失這機會，前一晚堅持帶病隨我們由彼得堡回到了莫斯科。閱讀列夫・托爾斯泰，在我，已是一段遙遠的經歷。我其實不知道這經歷是否也如閱讀契訶夫似的不可重複。

在由莫斯科赴圖拉的路上，終於看到了早就由歌曲中得知的「原野和森林」，是一些次生林帶，並不古老，卻因連綿不斷而蓄有氣勢。在這路上，你如願以償地看到了白樺林和乾草垛，印證了你得之於閱讀的印象，也更確證了這真的是你夢中的俄國。草地上很少見到牲畜。由我似的中國人看來，這大片土地的「閒置」未免過於奢侈。我曾在四川看到過農民在山石的縫隙處栽種。途中有或許是莫斯科人的別墅群，有豪宅也有小木屋，房舍間是果園和菜地。別墅的功用想必因人而異；等級在這裏，較之城中的公寓樓群，更一目了然。

　　托爾斯泰莊園正如所期待的寧靜美麗。因已深秋，觸目是黃葉。
在故居附近看到了「窮人樹」，聽到了曾經熟悉的小木棍的故事——
托爾斯泰的兄長聲稱他藏了小木棍在這林間，倘若弟弟能找到它，這
世界從此就不再有苦難、貧窮。據說托爾斯泰終生在尋找著這根木
棍。只有站在這裏，你才會相信這故事並非寓言，那尋找是真實的。
你不能不感動於似乎惟俄羅斯才能有的「徹底的」人道主義情懷，亦
魯迅所說的「異常的慈悲性」（《醫生譯者附記》）。

　　儘管已有精神準備，托爾斯泰的墓地仍令我有點不知所措，甚至
有些許的失望。墓地在他的兄長所說藏有小木棍的林地中，只是棺木
狀的凸起，上面覆蓋著青草，沒有任何其它的提示、點染。這裏很喧
鬧，正有大群由學校組織了來參觀的孩子。我所想像的，尚不至於如
此樸素到了近乎一無所有。我很可能像所有那些朝聖者，暗中期待著
某種境界，「法相莊嚴」，以使自己的情緒被導引向高潮——也由此證
明了與一個偉大靈魂間的距離。這農夫樣的老人緊貼了大地的安眠，
豈非最合情理、最順理成章的？

　　此後也到了被中國人反覆記述過的新處女公墓，在一個雨天。我
個人倒是對於帕斯捷爾納克安睡其中的一處不大著名的公墓，更印象
深刻。那裏不像新處女公墓，猶如雕塑藝術博物館，而有一種類似家
居的氣氛。用了籬笆柵欄隔開的一塊塊墓地，如左鄰右舍般地親密，
雜亂無章卻也更有平民風味、人間氣味。從新處女公墓出來，途中看
到街道中央巨石般的托爾斯泰雕像在雨中，仍不禁怦然心動。這是此
行遭遇的僅有的雨天，有深秋的寒意。據說正是俄國多雨的季節，我
們卻總在晴日裡。其實我何嘗不想念俄羅斯文學中的雨，只不過聖彼
德堡、莫斯科這樣的城市，不可能令人體驗蒲寧小說中那種淫雨與泥
濘罷了。真的想看看雨中的原野與農舍，農夫踽踽而過的道路。

　　看多了作家故居，不免單調，但故居這本實物的書，確也非紙介

質的書所能替代；身在故居聽作家的故事，也與通常的閱讀所感不同。「故居」這一實地將作家的生平拉近，使其人親切可感了。不惟在托爾斯泰莊園，而且在莫斯科的托爾斯泰故居，在莫斯科郊外的帕斯捷爾納克故居，我一再體驗了這一點。你的感動確也多少是由實物助成的。即如那張帕氏在其上抵抗癌症病痛的小床，就令人感動於這人物的堅忍強毅。擺放在托爾斯泰故居的作家生前使用過的自行車，向遊客播放的拍攝于作家生前的紀錄短片——攝取的是萬人空巷爭睹大師風采的場面——令我有異樣之感。你被提示了這偉大人物所處時刻的「經典性」：古代與近代之交，古典風範與「現代化」的交接點上。在最初的感覺中，自行車與紀錄片出現在托爾斯泰的生活中，更像是出於剪輯的錯誤。其實我何嘗不曾由他的作品呼吸到二十世紀的氣息——這農夫般的老人確乎死在了十月革命的前夜，距「二月革命」的 1905 年不過五年。

我們曾建議取消若干與故居有關的專案，但當不得不參觀時，仍然發現有些故居極具情調，即如話劇《大雷雨》的作者奧斯特洛夫斯基的故居。馬雅可夫斯基的故居，本身似乎即「表現主義」的藝術品，儘管這一處紀念性建築或許已被普通俄國人遺忘。這是我們在俄國的行程中的最後一天，因了疲勞，我在這座令人眩暈的紀念館裡感到了不適，提前獨自走下樓來。

在所到的故居，你一再被告知陳設的均系原物而非複製品，因而更容易相信你走在作家曾呼吸其間的環境中。無論在故居還是在冬宮、葉卡捷琳娜二世夏宮、彼得夏宮這樣的所在，你對展品甚至帳幔或玻璃罩稍有觸碰，都會有老婦人及時地走過來干預，或小心地擦拭你有可能留下的指紋，令你慚愧不已。原件的展出倘非有這樣細心的照料，也應不敢輕試的吧。但由我似的中國人看來，冬宮等處的向遊人敞開，仍然令人擔心，尤其在得知付了一筆錢即被准予拍照之後。

因了雨，提前參觀了莫斯科的地鐵。也如聖彼德堡，因了年久失修，莫斯科的地鐵並不像丈夫形容的那樣壯麗。只是乘電梯直下地下四層，風馳電掣，如地心之旅，令你猝不及防，的確驚心動魄。

教堂並非計劃中的專案。進入聖彼德堡的喀山大教堂，只是為了消磨集合前的那點時間。一旦進入，卻不期然地被彌漫其中的宗教氛圍所籠罩。這座灰暗破敗正待修繕的教堂，內部華麗依舊。時已黃昏，教堂中浸染了濃重的暮色。散置各處的聖像前，燭光熒熒。有年輕的女子坐在那裏，憂鬱的目光看向紗遠的空際。神職人員在主持儀式。混跡在晚禱的人們中，我看到前排有老婦跪倒在地。在莫斯科的耶穌救世大教堂停留，則出自導遊古麗雅小姐的提議。這實在是個好主意。這座由民眾集資興建的教堂猶如宗教藝術博物館。但在我看來，這教堂太過華貴，倒是巨大洞穴般的喀山大教堂，更能令我感受到壓抑與掙扎、祈盼，俄羅斯人承受苦難的力量。我也曾看到街邊用馬賽克鑲嵌的聖像前，有年輕女子停步，劃十字，然後繼續前行。這街頭小景也如教堂，令我感動，儘管我明白自己不可能與俄國人分享這份宗教感情。

旅遊節目單上也沒有美術館、畫廊。經同行的旅伴提議，臨時補上了特列恰可夫斯基畫廊，卻只給了一個小時。自費而限時，有的同伴選擇了留在展廳之外。但這畫廊實在值得一看。我在這裏見到了此前只見之於印製粗劣的畫冊上的庫因芝、列維坦的風景畫。團中最年輕的陳君說，能在這裏呆三個小時就好了。即使在冬宮，你也往往只能由私心喜愛的藝術品前匆匆走過，而在導遊選定的若干處稍事停留。你只能觀看，無暇品味。這也應當是隨團旅遊的一份代價。所幸這是一個你所能指望的較為理想的團，由專業界同行組成，大家有同好，安靜、剋制、自律，領隊何先生與導遊古麗雅小姐的說法是「素質高」。我不知這樣的評價是在何種比較中形成的。

　　我開玩笑地對何先生說，「革命不是涅瓦大街的人行道」，這條人行道是必得走一走的。何先生瞠目以對。這年齡的年輕人大概已不知我所徵引的出自何典。

　　每當出遊，對「名勝」往往無所會心，記住的多半是途中尋常百姓的生活情景。在俄國時就有朦朧的一念，以為事後回想的，不大會是那些個早由其它處看得太熟了的「景點」，而是普通俄國人活動其中的街市，即如在聖彼德堡、莫斯科，一再由大巴中觀看的街景。我也曾站在街頭看往來的行人；走過的俄國人對外國遊客視若無睹，方便了我隱身似地觀看。隨時有美麗的年輕女子走來，意態矜持，著裝典雅，由古老的街景襯映，無不如畫。見到更多的，是提著購物袋蹣跚地橫過馬路的老婦人，腰板筆挺，神色莊嚴，一律著風衣或呢大衣，靴子，裙裝；無論盛裝還是便裝，由我看來，都整飭而有品味。即使乞討的老婦，也像是不肯用了襤褸邋遢去邀憐憫，所著有可能是她們最體面的服裝。也有偶而的例外，你會被告知那是吉卜賽人。服飾之為「文化」賴有長久的積纍，不是一夜暴富者所能即刻獲取。我還在莫斯科河岸的堤牆上看到了酒瓶，也如波羅的海沿岸，或許是隔夜的酒徒留下的。路邊燈柱下也偶見酒瓶。確也看到過年輕人手握了酒瓶豪飲。

　　坐在大巴中，最有一份從容，儘管你正在奔赴某地。由圖拉、由莫斯科郊外的帕斯捷爾納克故居返回，車窗外沉沉暮色中，是莫斯科近郊的林木，漸次亮起來的城市燈火。兩座城市中住宅區的大門洞往往破舊，牆面上有塗鴉；你不能看進那院落深處。走了一周多，仍然在普通俄國人的生活之外。由車窗中是不可能看入「日常」的，即使你瞥見了一掠而過的菜場，食品店（也是最常看到的商店），雅致精巧的路邊咖啡館。真的想走近些，再走近些，但這是依照節目單活動的遊客所不能做到的。

　　僅據你走過的一兩座城市——即使如莫斯科、聖彼德堡這樣的城市——談論「俄羅斯」，自然過於誇張。事實上，此行所見俄羅斯人，除了導遊安娜、古麗雅，司機廖尼亞，只是在飯店和在路上，親近無從。儘管在「實地」，卻無異於從銀幕、電視螢幕上觀看。甚至沒有機會領略由別人那裏讀到的俄國人拒人千里的冷漠。由於諸種手續由旅行社代辦，不曾發生如別人所遭遇的意外，也就無緣領略傳說中俄國的低效率與低服務品質，因而在多數情況下，可以不受干擾地一任自己沉湎在無可分析的思緒中。耶穌救世大教堂外偶遇的像是來自鄉下的貧窮老婦，由大巴所見莫斯科郊外鬍鬚蓬亂攔車乞討的老翁，卻像是直接由十九世紀的俄國小說中走出，令你想到你由書中讀到的那個俄國，未必真的那麼遙遠。

　　我的感覺並未因了「行旅」這一種情境的刺激而活躍，倒像是較平日更為遲鈍。我知道自己不過看到了想看的東西。儘管得之於文學的俄國早已模糊漫漶，情節、情境（更無論細節）不復能記憶，因而不便按圖索驥，在實地所閱讀的，卻仍不免是「文學的俄羅斯」。我明白自己走在俄國，更是在回訪「青春歲月」，回訪對於俄國文學的閱讀經驗，重訪一段記憶，一段舊日情懷；而這情懷也為時間所侵蝕，不復「舊物」，纏綿心頭的究竟是何種意緒，竟也無從分辨。如若沒有太大的意外，這種旅遊的效果，幾乎是可以預期的。時下那些以文學為招徠的旅遊也應大同小異。因而我沒有把握鼓勵較我年輕的朋友去看俄國，因為我不知他們有何種期待，那期待是否有可能得到滿足。

　　行旅中有不快。在聖彼德堡，大約出於商業方面的算計，接待方延誤了預定的參觀時間，使得我們一行在最負盛名的冬宮，只能趕路般地匆匆走過。也遇到過敵意。大約是由托爾斯泰故居走出的時候，一個十幾歲的男孩子，伸出中指做猥褻的動作，大聲喊叫著什麼。那

些旅遊定點餐館——尤其國人所開中餐館，想必只能靠了來自中國的旅遊團維持，否則中國人在這裏謀生就太容易了。往返兩個城市時，均在夜間，你知道你走過了想望已久的俄羅斯大地，卻只能看到車窗外濃密的夜色與飄拂而過的蒸汽。至於聖彼德堡與莫斯科，我像是更喜歡後一座城市，喜歡她的空曠、舒展，不同歷史時期借諸建築物而空間並置，相互襯映卻又不失總體的和諧，有些處幾於銜接到天衣無縫。

無論聖彼德堡的波羅的海飯店，還是莫斯科的宇宙飯店，都滿是同胞，大陸的，以及香港、臺灣的。不止一次遇到餐桌對面探詢的眼神，「Japanese？」看來歐美人還不大習慣於分辨東方、亞洲，我們則自以為與日本人，除了膚色並沒有多少共同之處。在電梯上與白皮膚藍眼睛相遇，也曾見紳士模樣的老人斜睨著，向身邊的婦人吐出那個「China」。而我也會在將紙幣遞給乞討的老人時，指著自己，說「Китай」（俄語「中國」），事後不禁暗自詫異何以要如此告白。出了國門，心情像是自然有了不同。在飯店前廳與豪華遊的臺灣遊客相遇，竟有「他鄉遇故知」之感，只是我知道，我們走過的是不同的俄國。那些愉快的旅行者不會想到，這一群大陸人對於同一片異國土地懷有何種感情。

是旅遊日程表上的最後一天。不止馬雅可夫斯基故居，二戰紀念館內似乎也只有中國人，或許也因此，紀念館外的廣場上拉手風琴乞討的中年男子，拉的是中國人熟悉的蘇聯老歌，《喀秋莎》、《山楂樹》之類（皇村一帶幾個身著不大整潔的禮服的老人組成的管樂隊，向中國遊客吹奏的，也是這類樂曲）。在這種所在，中國遊客儼然已成了一景。廣場的長椅上有情侶，噴泉邊有帶著孩子的年輕母親。空氣澄澈，晚照中小教堂的金頂燦爛著。戰爭的記憶之外，是如此美麗的和平。

　　動身前非但不曾刻意準備，即如閱讀背景材料，且沒有向自己提出「思考」的任務——關於社會主義蘇聯的解體，關於「俄羅斯思想」或「俄羅斯文學」。也沒有寫作遊記的計劃；因了我們已不缺少這類文字，也因怕自己為「寫作」所提示，使旅行有了不必要的目的性，更因了表達的困難。回到北京，我仍然沒有把握說清楚俄國對於我意味著什麼，我只是確信不會再有另一「異國」，能令我如此動心。也如「魯迅與我」，「俄羅斯與我」是幾乎無從著手的題目，上述關係中有我的青少年時代，有「我與文學」，等等。那是漫長時間中點點滴滴的滲透，蹤跡早已無從追尋。人生的有些經驗，本是不可也無需言說的。

　　客機升空後，雲隙處一再閃現繁密而璀璨的燈火，莫斯科久久地隱現在機翼下，在被透出機艙的燈光照亮的流雲間。直到這城市消失在了雲層之下，我離開小窗仰在椅背上，想到那片黑土地正漸漸遠去，不勝惘然。

　　回到北京，一時忘身所在，一周多的時間像是竟在夢中。圍巾、褲腳上還粘有莫斯科的草梗——這些小東西是否樂於被帶到如此遙遠的地方？

2003 年 1 月

夏日符拉迪沃斯托克

　　2003年秋的莫斯科、聖彼德堡遊之後，今夏再次到了俄國。符拉迪沃斯托克，是俄國遊中因費用較低而被國內遊客看好的「旅遊目的地」。也因費用低，借了各種名目的公費出境游，據說一度火爆，今夏已好景不再。至少我們出關的那天，遊客沒有想像的多，事先被描述得極為繁瑣的邊檢，也還算順利。令人稍有不快的是，五關中最後的一關，封閉在車廂中已久的旅客想活動活動腿腳，剛踏到地面，就有身著軍服的俄國女子揮手示意你回到車上。同伴還注意到，關卡的提示有韓文而無中文，入關後所見警示（如「禁止吸煙」及「請勿亂扔垃圾」），卻是中文的。

　　關卡到海邊的途中，有軍人及家屬的小小聚落。在如此空曠荒涼的所在，卻看到了盛裝的女子在土路上走，覺得有點怪異。符拉迪沃斯托克面海的那家「北京飯店」，大而無當，不知業主是俄國人還是中國人。或許也因主要面對的是中國遊客，顯然不認為有認真經營的必要，房間內的設施令人想到國內上世紀五六十年代的縣委招待所——至少我們入住的房間。破舊的桌子，抽屜中黴跡斑斑。後來發現是導遊小姐對於我們這行人的特殊安排——大約為了賺取不同房費間的差價。陽臺外即叢薄，俯臨一個相當大的廢舊汽車場。有一晚回到住處，發現房間內有一大攤像是動物的糞便，我和丈夫始終想不出我們不在的那段時間裡曾有何種野物來訪。經過與旅行社的交涉，直到臨行前的一晚，才將我們換到稍像樣的房間，卻另有其弊——樓下震耳欲聾的迪廳音樂，直響到夜深，而隔壁房間的同胞，大約牌興太

濃，每隔一會兒，就喧聲大作。

飯店前，是一覽無餘的海岸，空曠清冷，儘管是夏日。近在咫尺，卻終於未抵達海岸線，因那一帶被圈作了遊樂場，只能有償消費。遠處的海景卻可以無償地觀賞。總有大群的海鷗向遊客覓食，在樓窗外上下翻飛。這種鳥的翼展寬，似挾了海上潮潤的風。被開放為迪廳的餐廳不供應晚餐，回國前的那晚，被導遊小姐帶到另一處專門面向中國遊客的飯店，在城市邊緣陂陀的道路上曲曲折折走了很久。同行的較我腿腳不便的旅伴不免嘖有怨言，我卻覺得那城市的夜色值得回味。街道闃無人跡，只有偶而掃過的車燈的光柱。海上起霧了。冷霧中的樓房，有透出窗外的燈光。你想知道在窗簾那一面進行著的，是怎樣的生活。據俄方導遊尤拉說，符拉迪沃斯托克是座風城，夏季轉瞬即逝，有漫長的嚴冬，顯然不屬於那種宜居的城市。於是你看到了抓緊這夏日最後一線光陰的年輕女子，短裙下兩腿修長。三天裡，隔霧看花，俄羅斯仍如來時一樣遙遠。較之我 2003 年所見，是更其陌生冷漠的國度，儘管這一批深愛俄羅斯文學藝術的知識人，懷了一腔熱忱渡海而來。

但也仍有意外的收穫。行前得俄國文學專家的指點，我們看到了與法捷耶夫有關的學校，瞻仰了那個深藏在大學校園中，俄方導遊也不知所在的曼德爾施塔姆的雕像。那個受難者頭稍後仰，雙手抱在胸前，痛苦而高貴，正有我們由文學中所熟悉的俄國知識精英的氣質，不同於中國同類人物的。

在符拉迪沃斯托克期間，沒有吃到一頓俄餐。而開中餐館的商家顯然不認為中國人值得尊重。那家有著「金海岸」的華麗名字的中餐館空氣污濁，端盤子的，竟有渾身贅肉的胖爺。餐廳裡還有俄國人在用餐，或許早已見慣不怪，認為中國人不過如此。另一家中餐館有裡外間，外間是開給俄國人的，里間則是「定點」面向本國旅行團的，

設施即有不同；開給中國人的部分，簡陋寒傖如國內的鄉鎮飯店。所有旅遊定點餐廳，廁所之髒，如我插隊期間的北方農村，令人不敢向邇。不能說這就是俄國的「廁文化」。我們在這裏，所見更是在俄國的中國，中國人在俄國營造的中國。因了幾年前曾經有莫斯科、聖彼德堡之旅，於是我知道了，因了旅遊中付費的多少，你所看到的俄國，竟有如許的不同！那次在莫斯科、聖彼德堡就曾想到，「旅遊定點餐廳」，尤其中餐館，是以何種資質取得資格的？在國內（即東北）用餐與在俄國適成對比，處處可感東北人的粗豪氣概，每餐必豐盛（指量之大）到狼藉滿桌，實在有點暴殄天物。後來想到是否下一撥客人會被安排了接著吃？否則就無從想像那滿盆滿缽的剩菜該如何處理。

回到北京後讀業內人士（前導遊）自爆行業黑幕的文字，就包括了以「自費項目」宰客。其實在符拉迪沃斯托克被宰的當時大家未必不明白，只是相互揣摩、不忍敗壞了他人的遊興而已。「俄國農家樂」，每人 400 元人民幣，較國內的類似景點，更是宰你沒商量。所付的費除了俄國民俗表演者的酬勞外，由中俄導遊分賬，應當是此行中導遊的主要收入。事後想到與其看這種簡陋的民俗表演，還真的不如去一家咖啡館或夜總會。但在表演結束，被匆匆地打發出那可疑的「農家」時，後續的上當者正源源不斷地湧來，你無法及時地以自己的經驗提醒。這種時候，中俄兩方的導遊可以放心地做他們的一錘子買賣，反正符拉迪沃斯托克你不會來第二次，而至少在可以預見的未來，客源尚不至於枯竭。旅遊業的大膽宰客，部分地就憑藉了這種「一次性」。

符拉迪沃斯托克在我的經驗中，是中國人境外旅遊開發失敗的一例。此行令我深切地體味了旅遊業的黑暗，旅行者——尤其自費旅行者心理的脆弱，易於沮喪、失望，消費者之為弱勢群體，在被「黑」

挨「宰」時的無力。此行不止在符拉迪沃斯托克，即使在國內，至少住宿一項，除了延吉一處，享受的無不是低於合同約定的消費。你被告知因了這樣那樣的理由，其實你知道理由只在差價與回扣。自費的經驗，本與公款旅遊不同。後者自以為佔了便宜，也就不便計較；何況只要公款充裕，本也無需計較。自費者就不然，卻也因此有可能見識更多的世相，收穫更複雜的旅行經驗。

旅遊中人的心境，抵達前的想像與期待，其實更有關鍵意義。即使同赴一地，「旅遊目的地」也一定有因人之異。最好的狀態莫如隨緣。較之「景點」，同樣向遊客開放的田野、村鎮，隨時令你有意外的驚喜。「符拉迪沃斯托克—東北」之遊，過後仍然有懷念。比如懷念天光下變幻莫測的海，與東北一段旅途中的田野與森林。天池一派澄明，是碧透了的一汪水。丈夫說看久了有點恐怖。天池下，無論原始森林的幽深，還是白樺林的疏朗，都令人留連。車窗外的風景也令我動心，可惜不能隨時駐足，只能任那美由車窗外流走。旅途中所見風景，魅力本也在旋生旋滅。歸途過撫順，夜已很深。偶而掀起車廂的窗簾，看到空蕩蕩的城市，幾輛計程車幽靈般地遊走。一段鐵道邊，坐著一群年輕人，自然聽不到在說些什麼，卻覺得他們很快活。

一次日期確定了不可更改的旅遊，通常包含了關於天氣的賭博。這次賭贏了：天氣甚好，尤其赴天池的那天。即使在符拉迪沃斯托克的日子，海天不免混茫，也在正常範圍，且入夜時分的霧，正構成了記憶中這城市的底色。記得幾年前的俄國之行，也賭贏了天氣，在據說通常多雨的深秋，看到了波羅的海明淨如洗的海岸，與雅斯納亞·波良納托爾斯泰莊園金子般的黃葉。

即使在說服了自己「隨緣」之後，你也仍然會來不及調整心情，以應付意外的打擊。計劃乘坐的 8 月 5 日圖們到北京的 216 次直快，臨時被告知「由於不可抗拒的原因」，延吉站不發售軟臥車票。既無

自然災害又無戰爭或動亂，那「不可抗拒」的，似乎只能是「特權」。後來與同車廂鐵路部門的乘客閒談，她說這種事早已司空見慣。一路上聽多了清湖、封路的故事，知道包下一節軟臥車廂的，未必是政要，可能只是貴戚而已。經了不止一家旅行社的交涉，終於多掛了一節軟臥車廂。加掛的這節車廂，走道裡有中國人熟悉的廁味。大約為了保障小環境的清潔，乘務員休息室臨近的廁所即對乘客關閉。廁所水龍頭關不住，你去告訴乘務員，他冷冷地說不會修，真讓你沒了脾氣。其實你所經歷的，是千千萬萬旅遊者經歷過或經歷著的，你的氣憤難免顯得誇張。你其實沒有什麼值得生氣。較之許多發不出聲音或赴訴無門的消費者，你決非最弱勢者。你至少還有一支筆，還有與旅行社、導遊、乘務員交涉的能力。

　　足以作為補償的，是旅伴。十幾個老人，對自然、人文有同好，安靜，默契，彼此扶攜，相互照顧。好的旅伴是旅遊順利的要件，尤其在充滿懸念的旅行中。不知我的那些旅伴是否也作如是想。

2006 年 12 月

第三輯　讀書小劄

　　收在下面的讀書札記，寫在不同時間。採用隨筆的形式，無非為了好讀，卻也仍然有不好讀者，多半屬於寫作能力的問題，絕非有意以艱深文淺陋。本書諸篇中，多為《獨語》、《紅之羽》、《窗下》後所作，僅此輯中的《關於「老年」的筆記之一》曾收入《窗下》一集，系上個世紀的「舊作」。

「溱與洧方渙渙兮」

　　「溱與洧方渙渙兮」(《詩經・溱洧》)。《詩經》中的這一句,總能使我在目光觸到的瞬間心醉神迷。我看到了一片深而清澈的水,水波蕩蕩,在陽光下閃閃灼灼。

　　洧水所匯,有所謂的「洧淵」,據說在今新鄭縣東。《左傳》昭公十九年:「鄭大水,龍鬥于時門之外洧淵。」能容得龍鬥的「淵」,其深可想——當年的洧水何等豐沛![1]因了那道水,有了一個地名,洧川。洧水在洧川縣南(《明史・地理志》)。[2]民國時期,父親曾任洧川縣中校長。1949年之後,洧川縣併入長葛、尉氏兩縣。[3]

　　當年的洧川縣,縣北五裡有蓬池,阮籍有詩云:「徘徊蓬池上,回首望大樑。」宋代尚有阮籍墓、阮籍台(《太平寰宇記》卷一《河南道一》)。西晉末年「永嘉之亂」,「衣冠南渡」,陳留阮氏遷往浙江剡縣(參看任崇嶽:《中原移民簡史》)。明代末年,卻有阮漢聞其人,偏由浙江移居尉氏,象徵性地「認祖歸宗」,或許可以看作其時

1　洧水,「源出河南府登封縣北陽城山,至禹州密縣,又東流至新鄭縣合溱水為雙洎河,經長葛縣北為雙濟河,至縣南又名雙洎河,西南有青龍泉水合焉,經朱曲鎮,又東經鄢陵、扶溝、西華縣境而合于潁水」(顧祖禹:《讀史方輿紀要》卷四七《河南二》)。

2　「春秋鄭之曲洧,漢為潁川郡新汲縣地,唐初為尉氏縣地,宋為宋樓鎮,屬尉氏縣,金始置洧川縣。」(《讀史方輿紀要》卷四七《河南二》)宋代朱弁撰《曲洧舊聞》,追述北宋遺事,系以「曲洧」指涉大樑,亦指涉宋。顧炎武《天下郡國利病書・河南》尚摘有《曲洧新聞》,不知何人所撰。

3　《太平寰宇記》說尉氏「本春秋鄭大夫尉氏之邑,即獄官也」,還說該地「即南阮所居之所」。

的「行為藝術」。當然，諸阮的故事並未因此而續寫。

　　溱與洧，是流過我家鄉的水。春季的桃花水，既深且清，「渙渙」而「汍汍」。枯水的季節，或水淺處，褰裳可涉（《詩經‧褰裳》）；「夏秋淫潦暴集」崩岸，人稱「小黃河」——又是一條喜怒無常、神情多變的河！[4]

　　溱、洧之畔，曾演出過男女相悅相戀的故事。[5]自孔子說「放鄭聲」、「鄭聲淫」（《論語‧衛靈公》），經學家、道學家幾乎無不說鄭地「俗淫」。《漢書‧地理志》採用經師的說法，曰鄭武公與平王東遷，「卒定虢、會之地，右雒左泲，食溱、洧焉。土陝而險，山居穀汲，男女亟聚會，故其俗淫」。朱熹則以為衛風固然淫，鄭聲之淫，有甚于衛（《詩集傳》卷四）。[6]

　　明末清初，顧芩為柳如是作傳，說柳「游吳越間，格調高絕，詞翰傾一時」（《河東君傳》）。陳寅恪於此議論道：「夫以河東君當日社會之地位，與諸男性文人往來酬贈，若涉猥俗，豈不同於溱洧士女之相謔，而女方實為主動者乎？」（《柳如是別傳》第四章）是深於世故者之言。但以為柳與異性的交往，絕不同於「溱洧士女之相謔」，沿襲的卻無非是古老的偏見。

　　也被了惡名的「桑間濮上」的濮，距我的家鄉不遠。《漢書‧地

4　顧炎武《天下郡國利病書‧河南》引范守己《豫譚》，說洧水「春夏可褰裳涉也。三月水增，謂之桃花水。夏秋淫潦暴集，潰齧不常，居人謂之『小黃河』，以其岸善崩故也」（《四部叢刊》三集）。該書錄明人所撰《洧乘》，亦有關中原地區水系的文獻，對於洧水考察尤詳。由該書所錄材料看，河南的河，俗間以「小黃河」呼之的，非止洧水。

5　《韓詩外傳》：「鄭俗，二月桃花水出時，會於溱、洧水上，以自祓除。」《詩經‧鄭風‧出其東門》：「出其東門，有女如雲。」清王先謙《詩三家義集疏》：「鄭城西南門為溱洧二水所經，故以東門為遊人所集。」（卷五）春秋鄭城即新鄭。

6　俞正燮對「鄭聲」有別解，謂鄭非指鄭國，「鄭對雅言之，雅，正也」（《癸巳類稿》卷三「鄭聲解」條，《俞正燮全集》第1冊，157頁，黃山書社，2005）。

理志》：「衛地有桑間濮上之阻，男女亦亟聚會，聲色生焉，故俗稱鄭衛之音。」濮水，在濮州西南七十裡，據說莊周曾於此垂釣，至少到了清初，那裏尚有作為紀念的釣台。上個世紀 80 年代，我曾到濮陽「支教」，所見到的，是一片乾燥的土地，絕不像會有一帶桑林、一道清流供風流男女尋歡作樂。

濮水周邊，曾經是所謂的「四戰之地」。《左傳》哀公二十七年：齊師救鄭，「及濮」。那些與戰爭有關的痕跡已無從尋覓。距我執教的學校不遠，卻有戰國時為魏文侯作「盡地力之教」的李悝的墓，其時尚未大舉「旅遊開發」，此墓幸而無人問津。那道以「濮」為名的水，卻早已由地面上沉落。相信當地人多半不會想到他們有過那樣的祖先，會在河邊演出有聲有色的故事。[7]

春秋時鄭、衛諸國均在今河南境內。這不能不使我對我的家鄉及我所成長的鄭地，懷了一份好奇，尤其其地何以「俗淫」。我成長的年代，這片土地上的風習毋寧說是「樸」而「魯」的，絕不像是會有那樣風流浪漫的既往。除了那條時而暴漲時而乾涸的大河，未見有「渙渙」或「汍汍」、既「瀏」且「清」的河，供男女遊樂。而我所見家鄉的男女，則較之古人規矩到了不可比擬。

「將仲子兮，無逾我裡，無折我樹杞，豈敢愛之，畏我父母」（《將仲子》），實在是一派天真。「女曰雞鳴，士曰昧旦。子興視夜，明星有爛」（《女曰雞鳴》），意境美得令人心醉；「風雨如晦，雞鳴不已。既見君子，云胡不喜」（《風雨》），將男女相悅，表達得何其坦

---

7 據《讀史方輿紀要》，濮州乃古顓頊氏之墟，春秋時衛地，秦屬東郡，漢屬濟陰郡，晉析置濮陽國，後魏為濮陽郡，後周因之。隋初郡廢，尋置濮州。唐仍置濮州，天寶初改為濮陽郡，乾元初複為濮州。宋因之。金、元仍曰濮州。按濮州轄境在今山東鄄城及河南濮陽南部地區。顧祖禹的時代，因「濟絕河遷，濮水源流不可複考矣」（卷四七）。

然！倘若譯作現代白話，會味道全失的吧。生命之水如此恣意地湧流，「渙渙」、「汎汎」的水邊，是這樣健旺、生機蓬勃的生命！

站在乾旱龜裂的土地上，你難以想像《詩經》中的情景。這樣說也有問題，同樣或更為乾旱的西北黃土地上，直到晚近，陝北民歌不是依然適於傳遞柔情？不知經歷了怎樣的演變，到了今日，這片土地似乎已難以產出莫言那樣將「性」寫得有聲有色、恣肆淋漓的作家，也生長不出莫言小說世界中的野性山林與紅高粱。曾經在水上岸邊湧流著的大膽真率的情慾，與水一道乾涸，且不像是會有一天重新在地表流淌。

其實《詩經》的時代，距我們並不那樣遙遠。直到明代，中州也仍然有鄭衛的遺風。嘉隆之際的李開先，在他所撰《詞謔》中說，有學詩文于李夢陽的，「自旁郡而之汴省」，李教以「若似得傳唱《鎖南枝》，則詩文無以加矣」。請問其詳，李告以「不能悉記也，只在街市上閑行，必有唱之者」。越數日，果然聽到。何景明繼至汴省，亦酷愛之，說：「時調中狀元也。如十五『國風』，出諸裡巷婦女之口者，情詞婉曲，有非後世詩人墨客，操觚染翰，刻骨流血所能及者，以其真也。」（《李開先集・戲曲雜著》）。同一時期的唐順之自記見聞，說「村甿無曲調，出口自成謳」（《答陳澄江僉事村居韻八首》）。由李開先的說法看，出口成謳，在當時應無間南北。汴省，中州地面，當年竟是隨處可聞歌的。你實在無法想像，不過幾百年前，這裏的行人還會邊走邊唱著「傻酸角，我的哥，和塊黃泥兒捏咱兩個。捏一個兒你，捏一個兒我⋯⋯」（《鎖南枝》，見《詞謔》）。若真有這樣的人，一定被認定為有病的吧。[8]

---

8 沈德符的《萬曆野獲編》也記了同一故事，說自宣德、正統至成化、弘治之後，中原流行《鎖南枝》、《傍妝台》、《山坡羊》之屬，李、何評價極高；李以為「可繼國風之後」。嘉靖、隆慶年間，「乃興《鬧五更》、《寄生草》、《羅江怨》、《哭皇天》、

　　對於當時的「民歌」（實則即情歌），士大夫取其「真」，「任性而發」，是「真人」的「真聲」（袁宏道）。確也有人擬之於《詩經》的鄭衛諸風（王驥德），卻是在正面的意義上（以上參看中華書局版劉瑞明《馮夢龍民歌集三種注解》）。由我這樣的今人讀來，馮夢龍所裒輯的民歌，更有「猥褻趣味」，比較之下，《詩經》中涉性諸篇，真是含蓄、文雅得遠了。也因此明代欣賞當時民歌者的見識，更可佩服。馮夢龍本人，居然以孔子刪詩而存鄭衛之風，為自己所錄「山歌」辯護，說「雖然桑間、濮上，國風刺之，尼父錄焉。以是為情真而不可廢也。山歌雖然甚矣，獨非鄭、衛之遺歟？」（《敘山歌》，《馮夢龍民歌集三種注解》）繼馮夢龍之後，五四新文化運動中，周作人、劉半農等人，曾發起搜集「猥褻的歌謠」，不知成績若何，似乎更是一種文化姿態。至於近代學者以鄭地為「新興音樂」之鄉，刻意避開了道德論題，自然是更正面的評價態度。

　　王夫之以史論為政論，以詩論為史論、為政論、為人性論、人倫論，論旨往往有其一貫。他的論鄭風，就少了一點道學方巾氣。朱熹斥為「淫奔」者，王夫之卻由治道的方面著眼，以為鄭俗之「淫」，緣於「室家不足，莫能自樂」。既如此，也就不免「愛日而玩之」。欲善其俗，宜「豐其生」，「廣生」方能「息民」，這樣一來，「而又奚淫」？（《詩廣傳》卷一）這真的是一種特別的見識，對當今致力於改善風俗民情者，也應當有教益的吧。

　　近代以來，中州不再以民歌著稱，「鄭衛之風」像是消失在了歷史深處，甚至「流風餘韻」也蕩然無存。即使沒有陝北「信天遊」那

《幹荷葉》、《粉紅蓮》、《桐城歌》、《銀紐絲》之屬」，及至萬曆年間的《打棗竿》、《掛枝兒》，均南北流行。傳唱於北方者，「其語穢褻鄙淺，並桑濮之音，亦離去已遠」，人們卻偏偏愛唱（卷二五《時尚小令》）。明末馮夢龍編選民歌，卻只選了流傳於吳地者，而不及於李夢陽、何景明所激賞的《鎮南枝》等。

樣的民歌，民間「猥褻」的文化卻從未斷流，比如在地方戲中，在其它民間形式中，只不過越來越遠於知識人的書齋，雅俗分際也愈加清晰而已。

流經中原這片土地的每一道水，都有故事，且無不往復迴環，曲折有致，只是有待講述罷了。流經鄭州大學校園的人工河邊，有近年來所建關於春秋鄭大夫子產的紀念物。我想這人物距今人太過遙遠，不大可能喚起「思古之幽情」的吧。倒不如為《詩經》中的鄭風立碑且正名，使遊人知曉這一帶竟還有過這樣的男女，這樣的歌吟。

據《大清一統志》，溱、洧二水會合為雙泊河後，「洧流獨盛，溱水漸微，今涸」（卷一八六《開封一》）。不知會否有一天，能再見如當年那樣的兩道春水，由我家鄉的土地上流過？

2011 年 9 月

附一：《中國婚姻史》中關於春秋時代兩性關係，錄有大量的文獻。楊筠如的論文引《禮記》所謂「聘則為妻，奔則為妾」，說事實是：春秋時代「男女可自由結合」，「直接成婚」，「奔即男女之自由結婚，廢去一切聘逆之禮者」（《春秋時代之男女風紀》，原載 1928 年 3 月《國立中山大學文史學研究所月刊》，二卷十九期，收入李又甯、張玉法編《中國婦女史論文集》第二輯，22 頁，臺灣商務印書館，1988）。還說當時男女之防，並不如《禮記》所言「男不言內，女不言外」等「種種嚴屬限制」，「婦女貞操問題尚未發生」（23 頁）。以諸種材料推測「似當時男女方面，並無嚴屬之防，每可任意淫亂；而家庭倫理，亦似毫未顧及」（35 頁）；「男女兩方面，皆極放任」（同

上）;「當時貴族方面男女風紀,可謂異常紊亂」,平民階級當更有甚者（同上）。結論是:「觀春秋時代男女風紀之紊亂,可知儒家所兢兢之禮防,實當日救時良藥耳。豈惟此一端,凡一切禮制,皆當作如是觀。」（37-38 頁）

附二:此篇完成後,讀到明末大儒劉宗周的論鄭風,錄在下面。劉氏揣測孔子「何惓惓于鄭聲之惡」,說「惡似是而非者,惡鄭聲,惡其亂雅樂也」。所謂「似是而非」,即似得風人之旨,「溫厚和平」,而實「荒淫」。還說,「《鄭風》人情輕薄宴逸,多靡曼之思,使人聽者浸淫而失所守……」（《讀鄭風》,《劉宗周全集》第三冊下,1181 頁,臺灣「中央研究院」中國文哲研究所籌備處,1996）

由「載籍之厄」說起

　　從來有關於書的書，只不過這一時這類書多了起來。在書店見到了大部頭的《中國藏書通史》，更風靡的，則是由域外引進的《閱讀史》。兩種都應當是有關「人與書」的書。關於書本身的書，古來有「書話」一體，其實所講的也往往是「人與書」的故事。近十年來讀「明清之際」，也不免對這類故事偶而留意。情況似乎是，每到古人所謂「易代之際」，人與書的故事頓時有點慘烈悲壯的樣子，書的命運也較平世更牽動了讀書人的心，無論那書是否歸他們本人所有。

　　明清之際的士人就好講這類故事。有一種說法，曰古今書籍大厄有十，厄于水者八，厄於火者二，方以智以為這說法不大可靠。他做了一番統計，說前有五厄，即牛弘所說的「秦火也，王莽也，漢末也，永嘉南渡也，周師入郢也」，後又有五厄：大業、天寶、廣明、靖康、紹定。此外還有其它厄；他統計的結果是「朝廷書籍之厄，凡十有三」（《通雅》卷三《釋詁》）。說皇家藏書，口吻如說自個兒的家產，顯然有以書為「公共財富」的朦朧一念。那時節士人的談論這題目，無疑為了提示近事；更令士夫沉痛的，也只能是近事的吧。錢謙益說，「甲申之亂，古今書史圖籍一大劫也。庚寅之火，江左書史圖籍一小劫也」（《書舊藏宋雕兩漢書後》，《牧齋有學集》卷四六）。其《黃氏千頃齋藏書記》敘述「有宋迄今」館閣秘書「存亡聚散之跡」，對甲申、乙酉之際京都的情景，痛心疾首，說有明二百餘載的積蓄，「一旦突如焚如，消沉於闖賊之一炬，內閣之書盡矣；而內府秘殿之藏如故也。煨燼之餘，繼以狼藉，舉凡珠囊玉笈，丹書綠字，

梯幾之橫陳、乙夜之進禦者，用以汗牛馬、制駱駝、蹈泥沙、藉糞土，求其化為飛塵、蕩為烈焰而不可得。自有喪亂以來，載籍之厄，未之有也」（同書卷二六）。「煨燼之餘」云云，無疑在公然地說有明「內府秘殿之藏」厄於清軍的鐵蹄。儘管表述不免誇張，錢氏那種「地老天荒」之感，總應當是真實的。黃宗羲也在《天一閣藏書記》中歎息著「古今書籍之厄，不可勝計」，若干著名藏書樓的命運，即在他的「記」中。由黃宗羲所記可知，不待甲申京城陷落，書籍的流散就已經在發生著，黃氏親見其流散的，就有越中鈕氏的世學樓。

有明一代，所謂「人主」頗有附庸風雅者，但在清初的朱彝尊看來，較之前代，官方藏書的管理，已沒有了完善的制度。「明永樂間敕翰林院：凡南內所儲書，各取一部。於時修撰陳循，督舟十艘，載書百檻，送北京。又嘗命禮部尚書鄭賜，擇通知典籍者，四出購求遺書，皆儲之文淵閣內。相傳雕本十三，抄本十七，蓋合宋元之所儲而匯於一。縹緗之富，古未有也。考唐、宋、元藏書，皆極其慎重。獻書有賚，儲書有庫，勘書有人，曝書有會。至明，以百萬卷秘書，顧責之典籍一官守視，其人皆貲生，不知愛重。而又設科專尚帖括，四子書、易、詩，第宗朱子，書遵蔡氏，春秋用胡氏，禮主陳氏，愛博者窺大全而止，不敢旁及諸家。秘省所藏，土苴視之，盜竊聽之。百年之後，無完書矣。迨萬曆乙巳，輔臣諭內閣敕房辦事大理寺左寺副孫能傳、中書舍人張萱、秦焜、郭安民、吳大山，校理遺籍，惟地志僅存，亦皆嘉、隆後書，初非舊本。經典散失，寥寥無幾……」（《曝書亭集》卷四四《文淵閣書目跋》）

士大夫嘖有煩言的，倒還不是管理之不善，而是官方藏書不能為讀書人提供便利。錢謙益《列朝詩集小傳・歸有光傳》，記歸氏晚歲「給事館閣，欲以其間觀中秘未見書」，而「遽以病卒」。王夫之《識小錄》卻說，「翰林名曰讀中秘書，而實無一書之藏可讀」。唯行人司

尚能購書藏書，「得《周禮・大行人》之遺意」（《識小錄》）。

　　書籍聚散，從來是士大夫熱心的話題，他們確也每要藉此表達對於「無常」的感慨與無奈。書籍的散失，是讀書人所具體體驗到的「亂世」，對此散失不能不有切膚之痛，亦一種特殊的興廢存歿之感。易代之際經歷水火之厄的原不止皇家書庫，也有民間的藏書之家，以及並非藏書家的士大夫的個人收藏。全祖望的《梨洲先生神道碑文》記黃氏身後，「一水一火，遺書蕩然，諸孫僅以耕讀自給」，即可為書籍的聚散無常作證。而上文所引方以智的那篇文字，列舉了有宋一代的同類事例，最後歸結於「物聚必災」，又接通了《莊子》的思路。

　　更令方氏痛切的，自然還是他本人的有關經驗。《通雅・釋詁》的附記說「每歎藏書難，讀書難」，說自己年二十出遊，曾遍訪諸藏書家，通籍後，「不與宴會，掩寓則讀書」，頗有抄錄。自家藏書，「亦自足枕藉」。「詎知流離至此，盡棄不問，追憶所記，彷彿夢中……欲求尋常書冊，盈尺皆難，況其異乎！嗟乎！生平雅志在經史，而不自我先如此！從刀箭之際，伏窮穀之中，偷朝不及夕之蔭，以誓一旦之鼎鑊，隨筆雜記，作挂一漏萬之小說家言，豈不悲哉！愚道人今年三十六矣，讀書固有命！」學人的困厄，殆無過於此的吧。《通雅》就寫在此種境遇中。顧炎武也在一種類似逃亡的情境中，完成了《唐韻正》（參看趙儷生：《顧炎武新傳》）。讀書、著述於流離中，與讀書治學在平世，豈可同日而語！方以智的這一種苦楚，是太平時世的文人學人無以想像的。

　　據黃宗羲的經驗，書籍的散失尤易於他物，「卷帙即繁，難於收拾。一散於婢僕，則入餳笛貨碗之手；再散于書賈，則尺量其高下，權衡其輕重」（《明文海評語匯輯》）。聚散——不止載籍，而且其它收藏，以至一般所謂「財富」，是數千年間常演不衰的戲劇，不惟在改

朝換代之際。「君子之澤,五世而斬」,古代中國沒有中世紀歐洲那樣
的世襲貴族,因而書籍的聚散也正與其它社會財富的流轉一道,映照
著社會的一般狀況。陸世儀想出的萬全之策,即藏書于曲阜孔氏,以
為惟此可以「傳之百王而不能易,垂之千萬世而無弊」(《思辨錄輯
要》卷五),有點奇思妙想,但你不能說沒有道理。

　　每當亂世,書的流散與人的流離播遷即同在一個畫面上,並彼此
指涉。從來書的故事也是人的故事,或者說更是人的故事。載籍之
厄,令人看出的,世運、文運外,更是讀書人、書生的命運。在士大
夫的表述中,書籍聚散這一題目,確也便於抒寫他們自己的命運之
感。江右的張自烈,寫《芑山藏書記》、《葛川書歸芑山記》,自記其
藏書「後先得失廢興之故」(《芑山文集》卷十八),就不妨讀作他本
人明清之際的小史。至於上面提到的錢謙益、朱彝尊們,自然也在藉
此因緣,表達對於書生之厄、文化之厄的憂思與感慨;當他們述說之
時,書生與那些書的確也同在「厄」中。

　　有明一代號稱博學的楊慎,卻提示了別一種思路。他說,《漢
書‧藝文志》、《隋書‧經籍志》所載「徒見其名未睹其書」的那些
書,未必因了「秦焚之厄,漢挾之禁」,「直由好者亡,幾致流傳靡
餘」(《選詩拾遺序》)。不妨承認,我們往往忽略了這一方面。幾乎可
以確信,書亡於秦火以及後世的禁燬的,決不如亡於人的「不好」的
多,徵之近事,誰曰不然!只不過焚、禁昭然在目,而人之不好,則
只能由後果(「流傳靡餘」)推測,不那麼顯而易見就是了,對此不知
是否真的應當如楊慎似的,說一聲「惜哉」。淘洗沖刷,是文化史上
的正常過程,惟此,我們才有可能保存遺產,而不至於被那遺產壓
死。在無論中外的文化史上,書亡於人的不讀、不好,的確是更平常
也更大量的事實;而人之不讀、不好,又有諸多原因。隨時發生著書
籍的「自然死亡」與「非正常死亡」,我們承接的,即此諸種「死

亡」之餘。焚禁的成效，從來就可疑。秦火之後，壁中書出；清代文字獄，非但有「文字獄檔」、「禁燬書目」，且有劫火之餘，甚至廣禁時暗中的流傳。倒是「自然死亡」，即死於人的不讀、不好者，往往是徹底的死亡。儘管文化史上也有死而復生的個例，且總有人如楊慎似的「網羅放失」、「綴合叢殘」，欲救此亡，那效果卻有限。能在楊慎所見之「藝文」、「經籍」諸志中「存目」──也像是一種「死魂靈」的吧──已經算得倖運。紙墨未見得更壽于金石。或許也緣于此，「傳世」成為著述者頑強的期待，有「三不朽」之一的「立言」。卻又有魯迅的挖苦這「不朽」，說「愈是無聊賴，沒出息的角色，愈想長壽，想不朽，愈喜歡多照自己的照相，愈要佔據別人的心，愈善於擺臭架子。但是，似乎『下意識』裡，究竟也覺得自己之無聊的罷，便只好將還未朽盡的『古』一口咬住，希圖做著腸子裡的寄生蟲，一同傳世……」（《古書與白話》），實在痛快之至！

　　關于禁燬不足以亡書，倒是洋人編撰的《劍橋中國明代史》，提供了佐證。該書的撰寫者說，「清代文字獄中禁止的大多數作品一直被保存下來，而大多數遺失的作品不在被禁之列」（第 12 章《明代的歷史著述》）；認為正因被禁，使之得到了保存，「禁令實際上是最有效的廣告形式」。該書還提到，「不同時期的不同作家、出版家和藏書家對檢查和迫害的威脅，感受各不相同」。凡此，都是容易被論清代文字獄者忽略的事實。犯禁的快樂是人的一種基本的快感，對此你不難由人類始祖的偷食禁果，一直想到「文革」中紅衛兵小將的偷讀禁書。但這決不應當被用作對文化專制的辯護，則是不待說明的。

　　《劍橋中國明代史》的作者還認為，「因乾隆禁令而引起的對南明材料的改動，程度的大小難以估計。但這對清初以來全部倖存的作品的影響微不足道」。「乾隆的南明研究政策的影響，似乎積極方面多於消極方面。《四庫全書》計劃大大刺激了對各種舊書的興趣。而

且，有意研究南明的學者多對乾隆法令的寬大精神感到滿意，而不是被禁令的嚴峻文字所嚇倒。」上述判斷未必無懈可擊。我甚至疑心這些過於輕鬆的說法多少也由於「隔岸觀火」，對於發生在異國的事不能感同身受，甚至隔膜。這也是僅由文獻讀史所難免的限制。但有一點仍然是可以相信的，即無論古今，書籍的流失不止由於暴力，「行政手段」的功用正不必誇大。

「亂世」與「平世」非即兩個世界，不必誇大的，還應當有「改朝換代」的文化意義。但載籍之厄、書籍的聚散，畢竟更在易代之際。陸隴其順治十四年日記，記其家遭遊兵劫掠，「鄴架萬卷，盡被奴輩所竊」（《陸子全書·三魚堂日記》卷一。同書卷三還說到毛晉、錢謙益身後書籍的散失）。朱彝尊《項子京畫卷跋》說項氏天籟閣「乙酉以後，書畫未燼者，盡散人間」；「近日士大夫好古，其家輒貧；或旋購旋去之，大率歸非其人矣」。朱氏另有一番感慨，說「非其人而厚藏，書畫之厄，終歸於燼而已」（《曝書亭集》卷五四）。王猷定也說藏書固然關乎氣運，而存之之故也系於其人（《彭彥伯藏書序》，《四照堂集》卷二）。士林關注錢謙益宋版《漢書》的命運，關心的無非也是書在誰人之手。但如若真的到了士人普遍貧困化的時候，誰又能是朱彝尊、王猷定所說的「其人」呢？

士大夫的貧困化，是明清之際書籍流散的更日常的原因。也是黃宗羲，說，「近來書籍之厄不必兵火，無力者既不能聚，聚者亦以無力而散，故所在空虛。屈指大江以南，以藏書名者不過三四家」（《天一閣藏書記》）。他以「好之」而又「有力」為藏書的條件，而這兩項從來難以兼具。這意思也早已由歐陽修說過（參看黃宗羲：《傳是樓藏書記》）。藏書者未必讀書者，讀書者未必能文者。錦軸牙籤，徒「充為耳目之玩」，是令窮書生嫉羨而又無可奈何的事。於是黃宗羲歎息著「讀書難，藏書尤難，藏之久而不散，則難之難矣」（《天一閣

藏書記》)。多藏厚亡，到這種時候，《莊子》那些智慧而又詭譎的言說，確也太容易被人記起。傅山就說過書之為累（《霜紅龕集・雜記五》）。王應奎《柳南隨筆》記清初李馥「性嗜書，所藏多善本。每本皆有圖記，文曰『曾在李鹿山處』。後坐事訟系，書多散逸，前此所用私印，若為之讖者」。錢謙益、毛晉不然，「所用圖記輒曰『某氏收藏』、『某人收藏』，以示莫予奪者，然不及百年而盡歸他氏」，由此看來，李馥所刻的那六個字，「寓意無窮，洵達識也」（卷一）。但收藏也正是人類持久不衰的衝動，從來不曾真的被嚇退。歸有光就說，李清照的教訓確「可以為後世藏書之戒」，「然予生平無他好，獨好書，以為適吾性焉耳，不能為後日計也」（《題金石錄後》，《震川先生集》卷五）。嗜書亦如其它嗜，滿足的本來更是當世以至當前的需求，非如金匱石室之藏，以傳之百代萬世為期待，何況讀書人的嗜書，幾成「天性」，又怎能因了未可逆料的日後的聚散而放棄呢。

於是就有了別一種議論，即如對於《莊子》以至李清照《金石錄後序》的駁論。《日知錄》卷二一「古器」條：「近讀李易安題金石錄，引王涯元載之事，以為有聚有散，乃理之常，人亡人得，又胡足道，未嘗不歎其言之達。而元裕之（原注：好問）作故物譜，獨以為不然。其說曰：三代鼎鐘，其初出於聖人之制，今其款識故在，不曰『永用享』，則曰『子子孫孫永寶用』。豈聖人者超然達覽，而不能忘情於一物邪！自莊周《列禦寇》之說出，遂以天地為逆旅，形骸為外物，雖聖哲之能事，有不滿一哂者，況外物之外者乎！然而彼固未能寒而忘衣，饑而忘食也。則聖人之道，所謂備物以致用，守器以為智者，其可非也邪！（原注：已上櫽括元氏之文）」顧炎武顯然欣賞元好問的上述見識，接下來他說，「《春秋》之於寶玉大弓，竊之書，得之書。知此者，可以得聖人之意矣」。當著李清照式的「達」已成常談，元好問、顧炎武的異論，的確有其警策。對書籍寶玩聚散的態

度，由此愈見出了不同。

對於財富的態度，從來就有不同。祁彪佳之父，明代著名藏書家，澹生堂主人，彪佳的二位公子理孫、班孫，輕財好義，從事「復明」這一冒險事業，將家產（包括祖、父輩的收藏）當作了賭注；押上了賭局的，還有他們自己的身家性命（參看《鮚埼亭集》卷十三《祁六公子墓碣銘》）。那才真叫豪賭，絕無一毫收藏家的吝。明末士人的享樂與輕於一擲，不止見之于祁氏兄弟。正因曾經豪奢，那一擲更令人驚心動魄。在那種時世，也要如此，才可證財富之不足為「累」的吧。名士風采並不止在聲色徵逐處；而名士式的「瀟灑」，也因了不惜一擲才達於極致。有一種猜測，焚燒絳雲樓的一把火，是錢氏本人點燃的。倘若真的如此，要有怎樣的氣概，才能出此！自我得之，自我失之，大名士本當如此。世間不缺少視財如命者。錢氏惜命，卻像是並不惜財——至少當此關頭。這無論如何，也是其人的一種好處的吧。

《明史‧食貨五》記明代關市之征，有「惟農具、書籍及他不鬻於市者勿算」云云。終明之世，以營利（即「鬻於市」）為目的的刻印，卻極其興盛。

士大夫對此，不免心情複雜。黃宗羲譏諷「強解事者以數百金捆載坊書，便稱百城之富」（《天一閣藏書記》）。對於祁彪佳的書室，他就老實不客氣地說，那些由「閶門市肆」購得者算不了什麼，「腰纏數百金，便可一時暴富」，只有老爺子的那些收藏，才堪稱「希世之寶」（《思舊錄‧祁彪佳》）。朱彝尊則說，唐以前書多藏之於官，「民間所藏，賜書之外，無多焉爾」。「自雕本盛行，而書籍易得。民間鏤版未貢天府者，且十之九。由是官書反不若民間之多。古之擁萬卷者，自詡比南面百城；今則操一囊金，入江浙之市，萬卷可立致。」

（《池北書庫記》,《曝書亭集》卷六六）他還由書籍的製作說到「書文化」的古今之異,以為古書與今書材質不同,無論「編用韋,摘用鐵,書用漆」,還是「繭紙隃麋」,都因材質而使人愛惜。經籍的雕版印刷固然方便了購求,卻也使「士子得書易而怠心生」。至於坊間選本,更是「盈屋充棟,人之意見各別,非所好者,土苴視之。或覆醬瓿,或糊甕箔。至若京師,五方所聚,一有委棄,輒溷於糞壤中……」（同書卷六七《南泉寺新建惜字林記》）朱彝尊的上述議論決非毫無道理,即使不為人數眾多的貧士所贊同——書籍印製的粗糙、惡濫,的確在降低著書的文化品位。

朱彝尊、黃宗羲對坊間刻印的觀感,自然出諸貴族、雅人趣味;皮錫瑞由學術傳播的角度說「鋟木」的文化意義,所見即有不同。皮氏說,「五代極亂之時,忽開文明之象;如鋟木之事,實為藝林之珍」;前此由於「刊本未出,傳鈔不易,一遇兵燹,蕩為煙燼」,故「世傳古籍,唐以前什一二,宋以後什八九」（《經學歷史》）。宋代以還士人文集的流傳,明人對於著述的熱衷,確也賴有坊刻的鼓勵。書籍儘管因此失卻了珍藏的價值,學術文化卻得以更廣泛地傳播。「平民化」總有其代價,每每令敏感的文人有得失估量時的遊移。周作人寫過一篇《貴族的與平民的》,像是由「五四」初期的平民立場的後退,但這樣解釋未免簡單。文化評估中本可以有尺度的多樣性,即使簡帛的為「鋟木」取代,系必然之勢,怎樣優秀的藏書家也無奈其何。

黃宗羲、錢謙益的文集中,多有關於當代藏書樓、藏書家的記述,是涉及明代人文的大文字。由那些記述看,其時的藏書樓固然說不上「公共圖書館」,卻是向特定人群（或人士）開放的圖書館。貧寒的學人如顧祖禹,利用的就是有力者的收藏,于此藏書樓推助、支持學術文化的功能凸顯。藏書樓的書是出借的。黃宗羲記自己與千頃齋的「借書緣」,說「余至金陵,必借讀之」（《思舊錄·黃居中》）。

不消說黃宗羲的身份就是借書證。他在《思舊錄‧錢謙益》中說錢氏約自己為「老年讀書伴侶」，而那年十月，「絳雲樓毀」，歎息著自己沒有「讀書緣」。錢謙益本人也曾從黃虞稷處借書（《黃氏千頃齋藏書記》）。關於藏書，錢氏有開明的主張，以為不妨出讓，甚至「公人誦讀」，以此為「善守」（同上）。無論這主張能否普遍實行，思路卻無疑在向著「公共圖書館」的方向靠近。

無論藏書樓，還是書齋，都關乎風味。黃宗羲儘管對祁彪佳的收藏並不都佩服，卻仍然寫到祁氏書室「硃紅小榻數十張，頓放書籍，每本皆有牙籤，風過鏗然」（《思舊錄‧祁彪佳》），寫的就是風味。緗帙、牙籤的那一種味道，是任什麼也不可替代的。財富並不總能兌換成「文化」。故家巨族也就大可以此傲視新貴。

讀書人好誇說南面百城之雄，有作為的藏書家則往往自任以整理、輯佚，以至刻印，而非以「收藏家」自限，如守財奴之於其財產。明末著名藏書家毛晉，即將所藏經史全書，「勘讎流佈」（《隱湖毛君墓誌銘》，《牧齋有學集》卷三一）。藏書家當此亂世，確也承擔了較之平世更為嚴峻的文化保存的任務。只是你大約不會想到，宋明的粹儒所批評的「玩物喪志」的「物」，就包括了此物（即書）。在他們看來，人之於此物，無論收藏，還是嗜好，都有「玩」的嫌疑。嗜書如黃宗羲，也不能不襲了上述理學話頭。全祖望的《梨洲先生神道碑文》，記黃氏「晚年益好聚書，所抄自鄞之天一閣范氏、歙之叢桂堂鄭氏、禾中倦圃曹氏，最後則吳之傳是樓徐氏。然嘗戒學者曰：『當以書明心，無玩物喪志也。』」（《鮚埼亭集》卷十一）「讀書」──「玩物」，這裏的邏輯很有點玄妙，非目下以讀書為高雅者所能知。這話題已在有關藏書的故事之外，我將在另外的場合談到。

天下之大，確也無奇不有。有明一代，竟有憑藉了家藏之書製作偽「經」捉弄其它讀書人的。黃宗羲記造偽大家豐坊，令人絕倒

（《豐南禺別傳》）。全祖望《天一閣藏書記》也記了其人其事，說豐坊的造偽「貽笑儒林，欺罔後學」，都是豐氏的萬卷樓「為之厲也」（《鮚埼亭集》外編卷十七）。

朝代興亡與載籍之厄，自然是與書有關的大故事，我個人更感興趣的，卻是讀書人與他的書的故事。這種故事，亂世也如平世似地隨處演出。即如上文提到的錢謙益與他的那部為士林關注的兩《漢書》，經了他本人的講述，確乎一波三折（《書舊藏宋雕兩漢書後》）。錢氏還自得於高價購到的高誘注《戰國策》，說「不啻獲一珍珠船也」（《跋高誘注戰國策》）。讀這類文字，作者那種摩挲賞玩、不忍釋手的樣子，令人可想。你因而可以知道，讀書人與書的故事，縱然在明清之際這樣的「危機時刻」，也並不一味慘澹，其時無論書還是人，「命運」主題依舊豐富，不但互有不同，而且有諸多變奏。

至於黃宗羲的記述中更有意味的，在我看來，是他本人訪書的故事。這類故事的主人公，才是真正的「讀書人」、「書生」。不妨由《黃宗羲年譜》錄出數則：崇禎七年，訪張溥、張采，聞某家有藏書，與張溥「提燈往觀」。十一年，至梅朗中家，「登三層樓，發其藏書」（17頁）。十四年，「之南中，主黃比部明立家，千頃堂之書，至是翻閱殆遍」。十五年，遊四明洞，「月夜，走蜜岩，探石質藏書處」。順治七年三月，「至常熟，館錢氏絳雲樓下，因得盡翻其書籍」。康熙六年，在語溪三載，閱吳氏書殆遍，「祁氏曠園之書，亂後遷至化鹿寺」，黃氏過郡，「與書賈入山翻閱三晝夜，載十捆而出」。十二年，適甬上，登天一閣，發藏書，「取其流通未廣者，鈔為書目，遂為好事者流傳」。二十二年，「至崑山，主徐司寇家（按即徐幹學），觀傳是樓書」……以購書為目的者除外，其它翻山越嶺、提燈訪書，不為佔有，甚至也不見得能當即閱讀，似乎只為了欣賞書城之為大觀，這種故事毋寧說是溫馨的。上述種種，只能出自嗜書者的那種癮，亦如

酒徒的癮于酒，煙民的癮於煙，其間的滿足非他人所能分享。

　　黃氏也從事於收藏，出諸全祖望筆下，亦自動人。上面引過的《梨洲先生神道碑文》，說其人「既盡發家藏書，讀之不足，則抄之同里世學樓鈕氏、澹生堂祁氏，南中則千頃齋黃氏，吳中則絳雲樓錢氏，窮年搜討。遊屐所至，遍歷通衢委巷，搜鬻故書，薄暮，一僮肩負而返，乘夜丹鉛，次日復出，率以為常」。天一閣、叢桂堂、世學樓、澹生堂、千頃齋、絳雲樓……訪書、藏書、讀書於亂世，並非誰人都能有黃氏似的機緣，遍歷其時最負盛名的藏書之家，當然更非誰人都能有黃氏似的興致，樂此不疲。方以智說「讀書亦有命」，黃宗羲豈但有此命而已。所謂「讀書種子」，也要到這樣的時世，才更見稀有、難能的吧。

　　訪書、藏書、讀書之外，尚要抄書。黃宗羲晚年記自己曾與劉城、許元溥「約為抄書社」，說「是時藏書之家，不至窮困，故無輕出其書者，間有宋集一二部，則爭得之矣」（《思舊錄・許元溥》）。同時朱彝尊則說，那時的「宋元雕本，日就泯滅，幸而僅存於水火劫奪之餘，藉鈔本流傳。顧士之勤於鈔寫，百人之中，一二人而已」（《池北書庫記》）。所謂讀書人，豈苟然哉！黃氏耽於書，更耽於學。全祖望《二老閣藏書記》說黃宗羲「最喜收書」，卻「非僅以誇博物、示多藏也」，藏書乃其「學術所寄也」。這自然也是學者藏書不同于通常收藏家的所在。

　　當代知識分子有收藏能力者已經罕有，收藏即成了「饒於貲」的某些人的專利。至於全祖望所說「聚書之難，莫如讎校」（《鮚埼亭集》外編卷十七），怕早已不為但知誇多鬥富的藏書家所知。無論如何，買了精裝本、豪華本裝點豪宅，總也見出了一種價值感情，儘管未必願意被目為「讀書人」。前幾年「儒商」的名目一度行時，那幾架書也就充當了「儒」的徽記。

　　據說少年人已不肯讀書。到電子讀物更加風行，嗜書（這裏特指紙介質的書）如命者將漸成怪物，為「數位化」社會所收藏。這一天似乎正在到來。慚愧的是，我本人也不屬於「嗜書如命」的一類，不惟對於書，對其它對象也概無收藏欲。雖非「無聊才讀書」，但倘能不讀，未必不以為快樂。儘管也頗從事於閱讀，但較為純粹的快感更在早年，因而與書並沒有不可解的「緣」。自知腹儉，關於書的其它種種，是不敢談論的。手邊積存了一點明清之際士人與書有關的談論，適逢有人約稿，就寫了這篇文字。

2003 年 1 月

清初「莊氏史獄」中的若干涉案人物

　　清初的文字獄中，「莊氏史獄」或許最富於「情節性」。因了「貪墨」而被罷黜的縣官吳之榮，挾莊廷鑨「私撰」《明史》（即《明史輯略》，一作《明書輯略》）為奇貨詐取錢財，因未償所願，即向官府告發，釀成了驚天大案。其間被敲詐者與相關官員的反應，都是「演義」的絕好材料。但此案在有清一代引起持續的關注，卻不止因了案情的詭譎，也因牽連之廣，列名「參閱」（亦作「參訂」）的二十四人中，頗有當時的知名人士，如查繼佐、陸圻、范驤，如吳炎、潘檉章。設若沒有這些人物，縱然再多殺幾個，也不過在清初諸案的血腥記錄上，添加若干受害者而已。

　　是獄起於順治十八年，定讞在康熙二年秋。關於其始末，文獻多有記述。汪曰楨所纂《南潯鎮志》（《續修四庫全書》史部地理類），就彙集了大量有關文獻，其中《費恭庵日記》記述此案尤詳。用了今人的說法，日記作者費氏接近案發「現場」，較為知情。該日記的確展現了與事件有關的人事的無窮曲折，一椿大案釀成的詳細過程。

　　「莊氏史獄」又作「湖州史獄」、「湖州莊氏史獄」、「湖州逆書案」、「莊氏史案」。死於此獄的有七十餘人，另有百餘人遣戍。由今人的眼光看去，此案最荒唐、最慘可笑之處，是對搜捕對象的不加甄別，處罰的苛酷不情：不但罪及刻工、書販，且罪及購書、藏書者。據涉案的陸圻的女兒陸莘行所撰《老父雲遊始末》，「凡刻書、印

書、訂書、送板者一應俱斬」（該篇收入傅以禮《莊氏史案本末》卷下，1981 年 3 月上海古籍書店據舊抄本影印）。[1]《費恭庵日記》則說，案發後就縛的，「尚有來拜年親戚及鄰舍來看者」。書賈陸某「方嫁女，婦女雜集，質明禍發，悉就縛」。關於「莊氏史獄」中家屬的牽連拘押，尤其陸圻、查繼佐、范驤諸家羈押中的情狀，以陸莘行所撰文字，記述最詳。如「男子發按察使監，獄卒分給鐵鍊」，「女子發羈候所」（後均發羈候所）；僅查、陸、範三姓，被逮者就有一百七十六人。

清代著名史家全祖望、楊鳳苞、傅以禮，都強調了此案中的株連，而且是毫無道理的株連。全氏《江浙兩大獄記》說：「時江楚諸名士列名書中者皆死，刻工及鬻書者同日刑」；讞獄者明知有冤，畏禍而不敢「奏雪」（《鮚埼亭集》外編卷二二，四部叢刊初編集部）。為傅以禮收入所輯《莊氏史案本末》中的文字，則記有涉案者的「姻黨親戚，一字之連，一詞之及，無不就捕。每逮一人，則其家男女百口，皆銀鐺同縛。杭州獄中至二千餘人，婦女衣帶及髮悉剪去，恐其自經，男子皆鍛鍊極刑」（卷下）。楊鳳苞也說，該案「誅連姻族友鄰，累累滿獄」（《記莊廷鑨史案本末》，《秋室集》卷五，《續修四庫全書》集部別集類）。身後遭文字獄、且牽連亦廣的方孝標，生前所寫《有客行》，說「客從西湖來，必知西湖事。誅連文字獄，殺戮無老稚。婦女裸且髡，連檣如鬼魅」（《鈍齋詩選》卷五，黃山書社，1996）。

刻工、書販不論，對那些偶而出現在現場的戚友鄰人、圍觀者，這實在是飛來橫禍，又有誰能為他們申冤昭雪？知名人士則不同。明

---

1 陸莘行該篇後有丁紹儀附記：「是記篇名『老父雲遊始末』，乃錢塘陸麗京高士女莘行記。」本文即用此篇名。

末社局中的陸圻、查繼佐不論，即使較他們年輕的吳炎、潘檉章，都得到了相當的關注。也應當說，關於這種敏感事件，上述涉案人物，仍然是相對安全的話題。

吳炎、潘檉章作為青年才俊，雖不及陸圻、查繼佐的聲名顯赫，卻因了當時兩個最負盛名的人物的揄揚，而備受記述者的同情與惋惜。錢謙益與顧炎武雖不相能，卻不妨礙他們各以其方式鼓勵、支持兩個年輕人已然開始卻未及完成的事業，即為故明寫史。錢、顧一致認為吳、潘堪此重任。而且我注意到，無論錢還是顧，對於吳、潘，所持均非長輩對晚輩的提攜態度，而兩個年輕人對此也像是很坦然。曾以國史自任的錢謙益，將完成這一任務的希望寄託于晚輩，想必既心有不甘，又不無欣慰。而吳、潘之死的酷烈，則一定令顧炎武備受折磨，儘管他的那篇懷念吳、潘的文字，保持了一貫的節制冷靜。

吳炎，字赤溟，又字如晦，號愧庵，後更號赤民；潘檉章，字力田，一字聖木。顧炎武《書吳潘二子事》（《亭林文集》卷五《顧亭林詩文集》，中華書局，1983）寫得較多的，是他曾交往過的潘檉章。據年譜，顧氏順治十四年北遊，十八年曾一度南歸至杭州。其訪潘檉章，當在此期間。康熙二年，顧氏在汾州，得知吳、潘二子罹難，遙祭於旅舍。其《汾州祭吳炎、潘檉章二節士》、《寄節士之弟耒》（按：潘耒，字次耕，潘檉章弟）兩首，年譜系於是年。潘檉章弟潘耒的師從顧炎武，乃遵亡兄的遺命，距其兄被難已有六年。《亭林文集·與潘次耕》一劄，說：「接手書如見故人，追念痛酷，其何以堪！」顧氏另有《亡友潘節士弟耒遠來受學，兼有投詩，答之》一詩，不勝悽愴。

案發前的順治十三年，顧氏所作《贈潘節士檉章》一詩，開篇就說自己對於「國史」的憂慮，說其有志未遂，幸而有潘檉章這樣有才

華的青年：「同方有潘子，自小耽文史。犖然持巨筆，直溯明興始。……上下三百年，粲然得綱紀。」（《顧亭林詩箋釋》卷二，北京：中華書局，1998）在他看來潘子不但有其志，且才足以副之，此種人才實屬難得。「期君共編摩，不墜文獻跡。便當挈殘書，過爾溪上宅。」（同上）不但寄望甚殷，且傾囊相助。[2]其《汾州祭吳炎、潘檉章二節士》一詩，頸聯有「一代文章亡左馬，千秋仁義在吳潘」云云，擬之于左丘明、司馬遷，對二子的史學造詣，評價有如是之高！

錢謙益也引潘檉章為「學問道義之交」，稱許其有良史才。《牧齋有學集》中《與吳江潘力田書》，說讀潘氏《國史考異》，覺其「援據周詳，辨析詳密，不偏主一家，不偏執一見。三複深惟，知史事之必有成，且成而必可信可傳也」，說「不圖老眼，見此盛事」（卷三八，上海古籍出版社，1985）。錢氏更就史事的裁斷，與較其年輕近四十歲的潘氏商榷，且也如顧炎武的盡其所有，傾力相助，說「牆角殘書，或尚可資長編者，當悉索以備搜采」（同上）。錢氏另一劄則徑以潘氏為「忘年知己」，對潘檉章針對其《太祖實錄辯證》的「考異刊正」，非但不介意其人的入室操戈，且說「實獲我心」（《復吳江潘力田書》，同書卷三九）。錢謙益以好罵頗招物議，對於他所欣賞的後輩學人卻能如此，不也令人可感那一代人的氣象？錢謙益尚有復吳炎一劄，說：「去年逼除，得見今樂府一編，深推其採擷之富、貫穿之熟而評斷之勇也。蠢然而喜，煥然而興曰：『所謂斯人者，其殆是乎？……』」（《復吳江吳赤溟書》，同書同卷）能同時得顧、錢兩位的稱賞，吳、潘的才學不問可知。

2　關於所稱「節士」，參看《顧亭林詩箋釋・解題》：顧氏「于友朋特加冠稱者，『處士』最多，『高士』次之……稱『節士』唯吳、潘二子，蓋痛其死難也。然作此詩時，尚在吳、潘死難前八年，故疑『節士』之稱，乃定稿時所易」。按張穆《顧亭林先生年譜》將此詩系于順治十三年。張譜，《續修四庫全書》史部傳記類。

　　錢謙益更不惜以其影響力為吳、潘徵書，號召同道「各出所撰著及家藏本授之二子」，俾成就「盛事」，且期望吳、潘「終身以之」（《為吳潘二子徵書引》，《牧齋雜著・牧齋有學集文鈔補遺》，上海古籍出版社，2007）。這是一個非同尋常的動作。儘管姿態稍嫌誇張，但以吳、潘二子所從事者為「共同事業」，應當是真的。無論顧炎武寫於案發後的還是錢謙益寫於案發前的文字，都對兩個年輕人以「同志」視之，一派鄭重。但此後的事情有大出他們的意料者：吳、潘蒙難，不但二人合撰而「十就六七」之《明史記》不傳，且潘子的《國史考異》三十多卷也惟存六卷，其《松陵文獻》編纂未就，直至三十年後，才由其弟「校而梓之」。應當就是康熙三十二年刻本。[3]

　　但不幸中仍然有萬幸。除了生前身後錢謙益、顧炎武的稱賞，潘檉章還得力于其弟潘耒對其遺編的整理、刊刻。潘耒官翰林時，即為其兄及吳炎申冤，使得「昭雪」。潘耒撰《國史考異序》，開篇即說：「作史猶治獄也，治獄者一毫不得其情，則失入失出，而天下有冤民；作史者一事不覈其實，則溢美溢惡，而萬世無信史。」耐人尋味的，是擬之於治獄。其兄豈非正死於治獄者之手？接下來耒說，其亡兄「以著作之才，盛年隱居，潛心史事，與吳赤溟先生搜討論撰，十就六七」；還說其亡兄「尤博極群書，長於考訂」，以十餘年、數易手稿寫成的《國史考異》「盛為通人所稱許」；「牧齋嘗見此書，而貽書亡兄，極相推服，有『周詳精審，不執不偏，知史事必成，可信可傳』之語」（《遂初堂文集》卷六，《續修四庫全書》集部別集類）。序其兄所撰《松陵文獻》，說其兄寫地方史亦如寫明史，「參伍鉤稽，歸於至當」，「史家之能事畢矣」（同書卷七）。耒還在書劄中說，「六壬

3　參看潘耒《國史考異序》、《松陵文獻序》。對潘檉章的《國史考異》，顧炎武說自己「服其精審」（《書吳潘二子事》）。我在關於明清之際的文字中曾徵引《考異》，以之為遺民而不為故明諱的一證。那正是嚴肅矜慎的史家態度。

之說，浩博艱隱，學者每望洋而返」，其亡兄卻「留意三式之學，于六壬尤多悟入⋯⋯」（《與人書二》，同書卷六）則潘檉章的學問不但精而且博，委實難能可貴。

吳、潘二子的被關注，一則因兩人生前已頭角崢嶸，再則因年紀輕、被禍慘。他們是被淩遲處死的，即俗間所說的「千刀萬剮」。關於吳、潘兩位的故事中，最慘痛的情節，是叮囑家人如何在被「磔」後的軀體碎片中辨認自己。《南潯鎮志》卷三八《志餘》六，錄《臨野堂別集》，寫到「磔」前一日，吳炎對其弟說：「我輩必罹極刑，血肉狼藉，豈能辨識！汝但視兩股上各有一『火』字者，即我屍也」。聞者無不流涕。謝國楨《晚明史籍考》引《平望續志》，記述略同（卷一《明史記》條，華東師範大學出版社，2011）。

此外被較多寫到的，還有兩個年輕人臨難的從容、慷慨。有人記吳、潘就逮，「兩縣令一司理登門親緝，一則方巾大袖以迎，一則儒巾襤衫以迎，辭氣慷慨。凡子女妻妾一一呼出，盡以付之。兩縣令一司理謂君家少子，姑藏匿，何必為破卵！兩生曰：吾一門已登鬼籙，豈望覆巢完卵耶！悉就械。」記述者於此感歎道：「其慨然以妻子盡出者，豈真鐵石心哉？一腔熱血，有難言者存矣。」（傅以禮《莊氏史案本末》卷下）不心存僥倖，或也因了其人本是史家，見事透徹，對自己的命運不難了然於心的吧。

二子的不苟免，更在此後的刑訊中。據顧炎武《書吳潘二子事》，「當鞫訊時，或有改辭以求脫者，吳子獨慷慨大罵，官不能堪，至拳踢仆地。潘子以有母故，不罵亦不辨」。吳的大罵固然剛烈，潘的「不辨」，也不失尊嚴。另有人說，當鞫訊時，「痛罵不屈，夾兩棍，罵益甚。兩部官蹴其齒盡落」（傅以禮《莊氏史案本末》卷下）。由顧氏上文看，說的應當是吳炎。

潘檉章遺作《松陵文獻》卷十有吳炎傳，說吳「天才矯拔，文筆

勁健，作史傳甚有體裁，詳而核，簡而明，美惡不掩，有古良史風」；關於其遺屬的命運，說其人「死後家口北徙，妻張氏自殺于齊化門」，「遭難，遺稿散佚，人多惜之」云云，必非出自潘氏手筆，應由他人補入。戴笠《潘檉章傳》則說潘檉章妻沈氏「隨坐北徙，以有身，不即死，齎藥自隨」，後所生子死，「即日飲藥自殺」。

關於吳、潘與莊氏此案的關係，也如其它涉案名人，當時就說法不一。與吳、潘交往密切的戴笠，說莊氏書刻成，吳、潘「未嘗寓目，徒以名重，為所攄引，遂罹慘禍」（《潘檉章傳》）。翁廣平《書湖州莊氏史獄》也說吳、潘「以才名素著，列之參閱，實未嘗受其聘」（《查繼佐年譜》附錄二，中華書局，1992）。潘耒《國史考異序》的說法，是其兄「不與其事，橫罹其禍」。卻也有不同的說法。傅以禮所輯《莊氏史案本末》，就有人說莊氏聘名士約十六七人「群為刪潤論斷」，吳、潘正在其中（卷上）。[4] 其實二子是否與聞，有無「參閱」，對於今人無關緊要，即「與聞」、更「參閱」又何罪之有？二子不過為此獄的酷虐，提供了一個令人動容的例子罷了。王冀民《顧亭林詩箋釋》關於顧氏祭二子詩，箋曰：「湖州史獄不過清代千百樁文字獄之一，斬絞凌遲僅七十二人，較後來戴名世案、查嗣庭案、呂留良案、謝濟世案，以及張熙、曾靜諸案多無罪而死者，未為慘酷。吳、潘二人雖屬株連得禍，然既私撰《明史記》，已有取死之道，較同時僅因助貲刻書、開肆售書、行路購書以及書手、刻工知情未報而駢首就戮、而籍沒流徙、而終身囚系者，未為冤枉。」（卷四）在我讀來，「僅」、「已有取死之道」、「未為慘酷」、「未為冤枉」云云，不過表達了王氏本人的憤慨而已。

4　謝氏《晚明史籍考》卷一六《大獄記》條：「又潘、吳二子合作今樂府凡數十章，莊氏或取材其書。」

清朝定鼎，士風未即「丕變」。陸文衡說：「生員言事，臥碑有
禁，而吳下士子好持公論，見官府有貪殘不法者，即集眾昌言，為孚
號揚庭之舉，上臺亦往往採納其言，此前明故事也。今非其時
矣……」（《嗇庵隨筆》卷三，光緒丁酉刊本）以下舉「因言獲罪」至
慘者，即金聖歎等哭廟一案諸人。在記述者的筆下，獄中的吳炎、潘
檉章確也十足的明人面目。《松陵文獻》卷十吳炎傳，說吳「在獄賦
詩慷慨，神色不撓」。楊鳳苞《記吳楚》關於史案中人的精神狀態，
有類似描述：「時以史案系累者多文士，諸人鋃鐺挺犴，慷慨賦詩，
互相酬答，皆無困苦乞憐語。」（《秋室集》卷五）我所讀到的潘檉章
獄中與人唱和詩卻不免老套，無非悔不該與文字結緣，當然，牢騷而
已。《臨野堂別集》錄潘檉章獄中詩《漫成》四首，其一首聯即「抱
膝年來學避名，無端世網忽相嬰」；尾聯為「自憐腐草同湮沒，漫說
雕蟲誤此生」。其二尾聯：「從使平反能苟活，他年應廢蓼莪詩。」
《與美生對酌》絕句，首句即「平生恨不學屠沽」，並不一味作激昂
語，也是士大夫當此種時候慣有的表白。一旦因文字得禍，書生通常
想到的，是早知今日、何必當初；實則只要項上的那顆頭顱猶在，總
不能不舞文弄墨——不必讀那些長流邊徼的文人的詩文，只要看史案
中人羈紲之下仍然吟哦不已即可知。

那麼你會想問，這種軒昂的意氣，在有清一代，是如何消磨殆
盡的？

吳炎、潘檉章為青年才俊，查繼佐、范驤、陸圻則系浙中名宿。
陸圻，字麗京，原是明末社局中的活躍人物，發起登樓社，在清初社
事中依然活躍，曾赴嘉興南湖「十郡大社」的社集。陸氏兄弟陸圻、
陸培交遊廣闊，查繼佐則廣有門徒。錢謙益有《復馮秋水》一劄：
「西浙俊髦，無如馮、范。研祥落落竹箭，文白亭亭明玕。」（《牧齋

雜著‧錢牧齋先生尺牘》卷一。馮、范，即馮文昌、范驤）據杜登春《社事本末》，壬午春，復社中人大會虎丘，陸圻、范驤、查繼佐均在其中。

就時人記述的案情看，此案中吳、潘二子的故事較清晰，查、范、陸三人「檢舉」一事，因說法不一而撲朔迷離，是事件中較為曖昧的一段情節，令人疑心有未解之密——當時已然，否則就不會有下文將要提到的那個關於「雪冤」的傳說，雖為查繼佐的門人否認，仍被人津津樂道。

據查繼佐的門人所撰查氏年譜，查氏案發前由陸圻處得知自己在《明史紀略》（按：即《明史輯略》）「參閱姓氏」中，即「投牒督學」，「併入范、陸名于牒，范、陸不知」（《查繼佐年譜》順治十八年）。此種說法，與陸圻的女兒陸莘行的說法有異。莘行說其父風聞莊史將其與查、范列入「評定姓名」，即往查繼佐處詢問，見查案頭果有此書，說：「若不早圖，禍將作矣」（《老父雲遊始末》）。則具牒檢舉，像是由陸發起。查氏門人的說法或得之于查氏本人，莘行則可能得自其父，都應當有較大的可信度，卻已有這樣的不同，其它敘述更是言人人殊。即如《費恭庵日記》，說案發前查、范、陸于莊氏「不相聞且未見書」，「具檢明呈於學道」。全祖望《江浙兩大獄記》說查繼佐、陸圻「當獄初起，先首告」，得以脫罪（《鮚埼亭集》外編卷二二）。《清史稿》卷四八四《文苑一‧陸圻》，有陸被逮前曾「具狀自陳」云云。「首告」與「自陳」，語義不消說有不同。「自陳」或不過自我澄清，「首告」卻近於今人所說的「告發」。可以相信的是，無論「檢舉」的是陸是查，對於此後事件的發展，都應當無從預知。到了大案鑄成，吳、潘等人慘死，是否會有「我不殺伯仁，伯仁因我而死」的一念？無論出於主動，還是他人代署，陸圻的終不自安，也應因了保全首領的代價之高。同案罹難諸人的慘死，不能不使倖存者

有道義負累。《清史稿》文苑傳的說法是,「事得白,(陸氏)歎曰:
『今幸不得死,奈何不以餘生學道耶!』親歿,遂棄家遠遊,不知所
終」。

　　獲釋後的陸圻,似乎並非一下子便消失得無影無蹤。黃宗羲說
「人有見之黃鶴樓者,雲已黃冠為道士矣」(《思舊錄·陸圻》,《黃宗
羲全集》第 1 冊,浙江古籍出版社,1985)。陸氏的女兒莘行說,陸
氏于丁未冬,祝髮為僧。戊申二月,曾一度歸家,與親友訣別,其間
為其弟療疾,與妻女僅相隔一道牆,卻毅然不顧。這年九月赴粵,即
不可蹤跡,「每至必易姓名」,以示決絕(《老父雲遊始末》)。此篇文
字寫於康熙四十六年,莘行不見其父已三十九年。全祖望的《陸麗京
先生事略》更說其子曾在黃山找到他,以「祭墓」的名義哀懇其歸,
陸氏歸後竟「一夕遁去,自是莫能蹤跡」,致使其子因尋父不得悒悒
而死(《鮚埼亭集》卷二六)。明清間的知名人士屢變姓名的,如方以
智在逃亡途中,另一即陸圻為僧之後,均有不得不然;而陸圻的心情
有可能更苦澀。[5]

　　明清之際這樣的時代,士大夫劫後餘生,難免會有諸種缺憾。黃
宗羲說自己曾致書江右的陳弘緒,陳答以「吾非故吾」,令黃氏覺得
其「若有慚德」(《思舊錄·陳弘緒》)。[6]他記陸圻史獄前後的變化,
說自己庚寅(即順治七年)曾與陸氏同宿某人家,夜半,陸「推余
醒,問瀗州事,擊節起舞。余有懷舊詩:『桑間隱跡懷孫爽,藥籠偷
生憶陸圻。浙西人物真難得,屈指猶雲某在斯。』」史禍之後,陸

5　謝國楨《明清之際黨社運動考》引《粵東遺民傳》:「杭州陸圻東南名宿也,出家十
　　餘載,初名法龍,字誰庵,及入粵謁函罡于丹霞,函罡為易名今竟,字與安,使掌
　　書記。」(中華書局1982年版)則陸氏為僧為道,時人的說法已不同。
6　浙江古籍出版社1985年版《黃宗羲全集》第1冊,此處的標點似有誤,「若有慚德」
　　應在引號外,系黃氏當時的感覺。

「以此詩奉還云：『自貶三等，不宜當此』，請改月旦。其後不知所終」（《思舊錄·陸圻》）。全祖望也說自己曾在黃家得見陸氏「所封還月旦之書，甚自刻責，以為辱身對簿，從此不敢豫汐社之列」（《陸麗京先生事略》）。你據此可以猜想，刀鋸鼎鑊之下人所難免的怯懦，成為了陸氏持久的疚痛。

古代中國知識人極其在意士論關於自己的評價即所謂「月旦」，因此無論「封還月旦」還是「請改月旦」，都屬於含義複雜的動作。其意思無非是對同儕的稱許愧不敢當，以及「吾非故吾」等等。「封還」乃所以珍重，示人以鄭重不苟，不容絲毫含糊。此種古道，今人已不能理解。至於「辱身對簿」云云，也是極痛心的話。在士人，「對簿」是一大侮辱，莊氏史獄之于士人的摧辱，決非「對簿」一端，那自然是對「民族感情」的摧殘，對「反清意志」的摧殘，亦對東南人文的摧殘。事實是，在吳、潘等人慘死之後，陸氏的獲釋本身，已包含了「辱」。陸氏的出走，以至一往而不返，也應因不堪承受這「倖存」的壓力的吧。經歷了這樣的事件，一個敏感自尊的文人，很難自信尚能保有「完整性」，會自認為有無從修復的破損；不一定就厭世，卻有可能厭惡、鄙視自己。陸圻或許屬於後一種情況。謝國楨引楊鐘羲《雪橋詩話》卷一《王崑繩孤忠遺翰序》，說看陸圻畫像，「雉冠戎服，挾弓矢袴靴縱馬而馳，是豈山中學道之人哉，又可悲矣！」（《晚明史籍考》卷二二《孤忠遺翰》條）

陸圻的女兒莘行說獄興之前他的父親就有預感，自己曾聽到「父母于密室中歔噓偶語」。還說其父就逮，臨行，囑其二子以己為鑒「終身不必讀書」。還記其父赴京途中，「一日泊金山下，聞鐘磬聲，誓曰：苟得生還，所不祝髮空門，有如大江！」（《老父雲遊始末》）那麼陸氏獲釋後無非踐行此誓言。由全祖望《陸麗京先生事略》看，陸圻性情「溫良」，雖參與社事，名在人口，卻不大有名士習氣。該

篇說,陸獲釋後,歎道:「余自分定死,幸而得保首領,宗族俱全,奈何不以餘生學道耶?」或許倒是全氏代其設想,陸圻本人的想法有可能曲折得多也灰暗得多,否則難以做到那般決絕的吧。出走——無論是否真的皈依佛門——似乎被認為較言說有力。陸圻用決絕的姿勢,以自己遠行的背影,做了有力的表達。

我讀與史獄有關的文字,關注不止在此案之慘,導致案發的人事糾葛,還有若干涉案人物,以及案裡案外的細瑣情事。有關文獻中對史案的記述態度,也留出了較大的想像空間。我最感興趣的,是摧折之餘士夫精神意氣的斫喪,這一種「餘波」。在近代「心理學」、「精神現象學」尚未興起的時代,古代中國的知識人並不缺乏傳達其「創傷經驗」的足夠手段,最經典者,就包括了敝同鄉阮籍的窮途之哭。儘管於來自外部的「禁忌」、「禁制」之外又有自我禁抑,你仍然有可能在古人遺留的文字間,搜尋到他們有意無意留給後人的微渺信息,儘管後人的代古人設想,有可能距「真相」更遠。或許也因有鑑於此,有人即重重設防,極力避免窺探,甚至乾脆自行蒸發,「不知所終」,意欲將一份秘密永遠地帶走。

范驤,字文白,號默庵。查繼佐、陸圻、范驤三人中,查系壽終正寢;范死于查前。查氏臨終前,尚於書室中設范之位,抱病祭奠,可知與范驤交誼之深厚。范氏之子范韓記述此案,對於查、陸卻「頗致誹詞」,「不免有私憾存乎其間」(參看謝國楨《晚明史籍考》卷一六《范氏記私史事》條),未知系何種「私憾」。據范韓說,范驤史案獲釋後「志氣如常,卒年六十八」。果真如此,又可證對屈辱的承受力也有因人之異,並非誰人都像陸圻似的創巨痛深。

顧炎武《書吳潘二子事》那篇文章說,「方莊氏作書時,屬客延予一至其家,予薄其人不學,竟去,以是不列名,獲免於難」。由此

看來，查、陸、范的捲入此案，未必是在劫難逃；列名莊氏明史的「參閱」，有可能是征得了他們同意的。當然，名人之名往往不免於為人所借；要愛惜其名如顧炎武者，才能峻拒此種誘惑。但也應當說，無論是否與聞以至是否介入莊氏修史一事，陸圻、查繼佐都有為「故明」存史的強烈意願。陸圻有《陸子史稿》傳世，還曾參與《明史紀事本末》的編撰，該書於順治十五年即莊氏案前已刊行；而下文還將寫到，查繼佐即使經歷了史獄的生死劫，仍然撰寫了他的那部稱得上皇皇巨著的《罪惟錄》。

查繼佐，字伊璜，一字敬修，號興齋，人稱東山先生。據《費恭庵日記》，吳之榮首告時，即將查繼佐與定讞後的主犯莊允城（按：應為莊允誠）、朱佑明並列，說他們「共造此書」，公庭質對時也一口咬定系查繼佐等主筆。查以曾嚮學道「檢舉」自辯，吳卻質疑其何以不向督撫告發，而「首」於學道。據此看，查氏當初的嚮學道而非督撫呈報，或許真的不希望司法介入，而只是在「教育官員」處備案，申明自己（以及范驤、陸圻）與該書無關。由此，案發後查氏處境之兇險不難想見。[7]

事實也的確是，查等「檢舉」在前，吳之榮「出首」在後。據《南潯鎮志》，對簿時查繼佐辯解道：「若以出首早為功，則繼佐前而吳某後，繼佐之功當在吳某之上。若以檢舉遲為罪，則繼佐早而吳某遲，吳某之罪不應在繼佐之下。今吳某以罪受賞，而繼佐以功受戮，則是非顛倒極矣。」（卷三八《志餘》六錄《熊懋蔣希圖聞門錄》）這

7　陸圻之女莘行說，吳之榮曾欲觀查氏的女優（家妓）而不得，「憾甚」（《老父雲遊始末》），或可為吳對查「一口咬定」作注腳。但收入傅以禮《莊氏史案本末》的文字，也有另外的說法，如說吳之榮「專恨」莊、朱二人，與其餘參訂諸人並無仇恨，「故將序文及參訂諸人數頁俱扯毀」（卷上）。則吳本無意將吳、潘及查等置於死地。

樣看來，「檢舉」與「出首」，性質並沒有什麼不同。然而據年譜，查氏被收押前曾誡其子不要透露其它參閱者的情況（《查繼佐年譜》康熙元年），則所謂「檢舉」，仍然更是意在撇清關係，預先為自己也為友人（范、陸）脫罪；因終成大獄，也就與告發、舉報難以區分了。但此獄的關鍵，仍然是吳之榮的「首告」。查等的「檢舉」，作用較為次要，雖不得不對簿公堂，仍能獲釋；因「檢舉」有功而蒙有關當局頒賞，賞額也低於立了首功的吳之榮。

即令如此，查、范、陸的「檢舉」，仍然是此案重要的情節。或許出於為賢者諱的用心，凡此等關節處，有關的敘述均不免語焉不詳。出自查繼佐門人的查氏年譜，對史案卻並不避諱：「莊史波及，因先生合詞簡舉，留案，得釋，所著《得案日記》述之甚詳。」這部關鍵性的日記，我所讀到的記述此案的文字均未徵引，似乎久已失傳。不知何故偏偏這部最有可能征信的文字，失卻了蹤跡。或許將來有一天，意欲偵破此案的好事者，會發現這日記如出土文物般地在某處「潘家園」現身？

由同樣出自其門人的《東山外紀》看，查氏與莊氏史事絕非全無干係。該篇說，因史事而失明，查繼佐使人致意，自願代其撰寫（「吾當代草，可以愈病」），莊對這番好意的回應是，令其弟到查氏處「侍教」。令人訝異的倒是，《外紀》成書於查氏生前，居然並不避諱而有如上記述。近人對查氏與莊氏明史的關係，提供了新的證據。孟森《書明史抄略》一文說，傳世的《明史抄略》可以證明為莊氏原書的，與查繼佐《罪惟錄》「文句多同」，斷其「必是出於一手」（《明清史論著集刊》上，中華書局，1959）：倘若不是查繼佐確實參與了莊氏的修史，那就是莊氏襲用了查氏已成之稿。這種發現，與陸莘行關於其父曾在查繼佐案頭看到莊氏書的說法，可以互證。據此則查繼佐確系史案中人，其後來題為《罪惟錄》的那部書，與莊氏史大有干

係。那麼查繼佐的幸免於難，確實要有點運氣。倘若查氏真的大包大攬，說自己檢舉時將陸、范列入，則可能其人決心一肩擔當，為陸圻、范驤脫責。由年譜也由《東山外紀》看，查氏的確像是有豪俠仗義的氣概。

查氏系獄近二百天。此案「波累者以千數」，惟查氏與范、陸同釋（《查繼佐年譜》康熙二年）。如此殊遇，是不能不作解釋的，於是就有關於「雪丐」的傳奇，大致說查氏早年曾救助一乞丐于冰雪中，此人（吳六奇）後來發跡，待莊氏案發，即「抗疏奏辯」，使查脫出厄難。查氏年譜的撰寫者沈起，于查氏生前曾追隨左右，據說是查氏最賞識、最親近的弟子，對此傳說已辨其無（《查繼佐年譜》順治十五年），而翁廣平的《書湖州莊氏史獄》及《費恭庵日記》，王士禎《吳順恪六奇別傳》、鈕琇《雪遘》、蔣士銓《鐵丐傳》、楊鳳苞《記莊廷鑨史案本末》，乃至蒲松齡《聊齋誌異》，講述「雪丐」事卻眾口一詞，且層層渲染，愈傳愈奇。[8]無論古今，人們都樂於聽到關於「報施」的故事，基於普遍的需求，即以正義伸張，維持對於斯世的「信念」——士大夫也不能免俗。[9]但由年譜看，查氏應讞時的確有人暗中庇護，其事曖昧詭異，頗有點戲劇性（《查繼佐年譜》康熙元年）。[10]而年譜對此中緣由，有露骨的暗示，即查確曾救助過一丐陸

8　翁、王、鈕、蔣的有關文字，見《查繼佐年譜》附錄二。至於《費恭庵日記》，更說此事並非得之於街談巷議，乃自己的朋友方面詢查氏獲知。

9　《南潯鎮志》錄《費恭庵日記》，按語說吳騫所著《拜經樓詩話》的說法依據查繼佐《敬修堂同學出處偶記》，在那裏查本人否認了與吳六奇（即所謂「雪丐」）有關的傳聞。魏源、徐鼒均以此傳說為失實（《查繼佐年譜》附錄二《考辨二則》）。謝國楨《晚明史籍考》卷二二關於《觚賸》，說：「如所記查繼佐遇雪丐事，雪丐即吳六奇，降清後，官至廣東總兵，曾鎮壓閩、粵農民起義抗清者也。惟其文近小說，間有傳聞失實之處。」與查、吳有關的不根之談尚不限於此。如關於為人艷稱的吳贈查「縐雲石」一事，亦系杜撰（《查繼佐年譜》順治十六年）。

10　年譜所記查氏於獄中所得種種關照，可知其處境不惡，非止未受刑而已。陸莘行

晉，對簿時查所得關照，或與陸晉有關。這自然是另一則傳奇，卻不能阻止「雪丐」故事的流傳。

依據門人的記述，查繼佐機智幽默，且善於自我保護，多少那麼一點不好捉摸。在江浙的名士群中，查並不特別引人注目，至少引起的關注度不及同案的陸圻。他的與當時士人中的領袖人物、與那個黨社的核心圈子、與「時風」若即若離，保持距離，未嘗不也出於「自我保護」的聰明。

敘述莊氏史案倘若由查、范、陸的角度，有可能是三位大名士為避禍而主動告白，間接推動了此案成立，最終背負了沉重的道義負擔的故事。但如上文所說，同歷此劫，「精神后果」卻有因人之異。三人中，惟陸圻的心事有跡可尋，查、范的心跡幾不可考。但刻意的規避，焉知不也因了難以釋懷？《年譜》記患難餘生的查氏：「初，眷屬內外皆錮於公署，其後即禁錮於家中。先生既歸，始對家人一涕。當患難急迫，獨灑脫如平時。」（《查繼佐年譜》康熙二年）這「一涕」乃情不自禁，也證明了其「灑脫」中固有隱忍。在史案的殘酷性充分顯現之後，率先「檢舉」的查氏當作何感想？會不會有夢魘，比如夢到遭凌遲者的血肉淋漓？對於自己當初的「檢舉」，清夜捫心，能否坦然？或許他的心足夠堅硬，並沒有我們代為設想的種種。下文還要寫到查氏在案發後大肆進行的明史、南明史書寫——令人疑心既出自不可抑制的衝動，亦隱含了自我救贖的動機——誰能說得清呢！謝國楨以為查、陸、范「中途首告，臨難苟免，實有足令人非議者」（《晚明史籍考》卷一六《范氏記私史事》條），稍嫌苛刻。至於黃宗羲因憎惡湖州籍的溫體仁，竟說湖州史禍乃「天之報施者」（《汰存錄》），大可作為明人「黨見」深不可拔之一例。

《老父雲遊始末》也寫到案發後戚友父執的竭力救援。三人獲釋，確有奧援，儘管未必出自吳六奇。

案發那年查繼佐已六十二歲。僅由門人所撰年譜及《東山外紀》看，查繼佐的「劫後餘生」並不慘澹，以至像是不適用「劫後餘生」這說法。查七十六歲「終於正寢」，一生有女人緣，有石緣（查氏嗜石，有大量收藏），有賢妻及追隨左右的門人，晚年頗不寂寞，與吳炎、潘檉章的非但未盡其才、且未克享其天年，自不可同日而語。

查、范、陸與莊氏史獄有關的故事，到這裏還沒有完。

據《費恭庵日記》，定案時以查、范、陸三人「亦系首事之人，依律頒賞」。吳之榮給與朱、莊各犯財產的十分之一，查、范、陸也「稍頒給什物器用」。作者說自己親見船泊慈感寺前，「領朱、莊廚桌傢伙什物約十餘舟載去」。該篇將此歸結于查向吳六奇（「雪丐」）求救，感慨道：「轉禍為福，真迴天手段也！」將案犯財產賞賜給告發者，自然屬於其時的「激勵機制」，由今人看去，會覺得太直接，不夠含蓄，不免令受惠者難堪。費氏卻說，不只吳之榮，查氏等人竟也領取了那沾了血的「廚桌傢伙什物」。陸莘行關於賞格及三人反應的說法不同，她說，「十月初有旨，將莊、朱家產一半給首人吳之榮，一半給查、陸、范」。她父親陸圻說：「闔家獲免，幸矣，反貪他人之財耶？」那些財物「盡歸查、范」，未說查、范是否領取（《老父雲遊始末》）。或許楊鳳苞的說法最合於普遍期待：「三人均委之不顧而去。」（《記莊廷鑨史案本末》）[11]在今人看來，以此案之慘，因首事得賞，像是一種殘酷的諷刺；即使沒有多麼沉重的罪孽感，也不應以幸免且蒙賞為幸事。查、陸、範的應對，自當以「委之不顧」較近情理。如若查繼佐果如費氏所說，將那些東西載了去，是否刻意與鞫訊時關於功罪的說法配合，不欲授人以柄？

---

11 陳寅清《榴龕隨筆》也說對所賞賜財物，「三人皆不受」（謝國楨《晚明史籍考》卷一六《榴龕隨筆》條）。

　　談遷《國榷》張宗祥的《題記》，提到談與查繼佐「若不相識，各無一語及之」，對此的解釋是，談氏在莊氏史獄前早已謝世，「而查氏既經史獄，幽囚二百日之後，雖奮筆成書，不欲表暴於世，深閉固拒，以史為諱」，由此推想談遷的那部大書，也只能「鐵函深井，藏之已耳」，哪裡敢引以賈禍呢？

　　事實卻是，查氏並不曾被史獄嚇退。他化名「左尹」的《罪惟錄》，系紀傳體明史著作，《東山自敘》說寫作該書，「始于甲申，成於壬子」，歷時二十九年[12]，史獄即發生在此期間。查氏的自敘不諱其事，且說因此獄而「改書名為《罪惟》」，還說此書「得復原題之日」（按原題為「明書」），也就是作者「得復原姓名之日」。至於題作「罪惟」，據說取孟子知我罪我之意（參看謝國楨同書卷一六《大獄記》條）。因史入獄，本應對史事避之惟恐不及的，卻偏要撰史不已，也可以證明其人的倔強的吧。年譜將查氏著《魯春秋》系於康熙四年，史獄獲釋不過兩年。查氏在那本書的自序中寫道，「魯春秋」非止魯之「春秋」，乃唐、桂、魯之「春秋」；尤一再致悼于張煌言，更據張的事蹟著《范澳供》。「范澳」在東海中，張煌言於此被清軍俘獲（參看《查繼佐年譜》康熙四年）。其人的不能忘卻故明，這一段心跡，倒像是惟恐不為人知曉。[13]錢謙益有《初學》、《有學》二集，

12 沈起所撰查氏年譜，則說該書撰于順治十二年（1655）至康熙十四年（1675）間。浙江古籍出版社1986年版《罪惟錄》的《前言》，關於該書的成書時間，說法又有不同，說成書於康熙十一年。另據年譜，當時有一種不大可信的說法，謂萬斯同所撰《明史稿》即查氏《罪惟錄》（參看《查繼佐年譜》康熙十四年）。此種說法雖不能證實，卻可知查氏該書應有流傳。據年譜，該書的部分章節甚至刊于順治八年即莊氏史案前。有人據此推測莊氏之史，當是查氏「所樂於共事」者；甚至以為查氏該書，「必太半以莊氏之書為藍本而加以筆削者也」，證據之一，即該書《文史列傳》，引數語（參看謝國楨《晚明史籍考》卷一《罪惟錄》條）。

13 謝國楨說，《罪惟錄》一書，「凡南明諸王皆列入本紀，弘光朝仍用南明年號，其惓惓故國之意，雖罹重辟而不悔者，於此可見」（《晚明史籍考》卷一《罪惟錄》條）。

查氏則著有《先甲》、《後甲》，「甲」即甲申。兩個人都以此暗示其人生斷為了兩截。但無論錢還是查，前後兩截，都似斷猶連，是不難看出的。

你不能確知查氏的上述著述曾在何種範圍流傳。浙江古籍出版社版《罪惟錄》的《前言》，說傳世的只有吳興嘉業堂藏的手稿本，後商務印書館據以影印入四部叢刊三編。但由《東山外紀》看，查氏本人未見得以為有必要將其著述藏之某山或沉之井底。莊氏史獄後，又有方孝標、戴名世的《南山集》案。可知雖殺戮之慘，仍不足以儆戴名世之流。但殺戮仍然有效。全祖望一再譏毛奇齡在《南山集》案發後的表現（見其《蕭山毛檢討別傳》、《書毛檢討忠臣不死節辨後》，分別見《鮚埼亭集》外編卷一二、卷三三），刻畫毛的反應過度，為了避禍而不擇手段，大可作為文字獄導致士大夫「精神意氣斫喪」之顯例——當然也可能此人原本委瑣。但倘無那一番驚嚇，或許不至於如此不堪的吧。

值得注意的是，有清一代著名史家和當地人士對此案的持續關注。《費恭庵日記》一類記述，幾乎與事件同步。全祖望、楊鳳苞、傅以禮更惟恐事件湮沒在了歲月中，搜訪、記錄如恐不及，似乎將此案作為了須反覆品味的創傷記憶。一再書寫，固然使「事件」在時間中延續，避免了被當局刪除、抹去，而有力者的書寫當這種時候，尤其有助於「伸張正義」。

全祖望說過：「殘明甬上（按即寧波）諸遺民述作極盛，然其所流佈於世者，或轉非其得意之作，故多有內集。夫其『內』之云者，蓋亦將有殉之埋之之志，而弗敢泄，百年以來霜摧雪剝，日以陵夷」，其「秘鈔」「半歸烏有」（《鮚埼亭集》外編卷二五《杲堂詩文續鈔序》）。他本人所以孜孜搜求，無非為了搶救這段「歷史」。而全氏

的集子，系其弟子董秉純所編，編纂之法，也仍然「從明季遺民文集之例，分內外兩集，凡涉禁忌者，多列為外編」（謝國楨《晚明史籍考》卷二〇《鮚埼亭集》條）。與莊氏史獄有關的文字，卻又不盡在「外編」：《陸麗京先生事略》就收在內編。

汪曰楨所纂《南潯鎮志》有楊鳳苞傳，說楊「尤留心鄉里掌故」，對莊氏史禍，「鳳苞旁搜遺軼，紀載甚詳」（卷一三《人物》二）。楊氏本人則說，「吾鄉」（按即湖州）自莊氏、錢價人（瞻百）等因文字得禍，「遺臣佚老之行蹤，莫有為之載筆者，桑海見聞，半歸脫落」，自己「竭力搜訪，不過千百之一二耳」（《錢瞻百河渭間集選序》，《秋室集》卷一）。還在其《記莊廷鑨史案本末》一文「附識」道：「余文大類農家陰晴簿，雖失記敘之法，然頗得當時曲折情事，固不以文筆未逮前人為愧。」李慈銘《荀學齋日記》關於楊氏《秋室集》，說該書記莊氏史案及涉案諸人事「皆極詳，足訂鮚埼亭外集之漏略」（謝國楨《晚明史籍考》卷二〇《秋室先生集》條）。謝國楨也以為關於莊氏史案，「各書記載，疏舛互見，惟楊鳳苞所記最得其真」（同書卷一六《記桐城方戴兩家書案》條）。

傅以禮所輯《莊氏史案本末》後出，序稱該書所集，「皆同時目擊者所記」，輯錄的原則是並存異說，因此不免前後重複、牴牾。由我的角度看，該書除個別篇外，未注明材料來源，亦未作考辨，使用確有不便。《南潯鎮志》周學濂序，說有人批評該書「間有異同並列，無所折衷」，解釋說「此公羊子所謂傳聞異辭也」。這確也可以是一種解釋。

儘管清代史家關於莊氏史獄，留下了篇幅可觀的記述，由近人、今人的興趣考涉案諸人的心跡，卻仍然困難。也因此留在故紙上的蛛絲馬蹟、隻言片語都值得推敲。你會相信仍然有未揭之秘，有不可能還原的心理事件，不能修復的「真相」；而如上文說到的，今人倘代

古人設想，確有可能更遠於「實情」。

　　此案的關鍵人物，「首告」且因此立案的吳之榮，在諸種記述中均為姦邪小人，陰賊險狠，血債累累。據傅以禮《莊氏史案本末》，吳之榮曾任歸安知縣，「有才而敢作敢為」，坐贓，「遂至湖州，擇人而噬。富民大家，臥不貼席」，「在湖三年，所詐之贓約數十萬」（卷上）。楊鳳苞《錢瞻百河渭間集選序》則說吳既貪且狠，「時比之國狗之瘈」（按即瘋狗）。據該文，吳氏構陷錢價人（瞻百），確與魏耕「通海」案有關。由此看來，祁六公子（即祁彪佳之子祁班孫）的長流甯古塔，也與吳之榮間接相關。該案使錢價人「坐慘法死于杭」，籍其家，吳之榮因「首告」而「得其家之半以去」，錢氏「累世顯宦，家富不貲」，至此遂破，「妻子徙邊」，弟長流甯古塔。時康熙元年二月。同年秋，吳即首告莊氏，引發史案。[14]由此看起來，吳之榮稱得上那個時代發人命財的「首告專業戶」，且因以致富，不止於「人血染紅頂子」而已。

　　而莊氏史案中，發人命財的不僅有吳之榮。據陸莘行所記，其家「近鄰許周父，平素待之甚厚，此際手持糨一盂，於門上遍貼封條，且曰：某某系某人子，不可放；某某系某人僕，急宜追縶。官喜其勤，取我家布二匹、米三石與之，令為嚮導，同捕役進京逮三叔父……後事解，此人惶愧欲死」（《老父雲遊始末》）。這應當是莘行以七歲稚齡體會到的世態炎涼。至於吳之榮式的「構陷」、告訐總能得手，自然賴于清初的言論環境。楊鳳苞所記孔孟文，是魏耕「通

---

14 李慈銘《荀學齋日記》關於《秋室集》，說將祁班孫牽連流甯古塔的「魏耕通海」一案，與莊氏案「皆發難于」吳之榮，全祖望關於祁班孫、魏耕的文字中「時月事蹟」的「舛誤」，也賴《秋室集》中《書孔孟文事》、《錢瞻百河渭間集選序》而得訂正（謝國楨《晚明史籍考》卷二〇《秋室先生集》條）。

海」案的另一告發者，也如吳之榮，無非借刀殺人，借清當局的刀，殺略有怨懟或僅只沒有滿足其欲求的人（《書孔孟文事》，《秋室集》卷五）。至少在本文所寫的年代，這種人的確說得上生逢其時，夤緣時會。

關於吳的下場，莘行的說法是，己巳夏，其人「發惡疾，骨存於床，肉化於地，頸斷而死」（《老父雲遊始末》），似乎更宜於讀作詛咒，所謂「積不善之家，必有餘殃」，而無關乎「事實」。作惡多端的吳之榮，要死得如此離奇，才足以大快人心。傅以禮據魏源《聖武記》，說朱國治於江南奏銷案中，羅織縉紳生監萬有二千，「凡欠課一二錢者，盡罹法網」；三藩變起，吳三桂對雲南按察使知府以下抗節不屈的官員，皆拘禁不殺，獨首殺朱氏，「未必非因其素失眾心，殺之足以為名也」（《華筵年室題跋》卷上《辛丑紀聞》），也是一種報應，較為可信。

孟森分析明清史料，總能洞見情偽。他說清代帝王「將祖宗徵惠於明之史實鉗制忌諱，顛倒耳目者二三百年。帝王之用機心，刻深長久，為振古所未有」，其用心「如是之深且曲」（《明烈皇殉國後紀》，《明清史論著集刊》上冊）。同篇還說，「戴南山之見殺，惟以所敘清初事太切實，不稍迴護」。所謂的「不諱之朝」，自然是大大的諷刺。縱然如此，對文字獄的結果，仍然不宜想像過度。限於技術手段也格於行政效率，那個時代對文字的管控，總不能如近代的徹底；而力圖掩蓋的事實，其痕跡也有極力擦抹而終不能淨盡者；更難以如當局所願地「封殺」某人、某項議論；雖「禁燬」也不大容易做到片紙不存。天網恢恢，百密一疏。顧炎武、錢謙益的文字均流佈較廣；其人與吳炎、潘檉章有關的書寫，想必不至於藏之篋中，而有一定的傳播範圍的吧。由此也可知其時文網雖密，還不能密到以史獄為禁忌性話

題，使人人噤聲的地步。潘耒為其兄遺作《松陵文獻》撰《後序》，
說潘檉章死後，「槁本流傳人間，爭相珍秘。康熙甲子，或言於邑
令，請改修縣志，三月而遽成。乙丑春，耒歸自都門，有言新志全用
亡兄之書者」。他發現果然如此，說自己「不怪其蹈襲，但不應略不
載吾兄姓名，絕不言本某書，有似取人之物而諱言主名者」。《後序》
撰於康熙三十二年臘月，應當已在為其兄「昭雪」之後，不但吳、潘
二子的名氏已不被忌諱，甚至潘耒明確提出了「載吾兄姓名」的要
求。孟森《書明史抄略》說，莊氏史案「因得禍甚酷，舉世反甚願見
私史原文，以饜好奇之心」，故有人作偽以迎合此種需求。這樣的社
會心理，不正是古今所同？

　　人類自有禁制，也就有犯禁的快感。「雪夜閉門讀禁書」即被認
為一快。記得我自己曾在文章中提到，龔自珍「避席畏聞文字獄，著
書全為稻粱謀」，倒像是在有意召禍。而郁達夫書此一聯，懸之中
廳，不也是有趣的現象？但若據此而說「禁」之為誘惑，之為「撩
撥」、「挑逗」，仍有不妥——可能將那種故事的殘酷性掩蓋了。令今
人感到不舒服的是，傅以禮居然說到其所處朝代禁網之疏——至少並
不較前此的「新朝」禁制更嚴厲，說「孰若我國家天地為心，大公無
我。在昔乾隆中，欽定通鑒輯覽，特存福王位號，比之于南宋偏安；
並附載唐、桂二王本末，不斥之為偽」（《華笙年室題跋》卷上《明季
稗史彙編》，宣統元年刊本）。「天地為心，大公無我」云云，豈不太
過肉麻？但由文字看，傅氏一本正經，未見得不真的這樣以為。一再
考清代文字獄的孟森，則說嘉、道以前，禁網尚密，「咸、同軍興以
後，禁網乃稍稍闊疏」（《皇明遺民傳序》，《明清史論著集刊》上
冊）。傅以禮的學術活動正應當在咸、同軍興以後，或禁網確已「闊
疏」。至於孟氏說「為明遺民作傳，道光以前，乃不可能之事」，未免
絕對。大量的明遺民傳記材料，保存在士人文集中，只不過未標「明

遺民」一類名目罷了。

也是孟森，發現乾隆年間《閑閑錄》一案，蔡顯受戮，其門人二十四人罹禍，藏蔡氏所撰《笠夫雜錄》的，為該書作序的，卻也是蔡的門人。「從文網稠密之中，不忘師友之誼」，可見「當時風俗之厚」（《閑閑錄案》，《明清史論著集刊正續編》，河北教育出版社，2000）。孟氏更發現《笠夫雜錄》竟然就是蔡氏因而被難的《閑閑錄》之變身，不過「次序略異」而已。「已成大獄，而門人猶改其名以刊行之」，「亦見蔡氏門下之篤念其師，不計禍福也」（同上）。上述事實，固然證明了其時風俗之厚，嚴酷血腥中依然透出的一縷溫情，卻也證明了文網的百密仍有一疏。呂留良、戴名世著述的流傳，也應既賴有風俗人情，也賴文網的空際的吧。[15]至於全祖望，孟森的說法是，因文字之獄，「故雍、乾間文士，罕涉前明遺逸事者，惟全謝山乃畢生專述明、清間事實，亦未遭禍，殆有天幸」（《閑閑錄案》）。難以解釋的是，「天」何以獨「幸」全氏。

在一再的肆行殺戮之後，有清一代對於「違礙」文字，像是確也有了「區別對待」的一套規則，勉強可以看作發生在時間中的細微變化。乾隆間編次《違礙書籍目錄》，據謝國楨《晚明史籍考》，「四庫館查辦違礙書籍條款云：查各省解送違礙書籍，除字句狂謬，詞語刺譏，必應銷燬，及明季國初人詩文集內有觸悖者，其全書即不應存留外，其餘有應行分別辦理之處，謹擬立條款，開列於後……」（卷二三《違礙書籍目錄》條）由該書所錄諸條，也仍然可感其時言論環境的肅殺。

---

15 孟森《閑閑錄案》一文中說，到康熙末《南山集》案，「文字之獄始起」，與順、康間不同（同書）；但莊氏史案正在順、康間。孟氏《字貫案》引乾隆四十二年上諭，中有「書中所有參閱姓氏，自系出貲幫助鐫刻之人，概可免其深究。朕于諸事，不為已甚」云云（同書），是否可以理解為以殺戮「參閱」、「出貲幫助鐫刻」者為「已甚」？

　　魯迅說過，中國一向「少有敢撫哭叛徒的吊客」（《華蓋集‧這個與那個》）。但畢竟有過。上文寫到的蔡顯的門人，就約略近之。莊氏一案，傳說有滿州將軍佟某刻被難者的絕命辭於碑，儘管有人對此表示懷疑。[16]即使這一點得不到證實，《甌剩》、《苕上詩鈔》、《松陵詩略》等書，都收錄了涉案人物的詩作，使傳之後世，不也證明了魔鬼的手上仍有漏光處？當然，此案中另有為受難者「存孤」的朋友、親族、奴僕，有供給獄中衣食、收葬死者骸骨、設計救遣戍者回歸的，其它尚有被人稱道的「義僕」的義行（參看《書湖州莊氏史獄》，《查繼佐年譜》附錄二），可證這一種「古道」、「古風」，其時仍然有存留。僅由此一端，也可以相信「傳統」確有其美好之處，保存未必容易，一旦失去，也就再難追回。

　　本文開頭就說到了莊氏史獄牽連之廣，涉案人物自不止上文提到的幾位。列名「參閱」的二十四人，據翁廣平《書湖州莊氏史獄》，某人剖棺剉屍，某人投水死，某人逃匿海濱為僧，各有故事。倘據此案編寫情節劇，另有一些相關人物，如楊鳳苞專文寫過的李令晳、茅元銘、朱佑明諸人（見《秋室集》卷四、卷五），或更能增劇情的曲折。因與本文的宗旨無關，關於這些人物，也就不一一講述了。

2013 年 3 月

---

16 咸豐二年管庭芬質疑《書湖州莊氏史獄》所記佟將軍將涉案者獄中唱和詩歌公然勒石（參看《查繼佐年譜》附錄二《書湖州莊氏史獄》書後）。

　　本篇寫出後，蒙慶西告知，黃裳先生曾寫過《查‧陸‧范》一文，發表在 1986 年第 3 期《讀書》雜誌上，後收入《榆下雜說》一集。慶西還發來了該篇中的部分引文，正出自我未讀到的范驤的兒子范韓的那本《范氏記私史事》。此書應非黃裳先生的獨家收藏，只是我未認真尋訪罷了。

再續《讀人》

　　1995 年，曾寫了一組題作「讀人」的文字，後來收在了《獨語》一集中。2000 年又寫了一篇《讀人續記》，以讀人的容貌為主題。此後讀書，遇有讀人的精彩之論，仍然隨手摘記。人文學者，「讀人」本是正業。隨時關注他人、古人的讀人，自能培養對於人的敏感，也是專業研究的額外收穫的吧。

　　近一時因了寫關於古代女性的文字，翻閱初版於 1937 年的陳東原的《中國婦女生活史》，該書中有標題為「男子眼中的女性美」的，大段摘引李漁的論述，由肌膚，到眉眼，到兩手十指，到腳，到「態」（「媚態」），到脩容（即妝飾），對「女性美」揣摩無所不至。其中有與今人的標準暗合者，如均以肌膚白為美；卻也有與今人的觀感大異者，如目不取大，以為「目細而長者，秉性必柔；目𥉴而大者，居心必悍」，會令今人訝然的吧。當今的審美以眼大為美，且不厭其大，不惜用了人工使大，也絕不會由目之粗細推斷那女子的性情。

　　那本書所引李笠翁的見解，有在我看來極精到者。如說「衣衫之附於人身，亦猶人身之附於其地。人與地習久時相安，以極奢極美之服，而驟加儉樸之軀，則衣衫亦類生人，常有不服水土之患」。再如說「婦人之衣，不貴精而貴潔，不貴麗而貴雅，不貴與家相稱而貴與貌相宜」，就很值得當今時尚界參考。對李氏議論大段引用，可知陳東原的服膺，儘管也小有批評。不妨承認，現代人對於女性的觀察，未必能如古人這樣的細緻入微。忽而想到冒襄的說陳沅，即那個據說攪動了明清之際棋局的陳圓圓，說的是「婦人以姿致為主，色次之」

（參看陳維崧《婦人集》），足見其時文人名士的精賞。「姿致」云云，
難以訴諸進一步的形容，與今人所謂的「氣質」有別，是包括了李漁
所說的「態」（卻又不是李氏所欣賞的「媚態」），以及身姿、氣質等
等的綜合印象，要有冒襄那樣久經訓練的眼光趣味，才足以品鑒。

桓譚說：「凡人賤近而貴遠，親見揚子雲祿位容貌不能動人，故
輕其書。」（《漢書‧揚雄傳》）為人引用時，「祿位容貌不能動人」云
云，往往在自示謙抑的場合，如顧炎武。顧炎武是明遺民，終生未
仕，自然沒有所謂的「祿位」；至於「容貌」，據其同時代人說，豈止
「不能動人」而已。卻難以知曉這大學問家生前如何地為人所輕，儘
管他的友人歸莊確也對人說過，希望那人「試略其寢貌，聽其高言」
（《與王於一》，《歸莊集》卷五）。當然，顧氏的學問一旦為世人所
知，「祿位容貌」也就無足重輕：除了傳記作者，誰認真地關心揚
雄、顧炎武何種模樣，更無論「祿位」！

《明史‧楊一清傳》，說「一清貌寢而性警敏，好談經濟大略。
在陝八年，以其暇究邊事甚悉」。還說其人曾於「羽書旁午」之際，
「一夕占十疏，悉中機宜」；嘉靖朝以「故相行邊」，「溫詔褒美，比
之郭子儀」。民間有「人不可貌相」的說法，倒是證明了以貌取人之
普遍。「貌」關係到「第一印象」，以貌取人也正是人情之常。我在最
初的那一組《讀人》中，就寫到了古人對於他人容貌的鑒賞態度──
尤其男性之於同性。之後繼續遇到這類例子，即如明末大儒黃道周說
後來抗清而死的張家玉，「秀美勁挺，有子房之風」，由此而說到「人
固不可以貌竟也」（《與揭緝止書》，《黃漳浦集》卷一六）。子房，即
雇力士於博浪沙錐擊始皇帝的張良，據說「狀貌如婦人好女」。黃宗
羲也曾舉例說相人者僅據「形相」的不可靠，即如海瑞的直節，「疑
其眉目嚴冷」，親見其人者卻說海氏「團面無須」；另如楊脩博學，
「疑其姿質清苦，而衣服起居窮極華潔，貌似三吳貴公子」（《范文園

水鏡集序》,《黃宗羲全集》第 11 冊)。

明末的動盪中,張家玉之外,另有幾位俊秀偉美的人物,像是特為造物所賜,意欲為這朝代的覆滅留下更多引人回首的印跡似的。悲劇英雄盧象昇據說美風儀,「握尚方劍於馬上,草七省行移,嶺關崀峨,輒吟句題壁。賊驚相告,謂皂纛下面眉炯朗,儼一神人」(楊廷麟《宮保大司馬忠烈盧公事實俟傳》,《盧忠肅公集》卷首。按:盧象昇曾以兵部侍郎總理七省軍務)。這樣的筆墨,的確能令人於數百年之下,想見其人風采。

留下了一部《認真草》、「認真」正適於狀寫其人的鹿善繼,其外貌由那部文集卻無從想像,只覺得一派嚴正。盧象昇《鹿忠節公傳》說其人「古貌端莊,髭髯飄然」(《盧忠肅公集》卷一一),得之於親見,自然是可信的。黃炳垕撰黃宗羲年譜,說黃氏「貌古而口微吃」(《黃宗羲年譜》)。「古貌」或「貌古」該如何想像?未知明人意想中的古人係何種樣貌,是否比照了線描的古人肖像。但即使到了今天,你仍然會想說某人「古貌古心」,儘管你距古人更遠。只不過「古貌古心」的人物,在我們的生活中已漸失蹤影罷了。

上面提到的黃道周就說,「今人極難別識,乃不如別識古人」(《與張紹和書》,《黃漳浦集》卷一七)。可見士大夫一向自負的人倫識鑒,愈到近世,愈有了難度。這也很正常。《禮記‧曲禮》說「凡視上于面則敖,下於帶則憂,傾則奸」,是不是也過於簡單、教條了?黃道周所處的時代,或也正因了政爭中情勢的詭譎,更可能有關於人的洞見,每令我在閱讀其時的文字時拍案叫絕。劉宗周說:「凡人門面闊大者,多不易持守,亦甚留心世道,而不免太熱,恐有枉尺直尋處。」(《答葉潤山》,《劉子全書》卷一九)想必由其政治閱歷中來。只是這「門面闊大」,不難意會,卻一時想不出該如何兌換成白話。至於劉氏說「斬釘截鐵,胸中先淬一利刃,方有建豎可言」(《學

言上》，《劉子全書》卷一〇），則正可用來刻畫他本人的神情。王夫之的如下斷語，在我看來，更堪稱警策。他說「不才而忮，其忮也忍」（《詩廣傳》卷一）。你或許不曾讀到過這樣一針見血的評斷；而它正是你意中所有的，與那組《讀人》中我已經引過的同為王氏所說的「強者力足以逞而怨憤淺，弱者怨毒深」（《讀通鑑論》卷二七），正可互為注腳。非經歷了明末那樣兇險的黨爭政爭，即難以有這種對人的識辨能力的吧。有人將「文革」描述為一部分人報復另一部分人的「革命」，未免失之於簡化，卻未見得沒有經驗根據：發生在那場「革命」中的，的確有太多出於「忮刻」、「怨毒」而假借大義之名的迫害與報復！

王夫之論人的精彩，當然遠不止此。比如他說：「天下事勘得太破，不趨刻薄，必趨苟且」（《讀四書大全說》卷六）。其實那些聲稱「看破了」的，有時不過以此作為「苟且」的口實罷了；實在有沒有看破，大可懷疑。比如他說所謂「君子」也者，倘不具有「高朗」的境界，不能「同條共貫」，也就免不了「仁閡而柔弱，義閡而卞迫，禮閡而蕪雜，知閡而困窒」（《詩廣傳》卷四）。按「閡」，即窒礙難通。「仁」、「義」一類德目自然好看，只是被「不通」的傢伙弄到似是而非罷了。他並不無條件地稱道淡泊，那理由是，怕「薄於欲者之亦薄于理，薄於以身受天下者之薄於以身任天下」（《詩廣傳》卷二），你不能說沒有道理。他斷言「有大信者，必有厚疑；有厚疑者，必有偏信」（《讀通鑑論》卷二四）：徵之當代政治，誰曰不然！王夫之依據其豐富的人事閱歷、政治經驗，不惜偏至，由此而成一家之言：無論政論、史論、詩論，也包括了如上的「人論」。

這樣徵引下去，勢必要敗壞了讀者的閱讀興致。我的用原文，有時就因了找不到相應的白話。即如王夫之，令你印象深刻的，不就有他那種格言式的表述？用了其它說法，也就難以將上述關於人事的經

驗，說到如此簡勁有力。不妨承認文言中有蓄之既久的能量，勉強翻譯，那意蘊怕要流失的吧。

明末人物於品評他人外，自我刻繪有時也同樣有力。即如顧炎武說自己「胸中磊磊，絕無閣然媚世之習」（《與人書》）；說自己為「踽踽之人」（《與友人辭往教書》）；說自己「褊性幽棲」（《答陳亮工》），都可作為例子。其文也確如其人，洗練、簡勁，正令人相信出諸有上述性情者的手筆。至於黃宗羲說其弟黃宗會「隘則胸不容物，並不能自容」（《縮齋文集序》），我已經引過；說自己「賦性偏弱，迫以飢寒變故，不得遂其麋鹿之一往，屈曲從俗」（《前鄉進士澤望黃君壙誌》），也應當是老老實實的話，只不過稍嫌含蓄而已。

也是那組《讀人》，寫到了古人的讀政治人物。明代解縉對當代政治人物的品鑒，或許出諸直覺、是所謂的「印象式批評」。直覺未必不可靠。此前劉基因朱元璋的「垂詢」而論楊憲、汪廣洋、胡惟庸是否適於做宰相，也屬於此類（《明史·劉基傳》）。劉獻廷說劉基「與太祖論相數語，不惟知人，並能自知」，「可謂天挺人豪矣」（《廣陽雜記》卷一）。「不惟知人，並能自知」，難矣哉！至於李因篤記某人評論與盧象昇同任明末軍事的孫傳庭，以為「孫詩平淡，不任即戎」（《大中丞焦公文集序》，《受祺堂文集》卷三）：由文風判斷其人是否宜於兵事，即便出於偏見，那角度也仍有意味。

古代中國的知識人注重人倫鑒，由此訓練了對於人的精緻的鑒別、鑒賞力。看政治人物，往往也眼光犀利。上文提到過的楊一清與另一名臣王瓊，明人說前者「如龍」而後者「如虎」，均指能臣。但「能」則能矣，心術卻可能大有問題。即如王瓊，就有關於其人「險忮」的說法（參看《明史》本傳）。有明一代，負經濟才而被指「為人傾危」的，另如景泰朝有治河功的徐有貞（《明史》本傳）。《四庫全書總目提要》關於徐有貞，說此人於諸經世之學研究有素，卻「傾

險躁進，每欲以智數立功名」；更由人及其文，說其著述「多雜縱橫之說」，學術「不醇」（集部別集類《武功集》）。這裏又有古代中國人對於「德」與「能」的綜合考量。

你不妨相信儒家之徒固然有迂陋者，其心性之學也仍然有助於向著人的深入。強烈的道德意識，強固的道德理想主義，培養了對於「政治人」的觀察、評鑒的嚴格尺度，同時又未必不能區分個人性情與服官行政的倫理（略近於近代所謂職業倫理、職業態度），理解「政治」之於人的要求。明末北方大儒孫奇逢說：「人黑白不分者，不可以涉世處人；黑白太分者，不可以善世宜民。學問須要包荒，才是天地江海之量。」（《夏峰先生集》卷一三《語錄》）在明中葉以降嚴別正/邪、君子/小人的輿論環境中，孫奇逢的這一種說法也委實難得。或許正因了他本人的道德自信，才能說得如此坦然。

對人心人性的洞見無間古今。今人未見得比古人高明。「吾聞中國之君子，明乎禮義而陋于知人心」（《莊子‧田子方》），魯迅曾在《魏晉風度及文章與藥及酒之關係》一篇中引過。我倒是以為，今天的自負才高的知識人，怕是兩方面都有缺陷，並不真的「明禮義」，卻又陋于、暗于知人心。在我看來有幾分迂陋的張履祥，曾經說過對世事求之過深，會壞了自家的「心術」，訓誡起他的幼子，卻也說，儘管有「知人之明」不可學的說法，自己卻認為「雖不能學，實則不可不學也」（《訓子語》上，《楊園先生全集》卷四七）。王夫之則更直截了當地說，「讀書者，以知人論世為先務」（《讀四書大全說》卷六）。無論是否「為先務」，總要力求「知人論世」，才不至於「死於句下」，或者像常談所說的那樣「死讀書、讀死書、讀書死」的吧。

2012 年 12 月

流動中的人與文學

美喬，知道你在討論上個世紀四十年代文化人的流動。這真是個好題目，在我看來，大有開發的餘地。我曾做過四十年代文學的研究，但對「流動」只是因所研究的作家而略有觸及。真希望年輕學人能在大的視野中處理這個題目。

我對人的流動也有興趣，關於明中葉以降知識人講學和「黨社運動」中的流動，關於明清易代之際的「遊走與播遷」；正在處理的，還有與清初「流人」有關的課題。對你的研究計劃有興趣，還因為我自己剛剛完成的一項學術工作中，涉及了歷史地理、人文地理。我想這一部分文獻也一定是你的研究所需要的。

我早已注意到，為了校正以往偏重時間一維，空間維度受到了前所未有的重視。儘管「時間思維」不可能被「取代」，但我們的確對空間維度忽視已久。無論你所研究的四十年代知識人向「大後方」的流動，還是我所處理的明清之際知識人的遊走播遷，都提示著空間、地域的重要性，有關的理論資源對我們想必有適用性。利用歷史地理、人文地理方面的深厚積累，這種跨界的探尋，也會有助於打開中國現代文學研究的視域。

考察大事件中人的命運，「流動」或許是一種值得進入的情境。經由具體人的流動——無論這個人是作家、學人，其它知識人，或普通民眾——有可能涉及歷史的複雜面向。作為對象的，既可以是流動中的人，流動中的文學寫作，也一定會涉及被寫入了文學的「流動」，比如地理空間的變動如何作用於人物。關於那一時期，我曾經

作為對象的，有所謂的「東北作家群」。東北作家中端木蕻良或許是
闖關東的移民後代，對大遷徙有著深刻的家族記憶。他的《科爾沁旗
草原》寫山東農民的闖關東，《大江》寫中國農民在抗日戰爭中的大
踏步行走，都極力營造動盪的氣氛，不惜將行進中的人物放大：巨大
的人，巨大的步幅、跨度。端木的那些文字過於粗放，像是大寫意。
《大江》算不上好小說，但你不難知道作者的雄心。讓自己的人物巨
人般地走來走去，縱橫千里地經歷「抗戰人生」，是很好的「創意」，
只不過作者力有未逮就是了。

　　可以納入考察範圍的不止是文學作者及其作品。當時向「大後
方」流動，向各抗日根據地流動的知識人中，還有學人。中央研究院
就與西南聯大等高校一樣在漂泊中，也成就了學術史的一段段佳話。
你一定接觸到了這方面的材料。

　　分辨地區差異，本來就是人文知識分子訓練的一部分。跨地區的
流動使這種能力得到了檢驗。不止社會學家、人類學家賴有也得益於
流動，其它人文知識分子也應當獲取了非戰爭年代所沒有的特殊經
驗，他們有關的回憶文字都有可能納入考察的範圍。我甚至想，向
「大後方」的與向根據地的流動，有沒有可能置於同一框架——知識
人的「流動」——中討論？

　　當然，抗戰期間向「大後方」的流動，不是一般的遷徙，而是
「流亡」，有語義的以及實際意義的嚴重性。但其文化後果卻絕不全
是負面的，由近些年關於西南聯大的大量考察就可以證明。只不過研
究者的眼光過於被這所大學所吸引。同一時期還有其它流動中的大
學，比如曾在貴州落腳的浙江大學。最近讀到陳平原一篇論文，寫到
河南大學在抗戰期間的流動，河大教師在流動中堅持學術研究，以及
學校所到之處開展的文化活動。你會相信那些文化活動不會不留下痕
跡在所經過的地面上。

　　行走——旅行、考察，以及其它非自願的不得已的遷徙——影響於人對於外部世界的感知，重塑行走者本人的經驗世界，是很有趣的題目。行走中的時間與空間，無非包括了行走之為過程，以及行經、抵達的地域。其間發生的，可能有作為觀察對象的外部世界的故事，也有行走者自身的故事；兩種故事或許相互纏繞。這裏值得考察的就有，知識人的遷徙中發生了什麼；除了「文學作品」、「學術成果」等等可見的、可以指認的東西之外，還有什麼印痕留了下來——無論在個人，還是對於文學史、學術史、文化史以至地方史？「大後方」作家、學人的漂泊、流寓，肯定影響了心態、創作狀態，甚至做學問的態度，問題在如何提取線索，使之成為考察的對象。

　　學術環境、治學情境之於學術，本來應當是學術史研究的一部分內容。黃宗羲自述他在明清易代中「避地」狀態下治學，說「雙瀑當窗，夜半猿啼虎嘯」，自己就在這樣的情境中「布算籤籤」，真覺得「癡」到家了（《敘陳言揚句股述》）。中國的學人在抗戰的環境中，在漂泊、流寓中治學，想必與黃宗羲心境相似。錢穆《國史大綱》完稿於 1939 年，《書成自記》中說，1937 年，「盧溝橋倭難猝發，學校南遷」，輾轉流徙，「自念萬里逃生，無所靖獻，復為諸生講國史，倍增感慨」。錢穆顯然把他的情懷講進了「歷史」中，這由他成文後的《國史大綱》也不難讀出。陳寅恪則說過，自己動念寫《柳如是別傳》，在旅居昆明之時，偶然購得常熟錢謙益故園中的一粒紅豆，「因有箋釋錢柳因緣詩之意」（《柳如是別傳》）。在身歷的動盪、流離中想像另一動盪時世的故事，最終竟寫成了如許的一部大書！也是一段與時、地有關的學術史的佳話的吧。機緣偶然中，一定有必然，所謂的「不容已」。那一時期的學術史豈不大有梳理的餘地？

　　明清之際發生在西南邊疆的故事，除了參與南明政權下的抵抗的知識人的故事外，還有行腳僧的故事。僧人將內地的生產技術帶到了

邊地。陳垣先生的《明清之際滇黔佛教考》，就涉及了這方面的內容。戰亂中有破壞，也有建設。上個世紀四十年代西南的破壞與建設，或許有更為多方面的內容。我關心的是，抗戰時期知識人向「大後方」的流動，是否影響了該地的人文面貌，有助於在當地「興起人才」，或者只是知識人攜了「文化」來，又攜了「文化」去？西南聯大、浙大、中央研究院所在之地，是否確實受惠於這些流寓者，在當地人的眼裡，這是一些「文化傳播者」，還是對於他們而言的暫住者、「過客」？

另外還有「在地」的與外來者的不同視角。記得向你推薦過貴州作家戴明賢先生的《一個人的安順》（生活・讀書・新知三聯書店版）。那是一本文字典雅的好書。戴先生是在貴州當地經歷抗戰及戰後的那段生活的。我想，外來者與當地人對於同一時段的記憶，有可能構成參差的對照。

有必要區分的，還有文字材料書寫的時間。回憶錄與寫在當時的札記、書信、日記等等，對於學術研究的意義自然是不同的。這裏的「時間差」不應當忽視。回憶作為運思過程，受制於時代風尚，普遍的價值立場：對西南聯大的「發現」就是突出的一例。寫於近些年的回憶文字，不可避免地受到變化了的歷史認知的影響，受到將西南聯大作為標杆的那種文化評價的影響。當然，寫在當時的，並不一定就更貼近「現場」。不同的文字材料，其間的差異，需要細細地辨析。意識到「回憶」所憑藉的條件，有助於避免簡化。

從來就有被誘導與被壓抑的記憶。《一個人的安順》中的有些「記憶」，只有憑藉了上世紀 80 年代之後的環境，才有可能形諸文字。西南聯大的被「發現」，也如此。我所研究的明代士大夫，常常會提到「時風眾勢」，提到風尚所具有的「移人之力」。西南聯大如何被發現、被敘述，豈不也是一個有趣的題目？我自己曾在 2005 年貴

州師範大學「文學・教育與文化傳播研究中心」舉辦的學術會議「抗戰時期西南大後方文學活動與思想文化建設」上，作過題為《流星雨——如何想像抗戰時期的「大後方」？》的發言。《流星雨》是文學所我的老同事董易先生的一部未出版的長篇小說。董先生曾經就讀於西南聯大，他的那部小說寫的是西南聯大地下黨（共產黨）的活動，地下黨員的奮鬥與犧牲。部分小說人物是有原型的，比如陳布雷的女兒陳璉。翻了翻貴州會議的發言稿，看到了如下一些說法。我說，董易這部小說的價值，在提示了被忘卻、被省略的歷史生活的片段。「流星成雨，可知無名的犧牲者之多。歷史蒼穹上有過太多的流星以至流星雨，為史書所不載。」還說：「敘述即選擇，選擇就有省略；難得的，是自覺於取捨之際。忘卻是生存的條件，刪節、省略則是歷史敘述的條件，我們卻仍然要追問忘卻了什麼，刪節、省略了什麼。」那次發言引用北島的下面一句話：「記憶有如迷宮，打開一道門就會出現另一道門。」然後說，「也有另一種情況，即打開一道門卻關閉了另一道門」。說：「在一個時期的敘述中，西南聯大被想像為自由主義知識分子的大本營。這種想像不能說全無根據。只是在復原歷史的面貌時，不要有意省略、忽略一些基本事實。比如董易所寫的那一片流星雨。」「被敘述的西南聯大」是個好題目。同樣，「被敘述的『魯藝』」，「被敘述的『抗大』」不也是值得做的題目？

　　對大陸小說家宗璞的《南渡記》、《東藏記》，臺灣文化人齊邦媛的《巨流河》、龍應台的《大江大河：1949》，都宜於放置在具體時間點和寫作環境中考察。不同時間點的回憶，背景、個人動機、旨趣都會有不同。敏感於「時間點」，敏感於「位置」，或許能從文本中讀出更豐富的語義。甚至大陸對於齊邦媛、龍應台上述作品的接受，也可以納入考察的範圍，考察人們關於上世紀四十年代後期、1949 這個年份的想像，如何受制於「時代氛圍」，大陸與臺灣不同的知識人

在面對這同一段歷史時，有怎樣複雜多樣的情懷。此外還有必要想
到，回憶錄有可能混淆了記憶，想像與期待——包括對於自己的。

你會注意到，端木的《大江》，齊邦媛的《巨流河》，龍應台的
《大江大河：1949》，都取了江河的意象。關於那段歷史的時空印
象，是不是只適於用這現成的意象形容？至於上世紀四五十年代之
交、五十年代初期大陸知識人因教育資源重組、文化中心重建的流
動，由行政權力主持的分配、調動，已有人做了研究。由四十年代後
延，佔據更為彈性的研究空間，沒有什麼不好。本來時段的切割就半
是人為的。

也是在貴州的那次發言中，我談到對於「西南」、關於「大後
方」，已經形成了相對穩定的想像空間。而重慶、昆明之外的「西
南」，重慶、昆明之外的「大後方」，以及「西北」作為「大後方」卻
較少受到關注。「西北作為後方，不知能不能稱『大』，但那裏想必不
會是一片文化荒原，在已有的文學史敘述中卻幾乎沒有痕跡可尋。」
我自己就在「大後方」——西北的蘭州——出生。2008 年和幾個朋
友到西北旅行，還在天水師範學院同行的幫助下，到了當年我父母曾
經教過書的「國立第十中學」原址（現在那裏是清水一中）。「國立十
中」是一所抗戰中的流亡中學，集中了一些河南的流亡學生與知識分
子。由此可以知道，即使在戰亂中，當時的國民政府還是重視教育
的。抗戰時期發生在西北的故事也一定很豐富，只是還未能吸引更多
研究者的興趣。當然還有剛剛提到過的、陳平原所寫在本省及豫、陝
交界處遷徙不定的河南大學，以及其它流動中的大學、文化機構以至
中學。所有這些流動，都留下了痕跡在當地，只是有待採集罷了。有
關的線索，有可能散見於地方志、教育史、校史、院史中，等待著被
提取。

所有這些線索，都支持著一個學術課題的推拓、延伸。一個題目

能做多大，往往取決於既有的蘊蓄，考察者的視野與能力，取決於能不能以及用了怎樣的方式展開，有能力打開怎樣的世界。

對於 20 世紀上半期知識人、文化人、作家、學人空間移動的考察，不必限於四十年代。不妨做廣泛的搜索，擴大範圍到此前不同動因、不同性質的流動。

中國的老百姓並不一味地「安土重遷」。古代中國，一遇災荒，就有大規模的遷徙。有所謂的「遊民」、「流民」，前者多用為貶稱，而後者，則是每有動盪就會出現的人群。《流民圖》所繪，就是這種傷心慘目的景象。民的「遊」、「流」，並不都適於和士大夫置於同一框架中考察。但抗戰時期不同。漂泊的知識人往往也是「難民」，只不過與「流民」有艱困程度的不同而已。

古代史上知識人的遷徙，以人數與品質而備受矚目的，是晉、宋兩代，永嘉之亂、靖康之亂中士大夫隨了政權的「南渡」。這種遷徙，改塑了南北文化版圖，其後果至今仍有清楚的顯現。20 世紀抗日戰爭中知識人的遷徙與以上兩次不同，不具有宇文所安所說的「貴族殖民」的性質（參看宇文所安：《下江南：關於東晉平民的幻想》，收入《下江南——蘇州大學海外漢學演講錄》），且時間較為短暫；戰爭結束後，高校、研究機構也就「復員」。

也如同晉、宋兩代，20 世紀抗戰中的流動，無非為了尋找生存空間，尋找發展的空間。「流民」之「流」，目標往往在前者，所謂「就食」，如同游牧民族的「逐水草而居」；知識人就同時要顧及——甚至主要著眼於——後者，比如要求基本的辦學條件，起碼的科研環境。

我已提到自己近期涉及了一些歷史地理、人文地理方面的文獻。我發現難題不在材料短缺，而是面對的有關文獻太過「浩繁」了，盡

我所能，也不過挹了幾勺水而已。正史的「地理志」、「河渠志」之外，還有歷代所修的地方志，與「方輿」有關的官方及私家著述；大量的遊記、紀遊詩之類，還來不及被我利用。遊記雖然屬於非虛構類作品，也仍然不便直接作為「史料」——或許這一種意義上的「真實性」，對於研究並不總是那麼重要。有可能你更關心的是其中的情懷，作者對於外部世界的印象，以至自我想像、自我建構。探尋四十年代，涉及具體地域，是不是也可以打破現代文學史、現代史的界域，更廣泛地取材，嘗試著開掘歷史的縱深？

臺灣史學家王汎森曾提醒治中國近代史者注意「私密性檔」（日記、書信等）、「地方性材料」，「未參與近代的主流論述的所謂保守派或舊派人物的著作」（《中國近代思想文化史研究的若干思考》）。有必要打破「中心─邊緣」（以及「主流─非主流」）二分的思維框架，致力於發現已有的歷史敘述模式之外的「歷史」。我注意到，個人、家族檔案正在陸續浮現，經由出版機構，更憑藉了網路這一媒介。已經有一些被反覆講述的人物；或許可以轉移焦點，發現其它有開掘可能的人物。經由事件、人物，有可能更深地進入「歷史」：這也是人文知識分子的強項。深入到精神層面，更是文學研究者區別於傳統史學的自己的路徑。善用所長，才能在跨領域的研究中呈現自己的面目。

所謂的「人文風土」，無非其地其人。古人的「人物考」，是「史學工作」，意圖往往也在保存「鄉邦文獻」。魯迅的《會稽郡故書雜集》，就屬意於鄉邦人物，和他們與鄉邦有關的著述——也是在自覺地盡一份對於家鄉、故土的責任。這是一種很好的傳統，留下了一批與地域有關的文字材料。這些材料都有利用的價值。

知道你在整理那一時期的遊記。不消說，紀遊文字通常寫在行走之後，是行走後的回溯，印象經了選擇、過濾，不同於同步拍攝——即「同步」，也仍然有選擇，鏡頭後面有一雙拍攝者的眼睛。此外還

有必要考慮到文體的傳統。方志、遊記等等的書寫，受制於既經形成的形式，文體規範。遊記作為散文的一體，淵源古老。抗戰時期知識人的紀遊，也仍然不免會有傳統書寫方式隱隱的制約。不同的行者又有各自的見與未見（或視而不見），寫與不寫。這種個人化的書寫策略，與抗戰的大環境以及行走者的處境、際遇有何關係（或並無關係），也不妨作為考察中的選項。所有這些，都有可能豐富考察的層次。學術工作中意外的發現，也如行旅中的遇境：樂趣不也正在這種時候？

考慮到你的旨趣，那些遊記對當地（行經地）的民情民風的關注度，自然是重要的考察內容。那些作者僅僅凝視山水，還是同時注意到城郭人民，他們的經驗世界是不是因行走而擴張，還只是目無所見、耳無所聞地行走在自己的內心世界裡——這也是一種行走中的狀態，並不奇怪。抗戰這一歷史情境中的遊、行走與平世不同，這種不同可能在你的閱讀期待中。但沒有這種期待或許更好。抗戰的確是大事件，但處在那一歷史時間中的人，未見得念茲在茲，無時或忘。

陳寅恪曾談到「一時代之學術，必有其新材料與新問題」（《陳垣敦煌劫餘錄序》）。一個學科有必要不斷擴大材料的來源，以打破已有材料構成的限制。「跨學科」的必要性部分地也在這裏。不要預先為一項研究設限。如果能不斷發現新材料，發現材料的新的可能性，或許會走到你始料未及的地方。

這樣絮絮不休，無非想依據有限的經驗，理一理頭緒：看一個題目，有可能怎樣「打開」。我不希望別人誤解，以為自己要借這個話題「重返」中國現代文學。我沒有這種計劃。我仍然會在「明清之際」滯留一段時間。但在事實上，我從來不曾真的離開現代文學。這個學科對於我，甚至不止是「背景」之類的東西。我的不少「興趣

點」，是在做現當代文學研究中形成的。我不認為有必要在不同學科間做非此即彼、二者必居其一的選擇——有這種必要嗎？我的體驗是，你的所有知識與思考，都在參與你手中的工作，參與你所謂的「研究專案」。你所擁有的知識，你所憑藉的資源，並不總是以「學科」劃分的。

做學術也如行旅，走到哪裡看到景色宜人，何妨稍事流連？得之於無意間的，有時比照單定制的，更經得住時間。

2011 年 12 月

寫完這篇札記，方知臺灣「中央研究院」文哲所 2009 年曾舉辦「行旅、離亂、貶謫與明清文學」學術研討會，在該所《中國文哲研究通訊》刊出了會議論文專輯。我欣賞這種組織學術研究的方式。我還知道他們在與「空間」有關的學術活動後，有《空間與文化場域：空間移動之文化詮釋》、《空間與文化場域：空間之意象、實踐與社會的生產》兩部論文集出版。這種主題活動無疑是有啟發性的，不像我們的有些大而無當的議題，系為了將學術會議開成「聯誼會」而設計，本來就不準備以此推動學術。

關於「老年」的筆記之一

　　人們以各種方式談論或不談論（不談論也正是一種「談論」）「老年」。你切不要以為，禮儀之邦、號稱「尊老」的傳統，有助於我們對「老年」的認知。事實恐怕恰恰相反，正是那傳統，使這話題敏感而膚淺、道德化了。有趣的是，正是人生的這兩端——老年與幼年，長期以來，成了我們認知中的「盲區」，使我們有關人的生命史的經驗不但膚淺而且殘缺不全。當然，對這兩個人生季節的無知，根源不同。對幼兒，多少因了輕視及誤解（如魯迅所說，將其看作縮小了的成人）；對老人，則因有所不便，以至更深刻隱蔽的輕視。人們應當還記得，當十幾年前禁忌漸開，文學小心翼翼地觸到「早戀」這主題時，所引起的複雜反應；儘管早已有人指出，《紅樓夢》大觀園裡的那一群，不過是少男少女。如果說「少年與性」，使人感到的是對純潔的玷污，那麼「老人與性」則是不折不扣的醜陋，它所冒瀆的不僅是人的道德感情，更是美感。我相信年齡歧視與人類社會流行過且仍在流行的諸種歧視（如社會地位、財產、教育程度、職業、性別、容貌以至更具體的「身高」等等的歧視）同樣古老，甚至更加普遍。

　　我們的社會已經在試著關注老人。所謂的「黃昏戀」曾一度被傳媒熱炒。養老、贍養一類話題也一再被談論。可以預期將來的某一天，老人的消費能力也將為市場所青睞。但這並不意味著我們已有討論「老年問題」的能力，甚至不能證明我們的討論已經進入了老年「問題」。「老年生存」也如兒童，在各種談論的場合，都被大大地簡化了。

我早就對「尊老」的傳統存著懷疑。擁有上述「傳統」的社會，有過一句極透徹的話，「壽則多辱」，是極其經驗而又智慧的。此「辱」應包括了他辱與自辱，兩者都不難找出例子。而「辱」的最極端的例子，即應有現今都市街頭越來越多的行乞老人。這景象在有關家庭倫理的詩意描述上，戳了一個補不住的窟窿。正是有關家庭倫理的詩意描述，使社會輕鬆地放棄了應為老人承擔的義務，於是老人成為供奉在「發展」祭壇上的頭一批犧牲。

進入「老年」這題目，我同時想到的，的確是上文所說人生的那另一端，即同為盲區的所謂「童真世界」。

或許有不少人，是由「文革」中發生在校園中的暴行，領略了少年乃至兒童的殘忍性的——那些孩子在用銅扣寬皮帶或其它刑具懲罰自己的老師或校工時，竟會表現出天真無邪的歡樂。他們甚至在折磨女教師時，顯示了十足成人式的有關性的知識和猥褻趣味。我怕經歷過這一切的人們，也像對那一時期的其它事件一樣，輕易地歸結為非正常時期發生的例外，而錯失了洞察人性的機會。

幸而並非如此。「文革」之後，傳媒開始報導、文學也開始講述這類故事：一個孩子殺死了他的老師後，若無其事地排隊買豆腐；一個女孩子殺死了外祖母，繼續溫習功課，甚至考了高分。這類敘說與「早戀」的故事一起，包含了對兒童的認識突破，卻像是並未結出學術、理論的果子。不妨承認，這類描寫至今仍然有風險性質，甚至不能如所謂「黃昏戀」的被優容，「兒童與性」、「兒童—殘忍」仍會被認為挑戰了普遍的道德感情。

如果說無視兒童，是因將其認作縮小了的成人，那麼對老人的輕蔑，就應當是將其看作「作廢」了的成人。於是我們的視野中只余了經過諸種刪除的「成人」。但「成人」又是什麼？

對「老」有著潛在的輕蔑的民族，卻又可能有諸種表達上的禁忌。

巴赫金提到冬宮收藏的出土於刻赤的著名陶器中，那幾個懷孕老婦像，「它們以怪誕的形式強調了老婦醜陋的老態和懷孕狀態」，尤其是，「這些懷孕的老婦還在笑」（《弗郎索瓦・拉伯雷的創作與中世紀和文藝復興時代的民間文化導言》，《巴赫金文論選》，中國社會科學出版社，1996）！記得當讀到這兒時，我簡直聽出了巴赫金的怪異與驚詫。我不大能想像我們的傳統藝術中會有類似的東西，將「老」（至少看起來像是被「尊」之「老」）與「孕」（即「性」與「生殖」）合一；以其為材料的戲謔，豈止不莊重而已！這裏所戲謔也即所褻瀆的，不但有可敬的「老」，而且有所謂「神聖母性」！但我想，我們的民間也一定有將「老」與「丑」、「怪」疊合的造型藝術品，只不過不為經了士大夫淨化的「傳統」所容，將其棄置民間，令其自生自滅罷了。

同文中巴赫金分析歐洲中世紀民間詼諧文化所特有的「怪誕型人體觀念」，以為其「基本傾嚮之一，簡單說就是要在一個人體上表現兩個人體：一個是生育和垂死的人體，一個是受孕、成胎和待分娩的人體」。「……這種人體的年齡主要也是最接近於生或死的年齡：這就是嬰兒與老年，特別強調這兩者與母腹和墳墓，即出生處和歸宿地的接近性。」而近代藝術所欲「復興」的古典造型標準則相反，即「年齡要儘量遠離母親的懷抱和墳墓，亦即儘量遠離個體生命的『門檻』」。我們的藝術源頭不同，卻像是有相似的禁忌，這本身是否就耐人尋味？

我們並不諱言老，由壽考，到耄、耋……只是我們用了所謂的「敬」、「尊」將老年抽象化了。正是「尊」使我們坦然地放棄了對「老」的研究態度，給了真正的輕蔑以極道德的理由。而這民族發達的文字文化，又提供了太豐富的掩蓋、逃避的技術，以便輕鬆地繞開人生的醜陋與嚴酷。

　　近年來一再有人對我的說「老」不以為然。但「老年」不止是年齡，它更是存在狀態，是生命過程。我承認我的有意說「老」，部分地為了自我保護，以使自己能以較低的姿態，迎接嚴酷的生命季節。我的確為此做了過多的準備動作。這是我認為必要的，儘管未必適用於他人。我其實不知道我與那些不服老、諱言「老」者誰更軟弱。

　　我曾擬過另一個題目，「體驗老年」，終於放棄。但你或許承認，「體驗」不失為一種好說法，它至少在所謂「語感」上，將對象推遠了。你的生命過程成為了你的對象，你於是在其中又在其外，獲得了類似旁觀者的悠然從容。寫作行為在我，也有類似的功能，即使用的是第一人稱、主觀視角，是自敘傳。那段生命既是你的對象，你就像是擺脫了那種血肉相連之感。我相信，這也是文人生活的誘人處，是文人清貧的一份補償。

　　我絕對無意於嘲弄「反抗衰老」一類英雄主義主題，毋寧說對這類主題懷著由衷的敬意。我只是覺得，我們往往在決定「反抗」之前，尚不曾真正「面對」，而面對或要有更大的勇氣。當然「面對」也可能是另一種逃避——從逃避傷害、屈辱，直至逃避絕望。我們永遠在逃避著什麼，比如逃避反省，逃避激情，等等。逃避也構成了我們的存在方式。我們總是比我們所想像的軟弱。

　　在生命喪失之前，老人所能經歷的最嚴重的喪失，是喪失尊嚴。我堅持以行乞老人為這種「喪失」的象徵，即使在一再有人考察了「丐幫」，發現了據說由老人參與的騙局之後。我確信上述社會調查（我絕對相信它的可靠性）很拯救了一些人的敏感的良心，但卻少有人進一步追問，用了如此卑屈的姿勢——那確實呈現於「姿勢」，我在不止一處看到老婦扣首般伏在地上——「欺人」的老人付出了什麼。

　　我曾在京城那條最寬的馬路邊上，見到一個瘦小的老人，土色家織布的上衣敞開，露出乾瘦的胸。那是個秋陽明麗的午後，他坐在路

牙子上，一臉陶醉的神情，向著路對面的巨廈，和汽車站上衣著入時的男女。我猜想這老人剛由鄉村流入，這城市的偉觀令他驚愕莫名，以至暫時忘了他來這城市的目的。那隨後而來的嚴冬呢？有誰願意去嘗試為了那點「騙局」，而在街頭熬過漫長的冬夜？

我甚至在這城市最繁華的地段之一，見過一個出走而露宿的本市老人，她總將一兩袋由垃圾桶中揀出的東西放在身邊，大約將其作為了她想像中的家當，或為了證明她還在、還能做點什麼，或者只為使自己相信她還有用。她並不向行人伸出手去，寧在垃圾桶中翻揀：到了這地步，她也仍以乞求為恥。

近年來在都市的地鐵、地下通道看到的行乞老人，有不少一望可知是由鄉村流入的，他們剛剛在練習乞討的藝術。我看到一個老漢蹲在地鐵階梯上（那是北方農民典型的姿勢），伸出手中的茶缸，卻用破草帽的帽沿遮住臉，有誰看不出，這老人還在設法留住最後的一點尊嚴？

但尊嚴問題並不僅僅發生在上述場合。幾乎可以認為，所謂「老年問題」就是尊嚴問題。

有關安樂死的討論，有可能使中國人注意到所謂「尊嚴的死」這一陌生命題，從而擴大一點對「尊嚴」的理解。我們的「基本生存」問題太重大，以至於將其它問題遮蔽了。而「尊嚴的死」所提示的則是，「尊嚴」有可能是較之簡單的「活著」更「首位」的問題。

生命的發端自當由受精卵算起，而老年的起始甚至沒有這樣清晰可辨的標記。正如死，老之為過程，幾乎可以認為與生同步。無論生理還是心理的衰蛻，都貫穿了生命的全程。因此你由文學中讀到「蒼老的兒童」時，不妨承認作家超乎常人的敏感，對生命過程的連續性的感知。

　　但仍然有關於「段落」的個人經驗。「老」這一段落的起始甚至未必由皺紋與白髮標記，其作為心理過程多半是在不知不覺間完成的。比如到你開始用調侃的口吻談論「老」，且確有了談論這話題的輕鬆平淡的心境，當你更樂於獨處，感到熱鬧的場合的壓迫，你其實入境已深了。如果你是文人，那麼當你的閱讀趣味變得挑剔，對分寸、限度有了更苛刻的要求，敏感且反感於「煽情」，不再能欣賞他人表達態度與方式的誇張（而你曾以之為率真、熱情的），你在心理上或許早已老了。作為表徵的當然不止這些。當著有一天，你的愛憎均已不再刻骨銘心，你突然變得冷靜而大度，你開始對一切「照顧」（即「撫慰」）變得敏感，甚至對褒獎也心存疑慮，生怕其中有為弱者（女性、老人，或這雙重意義上的弱者）特設的標準，你開始留心自己是否會成為「負擔」，會否「妨礙」了什麼，你認定「不自取辱」端在限制活動範圍，——到這種時候，你不但可以確信你真的老了，而且事實上已接受了社會出於關懷也出於輕視為「老」做出的安排，即使你仍然強健，你的膚色依舊光潤。你的問題很可能在於對此全無準備，你還不曾準備好去體味「命運」呈示於這一生命段落的全部嚴峻意味。

　　有關年齡的經驗的嚴重性——諸種粉飾、掩蓋、逃避無不在透露這消息。每一個生命季節都有其美好，這說法並無不妥。但每一生命季節都呈露出生命特有的缺陷，這也是真的。而與「死」相鄰的「老」，畢竟將那諸種缺陷，在無可掩飾的狀態中呈現了。

　　或也因了「老年」這題目，閱讀中別有了一種敏感。近一時讀明人文集，就注意到除歎老嗟貧的陳詞濫調外，難得有稍具深度的「老年經驗」，因而也以為《霜紅龕集》裡為周作人欣賞過的那段話確有點味道，覺得晚年的傅山，見識之明通，有人所不能及處。傅山說「老人與少時心情絕不相同，除了讀書靜坐如何過得日子。極知此是

暮氣，然隨緣隨盡，聽其自然，若更勉強向世味上濃一番，恐添一層罪過」。（卷三六《雜記一》）這「隨緣隨盡」不也是率性？周作人《風雨談・老年》說青主的所謂「暮氣」由兼通儒釋的「通達」中出──這意思我喜歡。但這樣說，又等於承認了自己正如上文所說，接受了「社會」出於複雜動機的提示與安排。那種提示的背後，積蓄了太大的力量，以至於你難以抗拒。

後來讀與傅山大致同時的唐甄，也注意到他的說老。《潛書》上篇上《七十》曰：「血氣方壯，五欲與之俱壯；血氣既衰，五欲與之俱衰。久于富貴，則心厭足；勞于富貴，則思休息。且以來日不長，心歸於寂。不傷位失，以身先位亡也；不憂財匱，以身先財散也。貧賤之士，亦視之若浮雲而非我有。此六十七十之候也。」其結論自然是樂觀的：「是故老而學成。」但說「老」易於近道，是否又樂觀得膚淺？較之青主，倒是唐甄不能免俗的吧。

感覺纖敏的仍然更是詩人，李清照的那句「不如向簾兒底下，聽人笑語」，最切老人尤其老女人的心境。你應當承認書寫這類屈辱的人生經驗，是需要一點力量的。甚至不妨認為生命的力度也顯現在這種地方。

遺憾的是對「老年」的興趣來得太遲，想必已漏過了太多有趣的經驗與表述。

近來讀王夫之，想到了明初的解縉。解縉在明代，是被認為有幾分「狂」的人物。據說朱元璋曾欲「老其才」，用的是「大器晚成」的名義。儲才而使「老」，亦「才」之不幸，但這是現代人的眼界。要體會朱元璋的用心，卻又不能太相信了古代中國有關「老」的價值表述，還要計及朝廷政治有關「人才」的特殊要求，尤其如明太祖這樣「雄猜」的人主。毛頭小子從來被認為與「可靠性」無緣。至於解縉其人，是終於被處死了的，那死法殘忍且合於「科學」──使其人

醉，然後埋積雪中。不妨認為，這種死法倒合了其人的名士身份。我
們的祖宗即致人於死，也能如此別出心裁！到二百年後的清初，王夫
之卻還在其《周易內傳》釋「井」一卦時，由井水的「不即汲用」，
說「養才者務老其才，使潔清而慎密，作人之所以需壽考也」（卷三
下，《船山全書》第 1 冊，嶽麓書社版）。

1996-1997 年

關於「老年」的筆記之二

前面的一篇收在了《窗下》（四川人民出版社，1997）一集中，一個小友讀了，說是有點恐怖，何以將「老年」這題目作成了這樣子！或許我那時還不夠老。但「老年」本是生命中的一段，與其它任何一段一樣理應受到關注。而我自己，則是到了身邊的親人漸漸老去，故去，才體驗了發生在這生命途程中的溫暖與嚴酷，且由己及人，想到了與「老年」有關的種種。

近讀《顧頡剛日記》，其中有「老的定義」，包括如下幾條：「一、身體各部分功能衰退。二、無抵抗氣候變化的力量。三、不可能緊張地參加社會活動。」接下來說，「此必到了老年才會深切地感到，年輕人及中年人均無法領會」。以上文字寫於 1964 年，那年顧氏 71 歲，所寫均為他的經驗之談，「過來人」的切身體驗。由顧氏晚年的日記看，他對於自己身體狀況的關注，較吳宓更甚，尤以睡眠、排便為大端，幾乎逐日記錄。看起來失眠與腸胃疾患像是他的一大負擔。吳宓的晚年日記，則幾乎逐日地記自己的吃喝拉撒，種種病痛、不適。我猜想吳、顧日記中的如上內容，一定令年輕人難以卒讀的吧。

顧氏多病，日記中反覆訴說「老年之苦」。去世前一年的 10 月 29 日，在日記中說：「近日天氣，忽陰忽陽，殆所謂『滿城風雨近重陽』者。此在年輕時讀之，固覺其美，而今日則為膽戰心驚矣。老人處境，真不能自己掌握矣。」實則顧氏的老年並不枯槁。顧為蘇州

人，或許得自早年的陶冶，日記中的顧頡剛，愛花成癖。1964 年 5 月 5 日：「懷念江南之春，不勝神往。」「藤蘿花近日大開，朗潤園中不愁寂寞矣。」5 月 10 日：「近日園中盛開者為刺梅之黃花，藤蘿之紫花，濛濛撲面者為柳絮。」5 月 18 日：「近日校園中僅有刺梅及洋槐花未殘耳。綠肥紅瘦，又是一番景象。」5 月 19 日：「始聞布穀鳥聲，委婉可聽。此鳥所鳴，蘇州有『家家布穀』、『家中叫化』兩說，徐州有『燒香擺供』一說，此城中所不聞。洋槐花落，鏡春園中殆如以氍毹鋪地，使人足底芬芳。」1965 年 4 月 19 日記往北海「飽看春色」，說自己「最愛者碧桃，為其麗而端。其次丁香，為其芳而淡。又次則海棠，為其豔而不俗。若榆葉梅，則過於豔冶，品不高，花已萎而不落，又使人生憔悴之感也」。同年 5 月 7 日觀賞景山之牡丹，說：「舉凡姚黃、魏紫、宋白、王紅諸名種皆備，置身其間，濃香馥鬱，洵可愛也。」你應當想到，那已經是「文革」前夜。到風暴將至的 1966 年的 4 月 3 日，顧氏在香山路上，還欣欣然地看「白者李，赤者桃，淡紅者杏，吐露在松柏間」。同月 12 日，因「花事正濃」，「徘徊不忍去」，陶醉在香山的花海中。當著飽受衝擊之後，1971 年環境稍寬鬆，就期待著公園開放，使自己得以「徘徊于林石間」（8 月 23 日。以上引文均見《顧頡剛日記》第十、第十一卷）。顧頡剛不如吳宓的健飯，食欲旺盛，對尋常美食津津樂道；也不像吳的隨遇而安，對「待遇」多有不滿，卻酷愛花木，對自然環境的變化有纖敏的感受，於此更有文人習性。他們也就各有自己的排解方式，多少避免了被不健康的情緒所傷害。

由日記看，梁漱溟對公園作為環境情有獨鍾，且足甚健，京城各大公園似無所不至，散步，習拳，與友人聚談，飲茶，用餐，興致盎然。因了情趣，這老人會不憚煩地尋覓某種食物，無論水果還是京城小吃（比如麵茶）──是並不奢侈的享受（梁氏日記見《梁漱溟全集》第八卷）。

顧頡剛、吳宓「文革」中的遭遇，因日記書信的面世已廣為人知。但若僅由老人生存狀況著眼，你不妨承認，無論吳、顧這樣的知名人士，還是你我普通知識人，較之貧困地區、貧困人口中的老人，已經算得上幸運了。曾經有剪報的習慣，至今也偶而一剪的，就有如下剪得的片段。

《南方週末》1998 年 7 月 6 日署名陳冀的文章，同年《文摘報》以《七旬老婦經營淫業只為棺材本》為題有如下摘錄：

> 四川省安縣破獲的一起建國以來最大的容留婦女賣淫嫖娼案，已查實的 76 起個案發生在秀水鎮雞市街小巷裡一間沒有窗戶、設備簡陋的十平米大小屋子裡。76 歲的房主張秀貞，把它經營成了一個淫窩。
>
> 每當暗娼帶著客人來到，風燭殘年的老婦人就顫顫地用唯一的磁杯泡上茶，放在靠床的小方桌上，然後坐到門口望風。之後，她會收到嫖客 2 元、3 元、5 元不等的「床鋪費」。一年裡，12 名暗娼在這裏接客 76 次，張秀貞收入大約 292 元。
>
> …………
>
> 秀水派出所審查一名嫖宿人員時牽出了張秀貞。警方從張家牆角的米罈子裡搜出了她 292 元贓款。
>
> 在提審室裡，老婦人擔心那 292 元錢要被沒收竟大哭起來：「那是我的棺材本啊！」
>
> 張秀貞一生未曾生育，兒子是丈夫的，因為家境貧寒做上門女婿去了外鄉。五年前，張秀貞的老伴過世時兒子回過一次家。喪事辦完，兒子拉走了張秀貞放在床下的三根圓木，之後，就再也沒有回來過。
>
> 張秀貞從此落下一個心病，棺材就是她一生努力的回報，死後

　　一口好棺材，幾乎就是一生善終的全部保證了。然而她最終沒
能要回那三根圓木。

　　我未核對原文，不知上述摘錄能否反映該文的原貌。我得承認，
這故事讓我感到的不是嫌惡，而是無邊的荒涼。上述報導中老人處境
的絕望，使得人們面對容留賣淫嫖娼這樣的罪惡，也不免心情複雜。

　　2001年第2期的《法制與新聞》所刊《「孤兒寡母村」見聞》
（作者山曉），記述了一位鄉村母親的故事。那是鄂西北大山深處的
竹山縣。當年這個貧困縣的農民與城鎮居民往往到河北、河南、陝西
的沒有任何安全保障的私營小礦窯掙血汗錢，且往往一個村子、一個
家族集體出動，一旦發生礦難，對於相關家庭以至村落，就是滅頂之
災。這個名叫李玉蘭的老人，在礦難中失去了一個兒子、兩個女婿。

　　這日，漫天的雪花伴隨著落葉在大山中飛舞，李玉蘭老人獨自
　　背著一個背簍在公路邊守候著。嘴裡念叨著：沒啦，都沒
　　啦……

　　礦難後女兒、兒媳不堪重負，相繼出走，兒媳還帶走了唯一的
孫子。

　　兩位老人的精神徹底崩潰了。他倆常常在黑夜裡哭喊道：吃人
　　的礦窯啊，現在日子咋辦啦……白天，他們常會神經失常般地
　　到幾公里外的公路邊，望著一趟趟班車來來往往，希望總有一
　　天奇跡會出現……

　　我沒有讀到過較之這篇更令人沉痛的關於「礦難之後」的報導。

這一對老人在他們的衰暮之年所承受的打擊，是毀滅性的，它徹底地摧毀了他們殘餘的生活。人生至痛，無過於老年喪子，且失去了僅有的生活保障與生存的理由。對於這樣的絕境，很難想像當時的地方當局能夠施救。

近年來發生的礦難中，有精神失常的母親撥通了井下早已身亡的兒子的手機，欣喜若狂，一次次地撥打，直至將電耗盡的故事。在「孤兒寡母村」之後的變化，是倘無瞞報，死者的親屬可以指望稍高的賠付，但又有什麼能消除喪子之痛？

《南方週末》2003 年 8 月 7 日第 31 版《唐全順賭球案調查》（作者為《南方週末》駐滬記者劉建平、實習生朱紅軍），記述了一位曾較有名氣的足球運動員，1988 年全國甲級足球聯賽的最佳射手，因賭球而進監獄的故事。看來賭球由來已久，不知何以拖到了近期才被「引爆」。這篇報導令我不能忘的，卻是賭球案衍生的次要情節，一個插曲，即犯案球員的老母親的故事。該文說，那位老母親久已見不到兒子，在上海楊浦區棚戶區的生活極其拮据。據記者所見，這位老人「住在一間舊房內，床板上鋪了一張補了又補的涼席。上海正值酷暑，記者坐著尚且汗如雨下，而老人的家中，既沒有一台電風扇，也看不見一樣電器」。「鄰居們主動地跑過來，他們抓起一瓶沒有標籤的腐乳告訴記者，這就是老人每日三餐的下飯菜。為了省米，老人三餐喝粥，為了節省一點煤氣，不等粥煮開，就將鍋端下來，靠著餘熱將米漲開。」「有人傳過話來，唐全順還要為賭球罰款 2000 元。老人為此夜夜痛哭，不知該到哪裡找這筆錢。……」

不知這篇報導之後，老嫗的境遇是否引起了當地官員的注意。楊浦的棚戶區已經改造，改造後的該區還有沒有這位老人的棲身之所？

《民主與法制》2004 年 4 月上半月袁藝的文章，以《討不來工程款，包工頭以命抵債》為題，刊登在《文摘報》2004 年 5 月 2 日

第 8 版上。這是一個因被房地產商拖欠工程款，石家莊？城市包工頭
王愛民被逼上吊的故事，其中李孝民老人的故事也只是一段情節，一
個小小的插曲。這老人的兒子、兒媳在石家莊打工時死於煤氣中毒，
家裡有患尿毒癥的老妻與八歲的孫女。六十多歲的老李撇下病重的老
妻，在王愛民的工地上掙錢養家。包工頭被欠款，「老李只好離開工
地，背著行李開始在火車站附近乞討，想積攢幾個救命錢回家過年。
天寒地凍，無處棲身的老李手腳被凍得化膿潰爛」。當此之時，遇到
了走投無路的包工頭王愛民……

　　這麼一些年後，包工頭被欠款、農民工被欠薪的故事仍隨處上
演。至於老李的老妻，或早已不在人世，老李和他的孫女是否有一份
溫飽的生活？

　　《南方週末》2004 年 8 月 12 日 A6/7 版記者柴春芽《甘肅民勤
縣：沙患與水荒中的艱難抉擇》一文中，老光棍丁澤年的故事算不得
淒慘：

> 7 月 4 日中午，字雲村四社最年長的老光棍丁澤年尾隨著羊
> 群，艱難地在沙漠邊緣穿行。「我現在啥也沒有。地不能種
> 了，我就替莊子上的人家放羊換口飯吃，現在羊也不讓放了，
> 怕把固沙的草吃了呢，要讓圈養哩，我還是偷著給人放吧，不
> 然咋活哩？」放牧一天的報酬是吃一碗面，丁澤年急忙趕著羊
> 群往村子裡走，生怕錯過了當天的午飯。
> 丁澤年家弟兄 6 個，他排行老大。2001 年內，他的五個弟弟
> 和他們各自的家庭全都落荒而走，丁獨自住在「先人」留下的
> 一間黑土屋裡，門前是弟兄們走後留下的大片廢墟……

　　「文革」期間我曾有兩年時間在鄉村生活，知道每個村子都有丁

澤年這樣的老光棍，他們不能婚娶多半因了窮；兄弟多的，則兄長是當然的犧牲，晚景無不淒涼。

…………

同一家報紙曾對我家鄉河南的一個村莊（小常莊）有一段時間的關注，關注所及的，就有那村子中老人的生存狀況，比如那個同村人也大多不知其名的「老隊長」，和另一個叫常文付的老人。該報關于小常莊的最後一次報導，老光棍「老隊長」已然死去。「麥前，老隊長被送進了敬老院。」他幾乎已經不能動了，佝僂在只有一床破被的空蕩蕩的老屋裡。「麥後，他被拉回來了。一茬麥子之間，人生劃上句號。」（《南方週末》2008 年 1 月 3 日第 24 版）

這家報紙關於小常莊的報導已經中止，小常莊的故事卻仍在繼續。或許還有讀者對這村莊有一份惦念，比如希望知道，常文付老人和他臥病在床的老伴，是否得到了子女或村民的照顧；常文付老人是否已無需再住在牛圈裡，守著那頭被作為生存之資的老牛；常文付老人的腰病是否已加重，記者走後，還會有人陪他去醫院嗎？他是否還有另一次機會，在附近小餐館裡享用他從來不敢奢望的「美食」？

剪貼在上面的文字，多半嵌在長篇報導中，或許是其中最不引人注意的段落，只是我不能忘記罷了。之後繼續由媒體讀到老人的故事，也仍然過目難忘。2009 年 9 月 4 日《報刊文摘》摘登《廣州日報》8 月 31 日的報導，說在廣州玉龍新村內，一個雙目失明的老人裸著上身，蜷縮在不到一平方米的箱子裡，那是他貧困的兒子所能為他提供的住所。電視劇《蝸居》熱播時引起不少共鳴，但這樣的「蝸居」，卻是劇中那些「蝸居」者不能想像的。

在上述顯而易見的貧困之外，更有隱蔽的貧困，易於為人忽略的貧困。

2005 年在陝西，聽到了「613870 部隊」的說法。61 指兒童，38

指婦女，70 即老人。在男人外出打工後的農村，農田中勞動著的就是這支「部隊」。聽當地一位省級幹部說，他曾在欲雨時分在田間看到，女人拉車，兒童幫車，老人撒肥料，為這一景而動心。這位有悲憫之心的幹部沒有提到的是，鄉村中逐年增多的「空巢家庭」，留下的是孤獨無助的老人，甚至被棄養的老人。[1]在半個多世紀中，這些老人付出了為「社會主義建設」的犧牲，為「改革發展」的犧牲，卻不能免於被「發展」了的社會所遺忘，被「現代文明」所遺忘，甚至被親人、子孫所遺忘。

婦女的預期壽命普遍高於男性。老婦也因此，往往比老翁要經受更長時間的苦難。多年前曾經在電視節目間看到過一個公益廣告，是動員對老人的慈善捐助的，「主人公」是一個年過九旬的老太太，慈眉善目。你看到她揀柴，背對著你向坡上走，在坡頂院子的門檻上稍坐，由屋裡向院子裡潑水，獨自燒火做飯，用尖細的嗓子向記者唱當地的山歌。旁白說，這樣的老人，每年四百元就可以維持基本的生活──如果我沒有記錯的話。那個公益片播放不久，不知何故由螢屏上消失了。其實那片子拍攝的，遠不是最淒涼無望的情景。將老人真實的生活狀況呈現在媒體上，喚起人們的慈悲心，激發社會的公益熱情，難道不是好事？到了今天，即使每月 55 元的「基礎養老金」足額發放，也已不足以讓貧困老人維持溫飽，關於他們困境的報導，卻依然罕見。

近年來，與老人財產有關的訴訟越來越多地見之於報端，子女告

1　棄養，是代際關係畸變的表徵之一，有對於兒童的，更多的，仍然是對老人。武漢、上海的一些年輕學者，在有關專家的帶領下，對湖北京山農村的社會文化狀況──其中包括老人的倫理境遇──做了專題調查，調查報告刊登在王曉明、蔡翔主編的《熱風學術》第三輯（上海人民出版社，2009）上，其中研究中國鄉村治理的賀雪峰教授的文章是《農村老人為什麼選擇自殺》。

母親，祖母告孫兒。這一種倫理事件古已有之，只不過於今為烈罷了。與老人財產有關的爭鬥，通常發生在其血親尤其兒孫中，也無間古今，卻也以當下為普遍。爭奪未見得都因於貧困，所謂「財產」，或不過幾間老屋。據報導，鄉村有兒子因房產分配中的嫌隙而任老母餓死的事，城市中圍繞房產的爭奪也日趨激烈。老人被以這種方式「關注」，實在有點殘酷也有點醜陋，但這確也是他們中一些人不得不面對的現實——或許可以歸之於「消費時代」刺激貪欲、佔有欲，重塑倫理關係、尤其家庭關係之一例？

老人之「弱勢」，是環境造成的。在保障良好的社會，生理機能的衰退，非即意味著「弱」；而在可以恃強凌弱的環境中，即使精壯的漢子也可能是弱者。對老人的最有效的保護，是創造使侵奪、欺凌難以發生的社會環境。

老人的不安全感，被覬覦、劫奪的恐懼，前此的任何時候都不曾如此真實。2012 年 6 月，有《老年人權益保障法修訂草案》出臺，所針對的，就應當有此種事實。曾經讀到過羅點點關於老人如何自我保護的文字，是一些極切實的建議，只是那些建議難以為知識階層以外的老人知曉、即使知曉也難以實行罷了。

近年來，鄉村老人以「搶劫」的方式爭取入獄養老，獨居的高齡老人因烤火取暖而被燒死一類極端性事件屢屢引發「熱議」，只不過這類熱度總難以經久罷了。不能引起持久的關注，也應屬於「老年人權益保障」難以落實的社會原因。

本文曾題名「剪貼簿」，多少得之於魯迅先生「立此存照」的啟發。「剪貼」自然有選擇、編輯。由於我的意圖，那些健康老人、幸福老人未被「貼」入。這自然因他們的狀況已經讓人放心，更因尚有一些與他們在同一世界的老人，理應獲得稍多的關注。當然，媒體所

披露的，是極有限的個例；而被報導，在當今中國，已屬幸運，意味著有可能得到救助。更其大量的事實，因無從面世，落在了公眾的視野之外。倘若在媒體的披露之後，更有人持續追蹤，不斷查考「下文」、即新聞報導之後的故事，追蹤這些老人的命運，豈不是更大的幸運？

2013 年春節期間央視的一檔節目，是詢問老年人的願望，對著話筒的，卻多半是城市公園中的老人。也像另一檔備受調侃的節目「你幸福嗎」，主持者顯然沒有聽真話的足夠誠意。但我也想，倘若貧困鄉村或城市棚戶區的老人驟然面對這樣的話筒，他們是否還有可能正常地發聲？

關於「老年」的筆記之三

　　較之上一篇筆記所摘錄的那些剪報中的老人，我們的苦楚微末到了不值得提起。但知識人的老年體驗，也仍然有其價值。古代中國的知識人對人的衰老過程，有細緻的體察。《禮記・內則》：「五十始衰，六十非肉不飽，七十非帛不煖，八十非人不煖，九十雖得人不煖矣。」《孟子》的說法微有不同。《盡心》篇：「五十非帛不暖，七十非肉不飽。」《梁惠王》篇則說：「五十者可以衣帛矣，七十者可以食肉矣。」為老人設想得何等周到，也證明了匱乏經濟下上述待遇的難得──五十衣帛，七十食肉，在當今的貧困地區，貧困人口，不也仍然像是夢話？

　　上一篇已經提到了據說有尊老傳統的古代中國的年齡歧視。前一時讀到《唐律疏議》關於限制老、幼及篤疾者告狀的規定，大意是除了謀反、大逆等重罪以外，老、幼及篤疾之人不得告狀（由人代告除外）。宋、明、清的法律檔均將老人歸入「限制訴訟行為者」。除了老人的有關能力，以及能否承擔法律責任等等考量外，作為理由的，還有老人、幼童及篤疾者（以至婦女）減免刑責的有關規定被利用，將助長誣告、纏訟之風：想來的確大有此類事實。此外，據有關的研究，傳統中國法律對於包括老人在內的一些人實行「贖刑」，體現了「憫老恤幼」的基本原則（阿風：《明清時代婦女的地位與權利──以明清契約文書、訴訟檔案為中心》）。是否可以理解為雖有現代人認為的「歧視」，卻也另有補償？

　　古代中國的確有尊老的宣導，是否成其為「傳統」，我還真的不

大敢確信。我知道民間有所謂的「耆老會」，或八老、十老會之類，與「會」的多半是致仕官員，所謂「衿紳」，是有某種身份的老人，與草民無干。另有一種朝廷的規定儀式，「鄉飲酒」，以尊老敬賢為宗旨。讀到臺灣學者邱仲麟的一篇關於明代「鄉飲酒禮」的論文，題目很有意思：「敬老適所以賤老」，當然說的是明代的事兒，但與我們的經驗並不相遠。「鄉飲酒」這種典禮，今天已少有人知曉為何物了，據邱先生說，在明代的實施中變了味道。據我們當下的經驗，不必說一些鄉鎮破敗、名存實亡的「敬老院」，即使逢年過節官員藉此作秀的「送溫暖」、「送愛心」，居高臨下施捨式的「救濟」——而且必不可少老人對著媒體千恩萬謝的表態，豈不都可以用這種說法，「敬老適所以賤老」？我們的古人長於推究「禮意」，對「禮文」背後的意涵的分析，有時實在精到。今人對我們的各項政策，也何妨細細地分析，探究其「背後」都有些什麼東西？那想必有助於提高公民自覺的吧。

也是那篇論文，注釋中引清初褚人獲《堅瓠集》：「明高皇（按即明太祖）五年，頒《鄉飲讀律儀式》，訪高年有德，眾所推服者，禮迎上座。不赴者，以違制論。如有過而為人訐發，即于席上擊去其齒，從桌下蛇行而出，誠崇其禮而嚴其防也。」既然迎之以禮，即應容許人家「不赴」，否則就跡近綁架。至於敬老儀式上實施懲罰，實在匪夷所思。「蛇行而出」不過「丟人現眼」，「擊去其齒」將影響其進食，後果嚴重。老人原就可能齒搖發落，與其擊齒，倒不如揪去殘餘的毛髮，稍許仁慈。我不曾核對文獻，不知上引文字，是「政策」原文，還是執行中的發揮，卻應當說很有創意，符合明太祖的個人風格。

我更感興趣的，仍然是具體個人與「老年」有關的經驗及其表

述。讀到過歸有光自歎「老況不堪」的文字（《與王子敬》，《震川先生集》別集卷八）。他還在寫給別人的書劄中，叮囑人家為自己找《五燈會元》，說因了老邁，「近來偏嗜內典」（同卷《與顧懋儉二首》）。歸氏屢困場屋，「八上公車不遇」，待到考取三甲進士，已是六十老翁，自不能免於牢騷，於是抱怨說「今之時，獨貴少俊」（《上萬侍郎書》，同書卷六），也無非是他體驗到的年齡歧視。

能將道理想明白的，面對事實未必就能坦然。王夫之是我所研究的「明清之際」最有思想深度者，說過與「老年」有關的很達觀的話，「物之可歆可厭者，至於死而皆失其據。夕死而可，未有以不可據之寵辱得喪或易其心者也」（《船山經義·朝聞道，夕死可矣》，《船山全書》第 13 冊）。他還說，「少而不勤，老而不逸，謂之下愚」（《周易內傳》卷二，《船山全書》第 1 冊）。但心理上的「逸」，又何嘗易得！他自己晚年就曾「敕兒子勿將鏡來，使知衰容白髮」（《述病枕憶得》，《船山全書》第 15 冊），對於老境，似乎也並不真那麼通脫。他還感慨道，以前所寫的東西，「所謂壯夫不為，童子之技也」，卻不知今天是否果然「有愈于童子」（同上）。以其人明澈的智慧，不免想到，老年不僅意味著能力衰減，且有可能「自知之智」也一併衰退。人實在拗不過歲月的力量。

錢謙益說：「昔人呼書為黃妳，以為老人嗜書，如稚子之須妳，乃可以養生而卻老也。」（《藝林匯考序》，《牧齋有學集》卷一四。按：妳，乳母）另在《鏡古篇序》中說「六朝人呼書為黃妳」（同卷）。以書「養生卻老」，如稚子之依賴保姆，是一種有趣的思路，只不過這樣的「嗜」，也包含著無奈的吧。李鄴嗣在明清之際的動盪之後，想到了王季直所說文人當用「三餘」，即「冬者歲之餘；夜者日之餘；陰雨者時之餘」，自己則說「六十後，為甲子之餘；自放草野，為人之餘；亂後為命之餘」（《耕石堂詩餘序》《杲堂詩文集·杲

堂文鈔》卷二）。不也達觀中包含了無奈？孫枝蔚說的是即使非遭遇
「易代」也在所難免的共同經驗，即人到老年，「回首舊遊，凋喪略
盡，滿目惟少年輩，言之而不聽者眾矣。彼唱而我不和，則以我為
驕；我唱而使彼和之，則彼又未必定和也」，他以為「此或老人有同
悲」（《與潘蜀藻》，《溉堂文集》卷二）。讀明清之際的文集，常會遇
到此類老人式的不滿，有時還以盛氣出之。這一種「邊緣經驗」，既
因了已在「人生邊上」，也仍然與「易代」有關，即被視為前朝遺
物，而自己也有了隔世之感。

　　前于此，徐文長將他所見女子由少艾至老邁的變化，形容得極其
生動：「始女子之來嫁於婿家也，朱之粉之，倩之顰之，步不敢越
裾，語不敢見齒，不如是，則以為非女子之態也。迨數十年，長子孫
而近嫗姥，於是黜朱粉，罷倩顰，橫步之所加，莫非問耕織于奴婢，
橫口之所語，莫非呼雞豕於圈槽，甚至齞齒而笑，蓬首而搔，蓋回視
嚮之所謂態者，真赧然以為妝綴取憐，矯真飾偽之物。」（《書草玄堂
稿後》，《徐文長三集》卷二一）唐代宋若華所撰《女論語》，有「行
莫回頭，語莫掀唇，坐莫動膝，立莫搖裙，喜莫大笑，怒莫高聲」云
云（《立身》章），用來量度徐文長所描畫的「橫步」、「橫口」、「蓬首
而搔」，那粗鄙實在讓人看不下去。但即使「少艾」，笑不露齒似乎還
勉強可以做到，「語」而不「掀唇」，是要經了嚴格的訓練而後能的
吧。由此看來，若是換一個角度，或許會以為徐氏筆下老嫗的放縱自
己，倒像是一種「解放」，也更近於自然：你不妨放心地享受因為有
了一把年紀而得的自在。

　　民間有「老換小」的說法。老、小均在禮樂的羈束之外，性質卻
大不同。那「老」像是走過了「文明」，返回洪荒、史前狀態，而那
「小」則尚在走向「文明」的途中，其「歷史」正待展開。前者因已
「走過」，自不免傷痕累累，諸種怪僻乖張均有前因；而後者即使不

便說一張白紙，至少尚未斫喪。「赤子」被認為的可愛，固然因了「歲月」還不曾在其肌體、心靈上刻寫，也應因了其正在如我們所期待的那樣「走向文明」的吧。

至於如徐文長所寫到的女人的一番變化，卻也並非到「長子孫而近嫗姥」方才發生。我自己插隊時所見那裏的姑娘媳婦，姑娘還保有幾分矜持，一旦結了婚，就像是經了特赦，不妨對同村男子開猥褻的玩笑，在田間地頭談論性事。如此日積月累，就有了徐氏所說的「橫步」、「橫口」。由此你又不期而遭遇了一些古老的話題，關於何為「自然」，關於「自然」與「美」，等等。

我確也見過更老的老人，因了自控能力喪失，堤防潰決，暴戾乖張，醫學科學的術語以之為「老年癡呆」（或曰「失智症」），也恍然想到了「前禮樂文明」狀態，不能不為之驚心。上世紀 80 年代讀韓少功的《女女女》，以為形容太過；後來經驗漸多，觀察入細，才知那小說亦寓言亦寫實，對老人並非蓄意醜化。顏元卻聽不得門人抱怨自家老人因年高而「悖惑多怒」，說只要看到祖父「悖惑」，就已經是不孝了，「天地間豈有不是祖父哉！」（《顏習齋先生言行錄》卷下《世情第十七》，《顏元集》）「天地間豈有不是祖父」，或許是「天下無不是的父母」的推演，直到五四新文化運動中，還被引以為譏嘲，可見這句話流轉的久遠。

並非哪一人群都以長壽為福為瑞。張岱就說過，「百歲老人，多出蓬戶，子孫第厭其癃痯耳，何足稱瑞」（《朱文懿家桂》，《陶庵夢憶》卷三）。「壽則多辱」（《莊子·天地》），實在是深於世故的話。物老必變，成精作怪，或不免有之。查繼佐的門人記其師避亂某地，居停主人有老母一百零二歲，「初長，身漸老，矬可二三尺，益口健，罳其曾玄，如讀熟書」（《東山外紀》，《查繼佐年譜》附錄一），刻畫實在生動。這種老人，不被其「曾玄」待見，是可以相信的。縱使不

為子孫所厭，真到了疲癃，自家也免不了頹喪的吧。晚年的黃宗羲對人抱怨道，「老病廢人，足不履地，四顧無語，如此便與地獄何殊！」（《與鄭禹梅書》，《黃宗羲全集》第 11 冊）於是也就用了懷人消磨歲月，寫《思舊錄》，記人一百有餘，「枕上想生平交友，一段真情不可埋沒」，自己「呻吟中讀之，不異山陽笛聲也」。張載《正蒙》：「老而安死也」，王夫之注曰：「順自然之化，歸太和糸因縕之妙，故心以安。」（《張子正蒙注》卷六，《船山全書》第 12 冊）生順死寧，是一種極高的境界，並非人人都能。去世前，黃宗羲曾對人說自己有四個「可死」的理由，你今天讀來卻會懷疑，說那些話的黃宗羲，是否真的了無遺憾。[1]

　　但從古至今，從來就有積極地面對老年的態度。黃永玉有一本書，題作「比我老的老頭」，不但不諱言「老」，且透著自喜。有朋友向我談過畫家張仃的「衰年變法」。我們的古人中就不乏敢於「衰年變法」的勇者。錢謙益曾說：「古人詩暮年必大進。詩不大進必日落，雖欲不進，不可得也。欲求進，必自能變始，不變則不能進。」（《與方爾止》，《牧齋有學集》卷三九）即使不能「變法」，也仍然希圖完善，儘管那方式不一定可取。黃宗羲為他的《南雷文定》寫「凡例」，引歐陽修的例子，說「歐陽公晚年，于平生之文多所改竄。太夫人呵之曰：『汝畏先生耶？』公答曰：『非畏先生，畏後生耳！』」黃氏說自己於舊作「間有改削者」，不敢比歐陽修，「而畏後生之意則同也」（《南雷文定凡例四則》，《黃宗羲全集》第 11 冊），雖像是解嘲，但那想法不也可同情？

　　上面所引的文字似乎偏於「消極」，但你仍不妨服膺古人生命體

1　黃氏該劄的說法是：「年紀到此，可死；自反平生雖無善狀，亦無惡狀，可死；于先人未了，亦稍稍無歉，可死；一生著述未必盡傳，自料亦不下古之名家，可死。如此四可死，死真無苦矣。」（《與萬承勳書》，《黃宗羲全集》第11冊）

驗的細膩。這一種經驗性的表述，今人未見得比得過古人：對於「老」的疏於表達，又有可能反過來導致體驗的粗疏。對於死亦然。仍然以我較為熟悉的明清之際為例。改朝換代在知識人，是一種太嚴重的經驗，富於道義感的知識人，似乎要賴所謂的「末路」、「晚節」才能論定。時勢逼得你非將「死」做成一篇大文章不可，尤其被世人矚目、有「儀型天下」的道德責任的人物。關於那時期士大夫的處「死」，他們在「死」這件事上的無窮的想像力、創造性，我在有關的著述中已經寫過。在經歷了局部死亡的積纍，經歷了漫長的喪失——諸種功能的退化——之後，似乎必得有出人意料的表演，才算對世界有了交代。明清之際我考察過的人物的表演，就使我想到了死的「不由自主」，部分地正是由人自己造成的。

剛剛提到了「局部死亡」。那是你的生命中隨時發生著、注定了伴隨你一生的。據說五十為始衰之年。「老」不過意味著這過程的提速而已，而「死」則是終結。魯迅筆下的老人說，「前面是墳」（《過客》），說得太直接，使柔弱者難以接受。其實在走向那裏的途中，「局部喪失」自你出生之日起即已開始。當你意識到了蛻變，則視力，聽力，記憶力，免疫力；味覺，嗅覺，以至對人對事的感覺、知覺，等等，等等，都是提示。倘若你留意，甚至會由每日裡頭髮的脫落，獲知這一種消息。在你習焉不察的細微的功能衰變中，或許就有「愛」這一種感情的鈍化。我由對父輩的直接觀察中發現，疾患，病痛，足以改變人與周邊的聯繫，比如使人專注於自身。愛是一種能力，它作為能力與其它能力一樣，也有必不可免的消耗。

你的存在一向要賴有別人指認，你的自我認知從來憑藉了別人的眼睛。卻只有當老年，由「別人」閱讀自己，才頓形嚴峻。我自己則不過幾年前，還常常要面對別人目睹你時的失望。那表達或許極力委

婉，說你看起來「很滄桑」，甚至說讓人「很心疼」，等等。曾有高校
的女研究生，剛在某次會上見到我，就寫了信來，說她「不能沒有恨
意」——你怎麼竟至如此之老？她說：「趙園是個很青春很青春的名
字。」我真的很抱歉。我只能歸結於文字欺人。至於自己的名字引發
何種想像，卻還是第一次知曉。在那前後，我一再讀到初見或久別者
明明白白寫在臉上的觀感：你怎麼這麼老，或者你怎麼竟已經這麼老
了？這使我漸有了一種幽默感，一種像是「置身事外」似的心情，樂
於從旁看別人那一瞬間的反應。若正如期待，即不禁一樂。近年來上
述反應已不大遇到——或許倒是我自己更鈍於感受罷了。其實即使不
曾聽到上面的那些，你也不難由別人臉上讀出「歲月」所刻畫的痕
跡，比如由周邊的親人，由久別的友人，甚至由你由螢幕上慣看的影
視明星。你無從拒絕這種提示。而我，也漸有了享用老年的心情，略
近於陶然忘機，會欣然於周邊的生意。似有極遼遠的往事，若有若無
地，輕煙般升起，卻總也看不真切。像是有杳遠之思，其實很可能空
無一物。近事漸遠，卻有幾十、十幾年未通音問的熟人、同窗，重新
出現在你的生活中，卻又未必為你所期待。

　　據說西方世界有諸種迴避直接表達上述觀感的方式，尤其對於女
人。我倒寧願感激我們這裏年輕人的直率。在我看來，老人擁有的力
量，至少也應當表現在坦然面對即使最尷尬難堪的生存情境。

　　而僅據我有限的經驗，「老」也絕非只是意味著尷尬難堪。我最
初體驗到的「老」的諸種好處，就有與許多事已「不相干」的那種感
覺。你發現你已在諸種關係諸種事務尤其諸種利益競爭之外，你有了
一種類似享用閒暇的心情。當然你明白，被刻意「排除」另當別論。
但也應當說，被種種場合排除，屬於更為普遍（即使非出於自願）的
老年處境。於是有發達國家公園長椅上獨坐的老人，不發達國家村舍
或陋巷獨坐的老人。

　　老人對自身感受的缺乏表達能力，使他們難以獲得「社會」足夠的同情。我曾在單位附近的鬧市街頭，遇到一個流浪老人。那老人說孫子嫌她臭，媳婦說，「這回走了就別回來了」，雖在街頭，仍然壓低了聲音，且羞怯地笑著。那些說法並不能解釋她何以寧可露宿街頭，在垃圾桶中掏食而不願回家。倘若這老人有能力將她所感受到的孤獨、冷漠，將她所感受的「老年生存」的嚴酷表達出來，人們又會聽到些什麼？記得在關於一家從事「臨終關懷」的慈善機構的報導中讀到，一些子女送老人到這裏時，當著老人的面，說不必用貴重的藥，希望儘快了結此事，而一旁的老人則毫無表情地聽著。

　　「老年」在我，是一個可以繼續做下去的題目，固然因了我早已進入這一生命過程，對與「老」有關的種種體驗漸深，也因長期以來在閱讀中培養的敏感。至於涉及了一些相關的「陰暗面」，也因這些「面」往往被刻意遮罩、也被老人自己迴避。在我看來，直面人生的嚴酷，或許更是一種健康的態度，不見得會削弱了、倒可能有助於增強自信。當然，這只是我的一得之見，如若不被讀者認可，是不會感到奇怪的。

第四輯 答 問

　　收入此輯的答問，均為筆談，因此表述較為書面化，這是有必要說明的。我不習慣於隨機答問；即便有這類記錄，也必事後潤色，何不索性用筆說話？

　　此輯的後兩篇，系 2013 年應約而寫，略有「總結」的意味，儘管暫時還不打算封筆。

被光明俊偉的人物吸引，是美好的事

——答《書城》李慶西問

李慶西：你是王瑤先生的高足，不妨就從你做研究生時候說起吧。王瑤先生門下，還有錢理群、吳福輝、凌宇、溫儒敏、陳平原等，都有比較高的學術成就，但是你們每個人的治學風格都大相徑庭。作為一個群體來考察，這是一個很有意思的現象。你覺得，有哪些因素促使你逐漸養成自己的學術個性？

趙園：我其實不大習慣於「話說從頭」，你既然問了，也不妨由這裏說起。我和你說到的幾位，是「文革」後第一屆研究生。這一屆的特別之處，是其中不少人讀研的時候已近中年，人生閱歷較為複雜，不同於毛澤東所批評的那種「三門幹部」。此外，一些體制化的安排，當時還沒有成型，比如沒有實行學分制，沒有對於學位論文的規格上的要求。我們大部分時間用來讀書，這方面的環境相當寬鬆，有利於發展你所說的「個性」。有人寫北大法律系七七級的本科生，說「當時法學著作很少，大量都是閱讀文學、歷史、政治著作，馬恩的著作，大家都讀過，而且不是一遍兩遍」，「教員和其它教學資源的匱乏，反倒使北大的法學教育顯得格外寬鬆自由」，有人「在婚姻法考試時交了自己寫的一篇小說以求代替，沒想到任課老師也欣然接受」（引自《文風背後是一種經歷》，《讀書》雜誌 2008 年第 1 期）。起點很低，資源有限，另有其它的一些壓抑的因素，卻又有上面所說

的那一種寬裕。七七、七八級的本科生，七八屆即「文革」後第一屆
研究生中的所謂「人才」，他們的成長多少賴有這種條件。在大學體
制化的過程中，這一種求學生活是令人懷念的。

王瑤先生對我們相當放任，不曾向我們提出太具體的要求，主要
由各人自己摸索。我的那班同學入手處就互有不同。還記得其它同學
依照王先生的指導在北大中文系資料室讀舊期刊，我卻在圖書館讀
「文革」前已部分出版的《西方文論選》，同時一家一家地讀作品
集。讀文集，即使到了「明清之際」，也仍然是我的入手處。但對
「知識分子問題」的關注，在我們，卻是共同的，只不過取徑互異而
已。回頭看，起點處的選擇，對一個學人有可能意義重大。三十年
來，我的學術工作大致圍繞著「知識分子命運」展開，貫穿的線索顯
而易見。

至於「學術個性」的形成，我一時還想不出如何解釋。這幾乎是
一個要以你的全部經歷才能說明的題目，尤其早年的生活環境、閱讀
經歷等等。比如我的推敲文字的習慣，就是在中小學形成的。這些年
來，我一再做過關於一項具體研究的緣起的自述，卻沒有寫作系統的
「學術自傳」的計劃，也怕把過程梳理得太過明晰。

你說到「群體」，其實那不過是一個朋友圈子，而且作為基礎
的，似乎不是學術或文學，至少首要的不是，與明末的「知識群體」
不同。說來慚愧，我很少讀幾位同學的文字，甚至不大關心他們在做
些什麼，也始終沒有能養成與別人討論學術的習慣。學術在我，更是
自己在書齋裡做的事，而書齋外的天地很大，值得關心的東西很多。

李慶西：你最初的學術著作是《艱難的選擇》和《論小說十
家》，在那兩本書裡，你不但完成對「形象」本身的深度解讀，尤其
還挖掘了「形象創造的歷史」，這在上世紀八十年代的文學研究中是

頗具前瞻性的思路，你當時是否有一種復原歷史——追尋敘述的歷史情境的研究意識？

　　趙園：即使有你說的那種「復原歷史——追尋敘述的歷史情境的研究意識」，也是不那麼自覺的。我在一個長時期裡，缺乏方法論方面的自覺。但有方法論方面的追求，是肯定的。我相信如果我的學術工作有一點所謂的「貢獻」的話，也應當在「方法論」方面，只是我難以將這些理論化罷了。其實我所屬的那一代中國現代文學研究者，都有重新清理歷史的衝動。這與我們的經歷有關。我們都算不上「純粹的」文學研究者。只不過像剛剛說過的，相互間有入手處的不同。

　　我已經說過，我的進入中國現代文學，是由一家一家的作品集入手的。經過了「文革」，這在我，也是恢覆文學閱讀的能力的過程。這種閱讀中吸引了我的，不能不是作者和他們所寫的人物。研究「形象創造」，其實很「傳統」；被你以為的「前瞻性」，或許因了後來文學研究風氣的變化。時下的年輕人已經受不了作品的細讀，他們往往直奔「問題」，而且多半是別人發現的、現成的「問題」。

　　轉嚮明清之際，我的興趣也仍然更在人，經由讀人而讀歷史——直接由文學研究中延續了下來。「追尋敘述的歷史情境」是後來才逐漸明確的。由提問看，你似乎想在我的兩個階段的學術工作間找出貫穿的線索。在新近出版的《想像與敘述》中，我自己也梳理了有關的線索，歸結到我的「文學研究者」的身份，文學研究的專業訓練。在這之前，我曾經強調過由史學中得益，但在寫這本書時，我更願意強調另一面，即我進入歷史的「文學研究者」的方式。

　　李慶西：記得九十年代初，陳平原提出現代文學研究要「走出現代文學」，這種走向外部研究的思路好像是少數學人圈子裡的先知先覺，其實各人怎樣「走出去」的路徑各有異趣。你當時出版了《北

京：城與人》、《地之子》兩本書，研究視野很明顯地拓向歷史、文化與民俗，那個時期你是否也處於某種彷徨與轉折的關口？

趙園：我一再被人問到何以由中國現當代文學轉到明清之際的思想文化——這兩個領域像是毫不相干。其實我的轉嚮明清之際，並沒有預先的設計；寫你提到的那兩本書，與後來的轉向也沒有關係，也就是說，不是「轉向」過程中的環節、前期準備。其實梳理歷史，我寫的第一本書《艱難的選擇》更力求「系統」；對於「民俗」，只不過偶而涉及，並沒有持久的關注。

我的所謂「研究」，往往先因了作家作品的吸引。讀了幾篇當代的京味小說，是寫《北京：城與人》的緣起。又由於碩士論文寫過老舍，有可能給那幾篇京味小說以「縱深」，如此而已。寫《地之子》，意圖較為明確：要寫一點與鄉村有關的東西，使我的某種「情結」得以寄寓。轉嚮明清之際卻是偶然的。也有可能轉向另一個時段。只是不能再在現代文學、當代文學這裏流連——熱情與動力已消耗殆盡，必須重新開始，否則研究工作就難以繼續。

我的「轉向」首先是「為己」，為了以新的領域激發活力。如果一個人的「學術史」足夠漫長，就會有不止一次重新選擇的機會，問題在你是否有選擇的意願和勇氣。現在回頭看來，當初的選擇實在很明智。即使在轉向了明清之際之後，也仍然嘗試著改變，重新學習，也無非為了激發潛能與活力。一個朋友向我講到了某畫家的「衰年變法」。我轉嚮明清之際的時候還沒有到「衰年」，我希望自己「衰年」也仍然有「變法」的勇氣。

李慶西：你轉嚮明清之際史學領域讓人大為驚詫，一開始許多人以為你只是偶而玩票，寫幾篇好玩的文章而已，畢竟你在現代文學研究上已有一定的造詣。可是你花了五六年時間寫成《明清之際士大夫

研究》一書，又過了七年出版了該書的續編《制度‧言論‧心態》，兩書加起來近一百萬字，耗去了十幾年功夫。你把自己最豐贍的學術年華都用在了這一課題上，有什麼特殊的緣由或是研究動力嗎？

趙園：我剛剛說過，轉嚮明清之際是偶然的，也有可能是另一個時段。選擇了這一時段而且做了下去，自然由於被對象所吸引，發現了研究的可能性。

即使在「學術」這種職業活動中，我也不大能勉強自己。確要有吸引。只不過「吸引」是一種微妙的事，不一定都能訴諸清晰的說明。吸引了我的首先是現象，比如「遺民」這種現象──我至今仍然感到困惑，這麼有意思的現象，為什麼沒有吸引更多的研究者？而將研究在更長的時間裡維持下去，卻更因了人物。這裏應當有你所問到的「特殊的緣由或是研究動力」。我被這一時段士大夫的某種精神氣質所吸引。這種情況與中國現代文學相似。如果沒有魯迅、郁達夫等一大批人物，我不可能對那個時段有什麼興趣。同樣，如果沒有王夫之、顧炎武、黃宗羲、方以智、陳確、孫奇逢、傅山等一大批人物，我也很難在明清之際這個時段停留。其中尤其是王夫之。我的不止一個題目，是賴有他的「言說」作為支撐的。

這個時段吸引了我的，不是被人津津樂道的「名士風流」，而是那種嚴肅。即使那些對於我的意圖而言不那麼重要的人物，比如盧象昇、孫傳庭、鹿善繼，也讓我感動。文字不見得漂亮，像鹿善繼的《認真草》，盧象昇的文集（《盧忠肅公集》），但有所謂的「人格魅力」在其中。讓我感動的，甚至有儒家之徒對於修身的鄭重。我說過，「無論討論明清之際士人的經世、任事，還是清理他們有關井田的談論，我都曾感動於明代、明清之際士人立身處世的嚴正，儘管正是那種『道德嚴格主義』值得分析甚至質疑。在一個堤防隨處潰決，似乎一切都漂移不定的時期，我的確懷念那種嚴肅：對歷史的莊重承

諾，對意義的追尋」。(《尋找入口》,《想像與敘述》「代後記」）還
說,「明清之際吸引了我的,始終是人,是人物的生動性,和由他們
共同構成的『歷史生活圖景』的繁富色彩。即使面對『事件』,吸引
了我的也更是人。能感動,被光明俊偉的人格所吸引,是美好的事,
即使對『學術工作』無所助益。設若沒有那些人物,我不知道自己是
否有興趣將這項研究堅持至今。也如同在文學研究中,我需要一種類
似『呼應』的感覺——區別於『尚友』。這也足證我的確是一個文學
研究者」。(同上)——這是不是回答了你的問題?

　　至於明清之際的思想史的意義,是在持久的學術工作中逐漸發現
的。年輕的學人往往關心哪種題目有研究價值,我卻願意強調「學術
價值」是要創造的。有時候選題並不一定是決定性的,決定性的是你
如何做,有沒有足夠的力量去做。

　　李慶西:「明清之際」那兩本書的徵引書目有四五百種之多,而
且許多都是卷帙浩繁的大書,包括叢書和彙編,按冊計算恐怕不下一
兩千本,搞一個課題要對付這麼大的閱讀量,實在讓人望而生畏。如
果沒有一種興趣或是怡然自得的樂趣在內,很難想像你是怎麼消化那
些東西的。

　　趙園:像你所知道的,那些書是在十幾年間閱讀的。你說我寫作
《明清之際士大夫研究》「花了五六年時間」;如果由這項研究的起步
算起,所花的時間還要長。《續編》中有的題目,寫作「正編」時已經
在準備。放在這樣長的時間中,閱讀量就不那麼大了。「卷帙浩繁的大
書」,叢書和彙編,也不是每本都讀,每個章節都讀。經過了最初摸索
的階段,有了一些問題,閱讀的時候就有可能為多個題目積纍材料。
所以幾本書的徵引書目,有一部分是重複的。但徵引的大部分的書,
的確仔細讀過,有的甚至反覆地閱讀,比如顧、黃、王的某些文字。

　　我的閱讀範圍是由題目而擴展的。寫《井田・封建》一章，讀了一些關於「土地關係」的文獻與著述；寫作《想像與敘述》，集中閱讀了諸種「南明史」、「晚明史」、「清朝開國史」以及有關的野史；題目涉及了元明之交，就去讀元史、元史專家的著述和明初的筆記。由某本書裡得到一種線索，去找有關的書，往往有意外的收穫。我在《續編》的後記中說，「由此及彼，由近及遠，版圖於是乎擴張。進入愈深，也愈有深入的願望，隨著問題的日益明確，線索日見清晰，反而加劇了求知求解的緊張，對象在感覺中愈見茫茫無涯際，計劃中閱讀的書單不斷伸長……」

　　有人說，你佔有了那樣有力的材料，很幸運，卻不知道那些材料是花費了多少精力得到的。你知道，明清這一個時段不同於中古，文獻經過了較長時間裡的篩選。我的閱讀通常是枯燥的，一函函地讀過去，可能一無所獲。偶而遭遇了深刻或者優美，精神會為之一振。但這種機會不多。支持我讀下去的，往往是已有的積累。一個題目已經做到了一定的程度，會推動你繼續做下去，為繼續做下去而不斷地擴大閱讀。研究興趣也賴有積累：已有的研究越深入，越有成效，越有可能支持後續的研究。這也是一個磨礪意志的過程，堅忍、堅韌等等我所欣賞的品質，有可能在這過程中培養。你下了多大工夫，由你的「學術作品」中是不難感到的。輕飄飄的東西，無論外觀怎樣華美，都不會讓我動心。

　　但代價確實很高。進入明清之際之後，在相當長的時間裡，幾乎完全放棄了對於當代的「文學閱讀」，當著有了餘裕，已經找不回「文學閱讀」所需要的狀態。這應當是為職業生涯的犧牲——在我，是實實在在的犧牲，真的有點兒心痛。友人送了我一本臺灣批評家唐諾的文學論集，那樣細膩的感覺，靈活的文字調遣，真讓人羨慕。

　　我反覆引用過清代學者梅文鼎的一段自述，以為可以借用來狀寫

我自己治學中的狀態以及甘苦，不妨再引一遍。那段話說，「鄙性於書之難讀者，不敢輒置，必欲求得其說，往往至廢寢食。或累日夕不能通，格於他端中輟，然終耿耿不能忘。異日或讀他書，忽有所獲，則亟存諸副墨。又或於籃輿之上，枕簟之間，篷窗之下，登眺之餘，無意中眾然有觸，而積疑冰釋，蓋非可以歲月程也。每翻舊書，輒逢舊境，遇所獨解，未嘗不欣然自慰」。（《續學堂文鈔》卷一《與史局友人書》）做學術的苦與樂都在其中。誇張點說，由這種艱苦的勞作所得的，或許更是一種智力的愉悅。

李慶西：在我們看來，你的治史角度與方法跟一般歷史學者有明顯區別，你顯然更關注對象的精神和心靈問題。你在那兩本書裡涉及了史學界從未認真梳理的一些材料，譬如與士人的言論方式及其歷史成因相關的許多話題。也許應該說，你從這些地方切入，主要不是在論題上填補空白，而是研究方法上的更新——從對象的言論方式到史家的言論方式，通過敘述的層累構造形成自己的一套言論方式。你並不滿足於事件與現象描述，或限於在史學研究的既定框架內作出詮釋與歸納，而是借助大量材料去復原經驗背景中的思想和心理空間。這種復原不曾也是一種建構，這裏好像摻糅著文學研究的某些手段，你同意這種看法嗎？

趙園：你的概括已經很好了。某個獎項的學術委員會關於《明清之際士大夫研究》的「授獎辭」裡說，那本書不同於已有的史學思路，「問題意識嚴格設定在話題和敘事的層面」，「提供了從整理士人『思路』入手進入歷史的途徑」；經由對於明清之際文化氛圍、士人心態的揭示，「開啟了進入中國知識人基本文化經驗的新途徑，是以文學方式解讀歷史的成功之作」（刊《讀書》2000 年第 12 期）。我比較認可這樣的評判。

剛才已經說到，我曾經強調過由史學中得益，但在寫《想像與敘述》時，卻更願意強調另一面，即我進入歷史的「文學研究者」的方式，文學研究對於我近二十年的學術工作的意義。有了這兩個方面，才較為完整。「明清之際」決不冷門，你跟別人不同的，或許就是你對材料的感覺——別人不以為材料的，你作為了材料。背後隱隱地起作用的，就有得之於文學閱讀與文學研究的那種訓練。

我以為文史之間的學術壁壘是不正常的。中國的學術有「亦文亦史」的傳統。我收到的第一份訪台邀請，發自臺灣「中研院」史語所。本來用不著由此而想到所謂的「胸懷」，我卻不能不想到。我其實很明白自己的研究的價值，從來不缺少自信，而且知道，在開放的學術環境中，學科壁壘只能用來保護平庸。

李慶西：復原歷史情境是一種可貴的努力，可是歷史能否真正被「復原」，在理論上就有爭議。也許，柯林武德稱之為「先驗的想像」的歷史思維不失為一種妙策，研究者大可藉此展開能夠自證其說的建構。我們知道，真正的史學大家是有文學家的手段的，司馬遷就不必說了，近人陳寅恪就極富治史的想像力，他在《柳如是別傳》裡寫到錢氏的「復明運動」就是一個有趣的個案。儘管這種陳述的「可靠性」是可以被質疑的，但是透過不斷鋪陳且加以辨析的大量材料，錢氏的境遇和心態愈發讓人感同身受，難怪有人認為那裏邊有著作者自己的心性寄託。也許，這就是柯氏所謂「史學家在自己的心靈中重演過去」的研究方式，你在自己長期的治學過程中，是怎樣看待和處理這樣一些問題的？

趙園：很慚愧，我至今沒有讀過柯林武德，也幾乎沒有讀過其它史學理論。我已經說到我的理論興趣。但到做明清之際的這段時間，材料的壓力太大，幾乎沒有精力再讀其它。而且我已經過了研讀理論

的最佳年齡。進入九十年代之後,讀理論已經感到力不從心。某些思路,我是在對優秀的學術成果的閱讀中領悟的。依據這種經驗,我對研究生說,優秀的學術作品是最好的老師。

你說到了想像力。想像力本來就不是文學創作或文學研究者的專利,尤其在「科學主義」被祛魅之後。我也注意到了陳寅恪的想像力,他的深於人事,深於世故。但我對陳寅恪關於錢謙益「復明運動」的敘述卻有一點保留,認為有可能把錢氏其人關於自己的想像過於當真了。治史沒有必要排斥想像。問題或許更在於表述:比如表述中留有餘地,預留想像的空間,不排斥另一種可能,以至另外的多種可能。

由你的提問看,我的研究可能被認為暗合了柯氏所謂的「在自己的心靈中重演過去」,但我要求自己的,是盡最大努力「回到」當時的歷史情境,貼近歷史人物的心境與感受,而不是借歷史寄託「心性」。但我的經驗背景畢竟是我理解對象的重要依據。我的研究問世之後,有人說是「心態史」,我自己也用過「心史」的說法,其實也仍然沒有這一方面的自覺,比如立意要做「心態史」,只不過文學研究者的習癖在起作用罷了。我願意強調的,是對想像力應當有所抑制,不可放縱。

李慶西:歷史學好像很排斥文字的華美(陳寅恪治史很有想像力,文字卻相當節制),可是也不盡然,像史景遷、魏斐德那些美國學者的著作就很有繪聲繪色的特點,即便讀中譯本我們也能感受到史學家的文采。其實,黃仁宇的《萬曆十五年》,基本上也是一種「說事兒」的寫法。這是否跟美國學者的著述態度(出版意識)有關?你怎麼看待這樣一些用敘事文體處理學術題材的著作方式?

趙園:我要說自己更能欣賞陳寅恪、陳垣的那種節制。我曾經受

過黃仁宇的啟發，但在後來的學術工作中，漸漸不再能適應他的那種表述方式（當然不止於「表述方式」）。這裏有治學過程中心理、態度的暗中變化。我不適應對「歷史」的故事化，不適應以想像、猜測為「事實」，不適應不包含自我質疑的過分自信的態度。我這裏只是在說自己的取向，不想做價值判斷。總之，變化發生了，它的意義還有待於推究。我說過這種意思：你做學術，也免不了被學術所「做」。對這一點保持反省的態度，是有益的。

至於史景遷，我唯讀過他的《追尋現代中國——1600-1912 年的中國歷史》中譯本。臺灣朋友送了我他的《前朝夢憶——張岱的浮華與蒼涼》，一定很有意思，但我還沒有來得及讀，不便評論。關於魏斐德的《清朝開國史》，我在《想像與敘述》裡已經多處談到。或許是有成見在前，讀史景遷、魏斐德，有時會感到他們對中國文化的隔膜。

我認為問題不在於是不是「敘事文體」，而在如何敘述，敘述的「學術含量」。同樣用「敘事文體」處理的，彼此間的差異也像論說文體一樣大。我更能欣賞那種把考據融入其中的敘事，不能接受過分的渲染，濫用想像。《想像與敘述》討論了敘述，著重處在如何使歷史生活的複雜面相充分地呈現出來。我自己也嘗試過敘述，比如《易堂尋蹤》。挑剔別人永遠是容易的，一旦自己動手，就會知道敘述之難。

力求節制，或許也是一種潔癖，我對其中的得失很明白。記得在回答另一次訪談時說過，芟夷枝葉，即不能得扶疏之美。但性情如此，無可奈何。

我還想說，黃仁宇的敘述方式對大陸學界影響之大，多少也由於那種敘述的「文學性」。你由他的《萬曆十五年》可以相信，文學與史學間並沒有專業人士所認為的分割，而史學自以為更「科學」，不過是一種錯覺。不那麼「學院」的學術與學院學術各有它的功用，也各有極詣，真做好了都不容易，怕的是兩邊都做不到家。

　　李慶西：縱觀你近三十年來的學術著述，似乎愈來愈走向質樸無文之境——所謂「無文」，一是逐漸遠離審美範疇的問題，二是文字表述本身也愈顯洗練、乾淨、樸素無華。同時，你的學術思維卻始終深具詩學氣質的精神蘊藉，這就帶有一種內在的張力。最近剛讀到你新近出版的《想像與敘述》一書，感覺敘述手法好像也有「回歸」文學的變化，尤其是「瞬間」、「廢園」和「遺民」那幾個部分。其實，你在八年前出版的《易堂尋蹤》那本書裡已有過散文化的處理方式。對了，你本人還是一位出色的散文作家，《獨語》、《窗下》、《紅之羽》那幾個散文集都給人留下深刻印象，「想像」與「敘述」本來就是你的優長。在《想像與敘述》的後記中，你申明自己是「文學研究者」，可是你這多年來的研究工作畢竟處理的是史學題材，在史學與文學之間，你是否有過方法上的躊躇與徘徊？今後，你還會對自己的學術風格和文體有所調整和拓展嗎？

　　趙園：我其實從不關心我所做的是史學還是文學。我只是努力為自己的意圖尋找合用的方式。看菜做飯，量體裁衣，調動所能調動的手段，嘗試各種可能性——做中國現代文學研究的時候就是這樣。

　　《明清之際士大夫研究》的《續編》，是我從事學術工作以來準備時間最長，做得最艱苦的一本，也因此比較起來少一點遺憾。「正編」更有文學氣息，《續編》被認為較為「專業化」，對這一點我是自覺的：自我訓練，適應不同的學術要求，嘗試不同的學術方式。並不是意在「變身」，而是檢驗自己的可能性。當然對於學院學術的大量研讀，也暗中誘導了方式、路徑。不同的學術經驗，有可能使學術工作保持新鮮感。我為自己還這樣地「可塑」而感到滿意。

　　我欣賞謹嚴的治學風格，簡潔洗練的表述方式，喜愛一種在我讀來疏朗「大氣」的文風。不喜歡雕琢，過事修飾。這種趣味一定與年齡有關，卻也多少由於優秀的史學作品的影響。我引過謝國楨《明清

之際黨社運動考》的自序，其中說原稿「為讀者不感枯燥起見」，有
時不免「煊赫」一點，後來修改，將「煊赫」之處刪去，「仍鈔錄原
文以存真相」。對這一種想法我很理解。我認為你盡可在學術之外炫
耀辭采，揮灑才情，做學術時不妨保持節制，像我的導師王瑤先生說
的，不要聽憑才華「橫溢」。這裏也有我所體會到的從事學術研究的
「工作倫理」。

　　近幾年讀過的學位論文中，對北大的兩篇博士論文印象深刻。我
對朋友說，其中一個作者的那種「恣肆」，是我不能的。那裏有一種
讓我羨慕的健旺的生命力，蓬蓬勃勃的生氣。另一篇則節制謹嚴而又
遊刃有餘。我的文字所缺少的，大約就是那種從容裕如、好整以暇的
風致。這也仍然由於性情，無可奈何。

　　你一定注意到了，在最近的二十年裡，我並沒有做「明代文學研
究」。這固然由於我的興趣在彼不在此，也因了一點自知之明。出於
我的研究旨趣，我所處理的，較多的是儒家之徒的文集。這項研究如
果繼續，有可能涉及明末的文人文化，稍稍進入明代的文學世界，卻
仍然不會因此而嘗試研究明代文學。我相信在打開了的視野中——即
不將「思想史」等同於「理學史」——有可能發現文人對於思想史的
貢獻。

　　我曾說過自己「于理學不契」，其實「名士風流」也不契，對江
南的文人文化並不迷戀。這也是性情使然——或許與我生長的環境有
關。今年初夏和幾個友人去了趟西北，蘭州、天水、敦煌、嘉峪關，
有「返鄉」之感。離開敦煌的那個清晨，我一個人在莫高窟周邊的沙
磧、樹叢間遊走，看陽光在枝葉間閃耀，著了魔似的說不出話來。那
種空曠寂寥與靜穆，令我沉醉。我與這種感動像是暌違已久。

　　你說到散文。在我看來，散文更是一種狀態，生活的以及情感的
狀態。我需要的正是調整狀態，恢覆文學感受的能力，文學表達的能

力。在枯燥的學術工作中，會有某種像是遺落已久的感覺偶而來訪，令我心動，我卻留它不住，只能讓它消失。但如果我繼續關於「明清之際」的研究，仍然會力求節制，而不會「繪聲繪色」，即使用的是散文化的處理方式。或許這樣下去會導致「偏枯」，那也只能證明自己的生命力原來就不夠健旺，以及才力不足，並不能說明學術必然要窒息「靈性」。

2009 年 11 月

原載《書城》2010 年第 1 期

訪談刊出後，有朋友因看多了我的這類文字，以為我的答問「不在狀態」（我理解為「了無新意」），卻一致稱讚提問——因拘於刊物的體例，提問方照例是不具個人之名的「編輯部」。這一次的提問方是慶西。其實我何止「不在狀態」，而是很勉強，剛自述了一通（在《想像與敘述》中），不免厭倦，有點無話可說的樣子。儘管事實上是筆談，刊物依慣例仍以實地訪談的形式處理，也難免彆扭，比如我為了湊篇幅而引自己的文字，絕不像口談所應有。但問題的確提得好，也就成了對回答的彌補。這要感謝慶西對這項研究的持久的關注：幾乎由 1994 年我關於明清之際的文字最初刊出之時起。朋友中始終關注的，另有批評我「不在狀態」的賀照田，使我不致寂寞，也使我不敢懈怠，即使只是為了不令幾位友人失望。這真的是一點實實在在的動力。

以閱讀開啟想像，以閱讀滋養心性
——答《語文建設》李節問

編者按：

　　2010 年 5 月 24 日，趙園先生應語文出版社之邀，就文化軟實力、文化產業化等問題作演講。這個話題不屬於趙園先生的專業範圍。她所致力的專業領域是中國現當代文學研究和明末清初思想史研究。趙園先生認為，關注文化，關注文化產業並闡述自己的真實看法，是一個人文學者應盡的社會責任。趙園先生關心教育。2009 年「兩會」期間，作為政協委員的趙園就曾經呼籲，文化軟實力的提升，首在發展教育，改善辦學條件。在演講中，趙園先生表現出的文化責任感和憂患意識，讓我們受益良多。演講結束了。我有點忐忑地問趙園先生是否願意接受一次訪談。至於話題，當時甚至並未想好，似乎覺得應該請趙先生談文學，但是她說那是她二十年前的研究對象了。於是不知道話接下來該怎麼說。趙園先生親切而爽快，她請我先擬好採訪提綱，然後發給她，她願意用筆談的方式回答我的提問。於是有了下面的問題，儘量貼近語文，儘量貼近我們的讀者，於是有了趙園先生的回答——一個學者的語文記憶以及對語文教學的獨到見解。這些觀點，因為不考慮應試的功利目的，或許更有價值。

早年閱讀的意義
主要在開啟想像的空間

李節：在中國現當代文學研究領域，您著述甚豐，可謂成果斐然，後來轉嚮明清之際的思想史和學術史研究，同樣成就卓著，您的《明清之際士大夫研究》一書被譽為是「以文學方式解讀歷史的成功之作」。我想無論是研究文學還是研究歷史，都離不開大量閱讀作品和文獻。在這裏，可否請您先談談您最初的閱讀生活，在您記憶裡，閱讀是從何時開始的？

趙園：我的閱讀生活，由讀童話、民間故事開始。當時我應當在小學中、低年級，具體的時間已不記得。當時的孩子並不都有這樣的條件。我的父親在一所師範專科學校教書，母親在省教育廳工作。我最初利用的，主要是母親單位的圖書室。那些童話、民間故事，應當是由那間圖書室借到的。早年的閱讀對我的影響之大，用一句俗濫的話說，「怎樣估計都不過分」。回想起來，意義主要在開啟了想像的空間。至於文字方面的影響，應當是潛移默化的。那種年齡的孩子，還不會形成對文字美的鑒賞態度。直到成年之後，甚至到了中年、老年，仍然會想像一條飛毯，祈望一種奇跡——我不知這是不是好事。但這種童心的殘留，一定幫助我度過了一些困難的日子。有想像，有想望，總是好的，你說呢？

接下來讀的是蘇聯的長篇小說，記得所讀的第一部這種小說是《勇敢》，寫一群共青團員建設「共青城」的故事。所以讀的是這一本，只是因為受了哥哥姐姐的影響。聽了他們講那小說中的故事，引起了我閱讀的願望。那應當是在小學五年級。也是在小學高年級，開始讀契訶夫和果戈理的短篇——也不是出於我自己的選擇。父親教與

文學有關的課程，參考書中有這些作品。我最初的閱讀顯然受到了父母的鼓勵，他們不會告訴你，以你的年齡讀這些書還嫌早。他們似乎很信任我的理解能力。我的經驗是，可以鼓勵孩子讀一些看來高於他們的接受能力的書（當然要經過選擇），這可以使他們有動力挑戰自己的極限。

我一直有這樣的習慣，讀一些難讀的書。記得讀中學的時候，常常要讀父親訂閱的《文學評論》。讀那刊物上紅學家關於「金陵十二釵」的論文，讀得一頭霧水。當時的心理似乎是，想試試自己是不是能讀懂這種東西。

李節：在從事文學研究和以「文學研究者」的方式進入歷史研究的同時，您還出版了多部散文和隨筆集。在一個訪談裡您曾經提到，說您推敲文字的習慣是在中小學形成的。這種習慣的養成是得益于語文課，還是其它？

趙園：我肯定曾經從語文課上得益，尤其作文。我的經驗是，無論小學還是中學，老師講評作文，都會使我們頗有興趣。你的作文被作為範文，是極大的鼓勵。事後想來，那應當是你最初的「發表」，以及被「評論」。這種鼓勵會使你對寫作更加投入。我的推敲文字，的確與小學、中學的語文課有關。還記得讀小學的時候，同學們會將讀到的所謂「優美詞句」記下來備用。當時所認為的「優美詞句」，有的直到現在還大致記得。

我讀小學，在上個世紀五十年代，那時的作文課還不鼓勵編造「好人好事」。老師會給你一幅畫，讓你編一個故事，這使你的想像力派上了用場。發揮想像之外，還會力求將意境寫得美，於是「優美詞句」可以拿來作為點綴。那幅畫或許包含了教化的意圖，比如一個女孩將揀到的錢包送還老人。但除了這動作之外，還有環境，可以供

你描寫。你可以嘗試著營造情境、氛圍。我對環境（尤其「大自然」）的敏感，是由文學培養的，在最初的習作中得到了表現的機會——往往寫著寫著，自己已經陶醉了。

但我仍然應當說，我固然得益於語文課，卻更得益於當時所說的「課外讀物」，範圍廣泛的中外名著。我讀中小學時課業負擔沒有現在沉重，有較為充裕的時間讀「課外書」。不少後來學理工的同學，語文基礎相當好，寫得一手好文章。他們的語文訓練，是在中小學完成的。我自己的經驗是，到了大學，以文學為專業，反而失去了這之前文學閱讀的樂趣，感受力似乎也變鈍了。

語文老師應當
善於開發想像力

李節：您有沒有遇到過讓您難忘的語文老師？他（她）的什麼讓您不能忘，或者他（她）給了您怎樣的影響和教導？

趙園：有過。那是在小學高年級。我曾在散文中寫過那位也姓趙的老師。她的語文課使我印象深刻的，倒不是精彩的講授，也仍然是對想像力的開發。她會要求你「複述」某篇課文，鼓勵你在複述中創造。我也將這作為了「創作」的機會。我還記得我在講臺上繪聲繪色地複述的時候，講臺下同學們愉快的表情。那是你最初的「虛構」的嘗試，雖然幼稚，笨拙。此外也是在小學高年級，對朗誦產生了興趣。我甚至會在一篇新課文開講的時候，要求老師由我來「範讀」。那位老師居然也欣然同意。記得讀過《古麗雅的道路》（古麗雅是二戰時期的蘇聯英雄）中的一節。這篇課文，早已不再入選小學課本了。

中學期間，我對朗誦仍然很著迷。我的經驗，朗誦，是進入作品世界的途徑。朗誦使你能體驗聲韻之美，也有可能激發閱讀興趣。由教學效果出發，也會有助於活躍語文課的氣氛的吧。與其勉強講授，有時不如讓學生由朗讀中自己體會。

李節：您也曾經當過語文老師，當時是一種什麼情況，您怎樣給學生上語文課？

趙園：我當語文老師，是在「文革」後期。當時的語文課本，革命導師的著作、魯迅的作品外，竟然會將社論編入。那種課文是無法讓學生感興趣的。我有時就自己另選了文章，讀給他們聽。那是在恢復高考之前，對教學幾乎沒有要求。我所在的學校在城鄉接合部，學生多半來自較為底層的家庭，他們幾乎沒有課外閱讀的條件。那是一個特殊的時期。我在語文教學方面確實乏善可陳。

李節：您認為學生在語文課上最應該學到的是什麼，語文老師又該怎樣做才算合格？

趙園：這個問題我已經回答過了。語文老師的標準，是無法擬定的。在實際上，語文老師間的水準相去有可能相當遠。仍然說我的個人經驗。我不以為語文老師本人必須博學，是所謂的「筆桿子」。我以為合格的語文老師應當善於「開發」學生的閱讀與寫作能力。上個世紀八十年代鐘阿城的「三王」（《棋王》《樹王》《孩子王》）引起過熱烈的反響。其中的《孩子王》，就寫到了一個代課的知青教農村孩子寫作文的故事。在我看來，那孩子的作文，是那篇小說的「高潮」。我相信鐘阿城在他的故事裡，寫了他關於語文課的設想，他關於怎樣的語文課對孩子有益的想法。經歷了「文革」，那小說中包含了對流行的文風、以往的語文教學的反思。那些想法一定是由作者的

直接經驗中來。小說中的孩子經過啟發，終於能樸實地寫自己直接感受到的東西，而不是模仿所謂的「範文」，編造滿足成人世界的東西。這即使在現在，也是很難做到的吧。

李節：您認為學好語文的有效方法是什麼？

趙園：這問題仍然與剛才談到的問題相關。我以為學好語文的有效方法，就是多讀與多寫，沒有其它的捷徑。盡可能擴大閱讀面，養成將你的想法、印象書寫下來的習慣。至於語法，固然要學。但我的經驗是，把握語法的最有效途徑，仍然是閱讀，而不是背有關的規則。這一點，學中文與學外文並沒有不同。但應當承認，我在這裏沒有將「應試」的技巧考慮在內。沒有這一種功利性的盤算，我上面的那些說法，難免被認為空談的吧。

加大文言文比重。文學與教化不矛盾

李節：現代意義上的語文課程從誕生到現在，已經走過了 100 年，課程觀念和教材幾經變革。21 世紀之初，語文新課程改革啟動，在課程觀念當中有一個重要的概念就是語文素養，語文課以培養學生的語文素養為旨歸。您對這種課程觀念怎麼看？

趙園：「語文課以培養學生的語文素養為旨歸」，這當然是不錯的。即使大學中文系，也不以培養作家為目標。問題是怎樣理解「語文素養」，和經由什麼途徑培養「語言素養」較為有效。我想把問題簡化──依我個人的經驗，中小學語文課所能教給學生的，是閱讀和寫作的基本能力。這是他們要一生受用的能力，也是一個有教養的人所應當擁有的基本能力。

李節：您怎麼看待文學和語文學習的關係？對於普通民眾而言，文學素養有多重要？那麼在普通教育中，該怎樣對待和處理文學作品，您的建議是什麼？

趙園：語文課的確應當「以培養學生的語文素養為旨歸」，但這與文學教育並不矛盾。好的語文教材，應當是合於語法規範的美文。講授這樣的課文，不但培養了學生的「語文素養」，而且培養了他們對於文字美的欣賞能力，領略優美語言的能力。青少年時代接受的文學教育，有可能使他們終生受益，即使他們此後並不從事與文史有關的職業。事實是，枯燥乏味的課文，即使合於嚴格的語法要求，也決不可能引起學生的興趣，這也是我曾經任教的一點體會。當然，美文之外，也應當教授實用文體（所謂的「應用文」）。怕的是既非美文也非實用文體，就像我使用過的「文革」中的課本中的社論，或英模事蹟。語文課不需要承擔太多的任務。不是另有政治課、道德教育的嗎？

更具體的意見還有，加大文言文的比重。白話文可以由學生自己閱讀，文言文卻需要講授。語文課的必要性多少也在這裏。古文閱讀的早期訓練極為重要。通過語文課，學生有可能具備閱讀淺近的文言文的能力。我甚至認為，有必要經由古文學習，讓中學生有識辨（注意：不是書寫）繁體字的能力。當然，我在這裏仍然沒有考慮到「應試」的需要，也一定會被認為空談。

「網路時代」的閱讀，我所屬的一代人的經驗，肯定已經不適用。不能強令時下的青年閱讀我所認為的「文學經典」，但仍然應當因勢利導，選擇他們所能接受的優秀的文學作品，提升他們的鑒賞力與文字能力。現在的問題，是學生沒有「余裕」以閱讀滋養自己的心性。這非常可惜。

　　李節：現在社會上有不少暑期的讀經班或者國學班，開設課程多為學習和背誦蒙書和古代經典，比如《弟子規》、《幼學瓊林》、《論語》、《孟子》等，有的還同時開設有書法課、武術課等。說到這兒，我想起大陸從臺灣引進的一套《國學基本教材》，這是一套在臺灣使用了 40 年的中小學必修教材，據說大陸有學校用這套教材開設了校本課程。在我們的中小學教育中，該如何對待國學經典，語文課在這方面該如何起作用，您的觀點是什麼？

　　趙園：我剛剛看到大陸從臺灣引進的那套《國學基本教材》。這多少可以解釋我的一點印象，也就是臺灣大學生的古代文學、文化的知識訓練較大陸為優，甚至臺灣知識界的傳統文化修養，也普遍高於大陸——我指的自然是「平均數」，不排除例外。前不久有一家報紙刊出了臺灣台中市立東峰國民中學三年級國文科單元測試題。我相信依我所知道的大陸初中三年級的語文教育水準，這種試卷是會難倒絕大多數學生甚至有些老師的。

　　但我對提倡「讀經」、對一個時期以來的「國學熱」，仍然持保留態度，尤其不認為有必要重新啟用古代的蒙學教材。你能想像我們的青少年念什麼「天下無不是的父母」、「三從四德」嗎？對於那一套強調尊卑長幼的倫序、等級的傳統文化，五四新文化運動的衝擊決不應當否定，而當時魯迅等人所達到的認識，直到現在也沒有成為共識，在我看來是可悲的。

　　但像上面說到的，我仍然主張加大語文課本中文言文的比重——由文學的角度、而不是由教化的角度選文。優秀的文學作品，有助於培養美好的情操，與「教化」的目的並不衝突。也有介入中學語文改革的朋友，建議將《論語》、《孟子》、唐詩等設為選修課。我對中學的情況瞭解有限，不知道是否可行。這類選修課，使有興趣、有餘力的學生，在中學時期系統地接觸古代文學經典、思想史的重要典籍，

其益處是不需要論證的。

「選修課」或許不至於增加學生的負擔；但不作為考試內容，老師學生是不是還會有講授、學習的積極性？長期以來，中小學教育以「考試—升學」為軸心，其它的都由能不能達成上述目標為取捨，已經嚴重地影響了青少年的身心健康。「應試教育」不解壓，「文學教育」、「文化修養的提高」，都談不上。大學體制的弊端已經引起了普遍的關注。中小學教育的問題之嚴重並不亞於大學。希望教育主管部門能認真聽取中小學教師的意見，制定出治本之策。

教語文，值得驕傲和珍重

李節：對於當前社會大眾的語言文字應用能力，您怎麼評價？我們在語言文字應用方面還存在哪些問題？

趙園：「社會大眾的語言文字應用能力」是個太大的題目。「社會大眾」不可一概而論。我只是感到，因了語文教育方面長期存在的問題，也由於出版方面的某些不適當的「規範」，我們的語彙有日益貧乏的危險。我以為有必要估量一下我們普遍的語文水準在漢字文化圈，在華文文化圈處在何種位置。在這一點上我是有危機感的，認為我們面臨著文化流失的危機，文字能力普遍下降的危機。

我們正在經歷一個漢語發生著重大變化的時期。網路語言的大量進入日常表達以至文字書寫，就是一個再顯然不過的徵兆。我看到的是，一方面，大量新的詞彙每天都在被創造出來，流佈速度之快前所未有；另一方面，一些本來有可能繼續活著的語詞、句式，卻提前死去，成為了語言化石。這後一方面，本來是有可能避免的。

李節：文化流失的問題比較複雜，這裏暫且不談。說到文字能力

普遍下降，語文課總是首先被提出來進行批評。您前面也談到，很多時候，語文教學因為著眼於應試，而忽視了更終極的目標，比如文學教育、文化修養的提高等。與此相關，還有一個跟文學文化修養，甚至是語文素養有著千絲萬縷的聯繫的問題，即教科書中文章改動的問題。大概是為了追求所謂的規範，也大概是考慮到學生的理解力有限，教科書的編者往往會對原文進行改動，改動原文的用詞，隨意刪節或重新拼接句子。有種說法調侃這種現象，稱語文教科書中的文章為「課文體」。您怎麼評論教材編輯對原作的二手處理，怎麼評價「課文體」？

趙園：直到去年，我才注意到媒體所披露的語文課本刪改原文的問題，覺得有一點「駭人聽聞」。考慮到二十世紀五六十年代的社會政治氛圍，或許不應當苛責前人；八十年代之後繼續沿用這種做法，就說不過去了。教材的編選者可以選或者不選某篇文章，卻沒有刪改的權力，無論古人的還是今人的。如果出於篇幅上的考慮，在不損害原作的前提下，「節錄」應當是允許的，但對此要注明。要不得的，是出於另外的考慮（如認為原作的某處「不潔」、政治不正確、不符合某項現實要求）的刪改。我們是否常常低估了兒童、青少年的生活經驗與智力水準？如果但求保險，就只能選社論與公文的吧。此外教材的編選者沒有考慮到，任意刪改原作有違道德，跡近造假，對青少年有不良影響。

我希望不再有所謂的「課文體」。

李節：您在我社演講時提到了兒童觀的問題，我就想問這樣一個問題：我們在給兒童編寫語文教材時，為兒童寫故事、出圖書、做動畫片時，甚至與兒童相處時，在所有這些時候，我們該如何看待兒童？

趙園：在貴社，我談到了魯迅寫在 1919 年的《我們現在怎樣做父親》、《與幼者》，說這些文字所針對的現象仍然存在。我們的文化傳統中有一些東西是壓抑性的，即如對婦女、兒童。我們的文化中缺少平等地對待幼者的傳統。我們熟悉的是長幼有序。我們缺乏鼓勵幼者的主動性、創造性的社會環境與教育環境。

在《我們現在怎樣做父親》中，魯迅重複地說，覺醒的人應當「各自解放了自己的孩子。自己背著因襲的重擔，肩住了黑暗的閘門，放他們到寬闊光明的地方去；此後幸福的度日，合理的做人」。當然，那個時代已經過去，但我們提供給孩子們的空間是否已足夠「寬闊光明」？打開盡可能寬廣明亮的空間，使一代代人身心健康地生長，是教育機構也是全社會的責任。

李節：回到開頭，您從文學研究轉向史學研究，用您自己的話說是「為了以新的領域激發活力」，您還說，「即使在轉向了明清之際之後，也仍然嘗試著改變，重新學習，也無非為了激發潛能與活力」，您的精神真的讓人欽佩，而且無論在哪個領域，您的成就都是公認的。「潛能與活力」，對於任何人都是重要的。您是否願意給中小學語文教師說一些鼓勵的話？

趙園：我不知該說些什麼，也不以為自己有資格「鼓勵」別人。我只是覺得教語文這門課而有可能影響一代代人的心性，是值得驕傲與珍重的。

其實較之語文課，我更關心的，是教育資源的合理配置，社會的公平正義在教育方面的實現，以及把兒童、把青少年由應試教育的重壓下解放出來。我們都有責任推動上述改革的實現，同時教書育人，做好自己分內的工作。

原載《語文建設》2010 年 21 期

關於明清之際的遺民與貳臣

——答《東方早報·上海書評》張明揚問

張明揚：明清之際漢族知識分子特別是江南士大夫的抵抗非常強烈，死節者眾多，同時也出現了如王夫之、顧炎武、黃宗羲、方以智、陳確、孫奇逢、傅山等一大批篤守「忠節」的遺民在。在您看來，是什麼造成了明末知識分子的這種面對忠義名節的決絕，後人常常總結為「有明三百年養士之報」。

趙園：「有明三百年養士之報」這種說法，無非由君主的方面立論，是靠不住的。事實是，有明一代對江南、東南，經濟上的盤剝很嚴重，招致了士大夫的強烈不滿。東南賦稅重，是個說了二百多年的話題。有一種說法，認為朱元璋是在以此報復元明之交東南士人的依附張士誠。我以為明清易代期間江南、東南抵抗的強烈，與士大夫的動員力、組織力有關。江南、東南是所謂的人文薈萃之區，士大夫聚集了強大的力量。到了危亡關頭，號召、組織民眾的，往往正是士大夫。即使民間的抵抗，也會有士大夫砥柱其間。而士大夫較之民眾，更有倫理實踐的自覺。他們主導的抵抗，也更有可能堅韌頑強。這也許可以解釋，為什麼江南民風素稱柔弱，在元明易代、明清易代、甚至在明代天啟年間的「反閹」運動中，江南民眾的表現，都一反人們對那里民風的成見，其英勇的姿態較之於被認為民風強悍的北方更搶眼。

張明揚：明朝遺民中有幾位對晚明苛政的批評非常到位，您在《想像與敘述》中也說到，籠統地以「忠」界定遺民可能尺度狹窄，拒絕新朝非即「忠於」故國。那麼，如果不僅僅是「忠」，還有什麼信念支撐著明遺民的「義不仕清」？

趙園：我想把這個話題拉開，先說一點題外的話。幾年前某個演出單位要搬演錢謙益、柳如是的故事，我應邀參與了劇本的討論。討論中有人提出要「顛覆」關于忠節的觀念，我表示不敢贊同。您大約已經注意到，我的研究涉及了「忠臣」、「遺民」，卻始終沒有正面處理所謂的「貳臣」。這一方面限於能力：錢謙益、吳梅村、龔鼎孳號稱「江左三大家」，是明清文學史上的重量級人物。而限於學術訓練，解詩，始終是我的弱項。我決沒有臺灣學者嚴志雄那種細讀、詮解錢詩的能力。此外，也由於處理有關的倫理問題的難度。我不贊同上面說到的「顛覆」，自然不是由「忠明」著眼的，而是由知識人的「操守」這個更一般的道德標準著眼的。我不能接受將降附與抵抗等而視之的那種評價立場。我以為那種「此亦一是非、彼亦一是非」的態度，最容易俘獲年輕人的心，我對此感到憂慮。

士大夫的抵抗不僅僅出於對明的忠，也因了對入侵者的憤恨，這既基於所謂的「春秋大義」、「夷夏之辨」——關係「義理」，士大夫一向比「庸眾」較真——也應當因了清軍屠戮的殘暴，後來則又因了強制改換髮型。因此他們或許更是在抗暴，抗拒軍事的以及文化的暴力。

事實確也像您提到的，有的遺民，比如黃宗羲，對「故明」批判態度之嚴厲，有的清人也不認可。有趣的也正是，明遺民的批評「故國舊君」，居然會使有些迂執的清人覺得不舒服。我由此也想到，我們往往由類型出發，比如所謂的「忠義」、「遺民」、「貳臣」，當時的人們，自我認知很可能並不為這種類型所限，倒是我們，過於拘泥了。

張明揚：明遺民如何看待清初的政治清明，當「康乾盛世」出現時，當發現清朝官方同樣奉儒教為正統意識形態時，明遺民如何自我消解此種歷史的尷尬，特別是回想到明末的苛政，明遺民如何自處？這有無導致「一隊夷齊下首陽」類似的情況。

趙園：您提到的這一問題，我在《易堂尋蹤》那本小冊子中，就已經接觸到，說江右的魏禧夢到自己對亡父說起清初的穀熟年豐，竟然痛哭失聲。這真的是一種太複雜的感情。我也寫到明亡後的一段時間，有些以遺民自居者，常常盼著天下大亂，相互傳播此類來源可疑的消息，為了自我安慰，寧願自欺欺人。但這種心態自然會因了時間也因了一代人的逝去而改變。那些在意民生的士大夫，尤其不難使自己「正視現實」。但我也要說，我對於「盛世」一類說法有所保留，自己通常也避免使用這種表述。手中正在作的，就有關於清初文字獄的題目，「莊氏史獄」，就發生在順、康間。由我所處理的議題、所掌握的材料看過去，真的會懷疑那種現成的說法。在敘述歷史時，經濟史與政治史、文化史、思想史的尺度，本來就不同。此外，研究歷史，不必一味襲用所研究的朝代的口吻，囿於所研究的時代的語境──何不用我們自己的方式表述？

張明揚：作為一個歷史群體，明遺民消亡於何時，我說的不只是壽命上的，更多是歷史心理上的消亡。您在書中還提到了如遺民之子忠臣之子這樣的「小一代遺民」。但可能更多的情況是，遺民的後代很快完成了新朝忠臣的身份建構。您如何看待遺民後代的「仕清」？

趙園：「遺民不世襲」，在當時，應當是一部分遺民的共識。這也是一種通達的見識，現實的態度。父輩不應當以自己的政治取向要求子孫。當時的輿論其實也並沒有那樣苛刻，人們豔稱父子遺民，比如傅山父子，方以智父子（方氏更是祖孫三代遺民），卻也不以此要求

其它遺民。「明末四公子」之一的陳貞慧是遺民，他的兒子陳維崧就
不能算得遺民；或許他的父親也不要求兒子在這一點上必肖其父。這
種情況似乎比父子遺民更常見。中國的傳統思想中，有所謂的「經」
與「權」，既強調規範，又預留了餘地，有時甚至是較大的餘地。我
猜想這也應當是我們與「大和民族」不同的地方。這種靈活性影響於
民族性，其利與弊，正面與負面，倒是大可分析的。

張明揚：緊接上一個問題，在明遺民出現的同時，持清朝正統觀
的新一代知識分子也走上歷史舞臺。這兩者的銜接與替代是如何完
成的？

趙園：我想這個題目，或許由楊念群先生回答更合適，他那本引
起了較大關注的著作《何處是江南？——清朝正統觀的確立與士林精
神世界的變異》（北京三聯版），回答的似乎就是這個問題。說「似
乎」是因為，儘管早已收到了楊先生惠贈的大作，卻至今還沒有讀，
只是注意到了相關的評論。我的精力不濟，只能在極有限的範圍、很
節儉地使用。閱讀也是，往往集中於正在做的題目，而沒有餘力「旁
騖」。

在我已有的研究中，與您的這個問題有關的，是一個個具體人物
的「入清」。比如黃宗羲的「入清」。黃的「入清」，過程曲折卻線索
清晰。那年頭有遺民死去，會聽到這樣的歎息：「又弱一個矣！」而
活著的，也逐漸地融入了「新朝」，這僅僅由他們的表述方式，就不
難察覺。比如由用南明的年號到用清朝年號，稱清代帝王「今上」，
等等，說得很自然。這種變化是在時間中逐漸發生的，甚至未必有顯
然的痕跡可尋。但士大夫進入清代的過程，也就這樣完成了。

張明揚：除了遺民之外，明朝知識分子還存在著另外一個歷史群

體──「貳臣」。遺民是如何看待「貳臣」的？撇除道德層面的考量，「貳臣」與遺民之間存在著何種歷史關係？

趙園：我剛才已經提到了「貳臣」，說明了我何以沒有將這個「類型」置於正面，作為分析的對象。但也只是沒有「置於正面」，卻是隨處觸到的，也不可能繞開。在您提到的那本《想像與敘述》中，還寫到了某種界限的模糊性，比如我套用「污點證人」的說法，杜撰出「污點忠臣」一名，寫的就是有降清或附順（即降附李自成）一類「污點」、而又終於抗清而死的那些人物──關於這部分人，有不同的議論；但較為平情的論者，都承認他們是「忠臣」。

我不但在研究中大量引用了錢謙益、吳梅村等人的言說，而且還涉及了像周亮工這樣的「貳臣」（參看拙作《開封：水，民風，人物》，刊《書城》2011 年第 12 期），卻限於議題沒有提到，當鄭成功、張煌言發動那次終於失敗的反攻的時候，周亮工正在福建參與剿殺。但我讀到的材料，並沒有見到有人因此而指斥周，倒是有人稱道他的軍事才能。由此或許也可以證明當時「言論場」的複雜。我也注意到，龔鼎孳、周亮工，都因為他們對遺民的救助，對遺民遺作的傳播（搜集整理、刊刻）而被稱道。我知道他們各有許多遺民朋友，甚至某些素稱倔強的朋友，也不掩飾對他們的感激之情。

我在自己的研究中也已經提到，如果不由「身份」著眼，而著眼於「遺民情懷」，將這種「情懷」表達得最深刻最有文化價值的，倒更是錢謙益、吳梅村這種人。這當然與他們的文學造詣有關，也因他們的確有這種「情懷」。「貳臣」而不忘「故明」的，也並不限於錢、吳。這豈不也是一種耐人尋味的現象？我在這裏又想到了類型分析的局限。當然任何分析方式都有「局限」，意識到「局限」，總是有益的。

張明揚：緊接上一個問題，清朝官方面對「貳臣」與「遺民」時在意識形態上如何處置？如何在貶抑代表前朝忠義的遺民的同時，應對建構本朝忠義觀的困境？

趙園：在我們後人看來有點用心險惡的是，清朝當局對易代之際降附的「貳臣」，事後像是「卸磨殺驢」。到了乾隆年間，對前朝——當時的說法是「勝國」——的忠義，非但不「貶抑」，而且大舉表彰。表彰被他們殺死、逼死的明代忠臣，申斥曾為大清效過力賣過命的「貳臣」，的確如你所說，出於建構本朝的意識形態的需要。官方修史而設「貳臣」一目，如果我沒有弄錯，似乎也是清朝的發明。列名《貳臣傳》的，就有易代間為清朝立下汗馬功勞的洪承疇等人。不知道如果那些「貳臣」預見到此，當初是不是也會拼死抵抗的？

張明揚：很多人習慣將明朝遺民與南宋遺民並稱，明人似乎也喜歡自擬于宋而擬清於元。就歷史情境來看，兩者有什麼異同之處，兩者的相通僅僅是因為「以夷變夏」麼？

趙園：明人好以「宋」來說「明」，比如批評明君暴虐，就強調宋代帝王的「不殺士大夫」。此外還有諸多比較，無疑認為兩個朝代有諸種可比性。多外患，多邊患，宋與明就有幾分相似。自身較弱，也有點相像，尤其軍事力量。到了明亡的危急關頭，以宋遺民為榜樣，或許也因宋代以前，可資效法的榜樣不夠多，而涉及「夷夏」，自己身處的境地又與宋人相仿。宋與元，明與清，的確便於比較，只是無論元、清，還是宋、明，都差異顯著，只是當用於象徵，在修辭的層面，那些差異被忽略不計罷了。蒙古族與滿族都是北方民族，但滿族入關之前，發展程度就比較高。這一點，由孟森先生的《明元清系通紀》（中華書局版），可以看得很清楚。那本書以編年的形式，將明清力量的消長細緻地呈現出來，讓你看到清的代明，幾乎是勢所必

至。用了今人的說法，「入主」前女真族在政治上的成熟性，是蒙古人不能相比的。而有清一代制度的完善，也遠非蒙元可及。至於蒙元與滿清（「滿清」一名曾經有敏感性）的進一步的比較，就不是我所能勝任的了。

張明揚：除了與南宋遺民比較之外，您在《想像與敘述》一書中，還專門將明朝遺民與元朝遺民相比，這可能讓一些讀者感到奇怪，與明清易代與宋元易代截然相反的是，元明易代恰恰是「以夏變夷」。如何看待元代遺民，如何看待元朝知識分子特別是漢族知識分子在易代之際對於元朝的「忠節」？

趙園：明初有那麼多元遺民，曾經讓我感到好奇，是不是也證明了我們自覺不自覺地，也在「夷/夏」的視野中？如果以「春秋大義」、「夷夏大防」詮釋明遺民，那麼的確成問題的是，該如何解釋一些士大夫甯為「元遺」而不與取代元朝的漢族政權合作。

前面說到了知識人對「義理」的「較真」，這裏也應當說，他們也很善於利用「義理」間的縫隙、扞格，以方便自己的選擇。而我們的「古代思想」，確也提供了某種迴旋的餘地，騰挪的空間，使不同的取向有可能由「義理」得到支持。比如君臣/夷夏。你並不是總能斷定二者的權重。元遺民、清遺民辯護他們的事「夷」，或許標舉的是「君臣之道」，指責者則依據「春秋大義」，滿擰。雖不便說公理、婆理，卻確實方便了知識人施展辯才——這樣說或許有幾分輕薄，其實那些論者多半還是有信念，有理據的，並不都是在狡辯、強辯。此外還有忠/孝。拒絕參與抗清的，不妨用「親老」的名義；應召仕清，也可能說那是出於「母命」。這裏並不總適於辨別真偽。「親老」、「母命」有可能確實是實情。有意思的是，忠與孝何者居上位，哪一項優先，在我所研究的那一時期，似乎並沒有一致的看法。你可

以知道，經過了幾千年，也終於不能將「忠君」絕對化，使其成為絕對的道德律令。仍然有商量的餘地，有討價還價的空間；當然也一定有選擇之難，以及申辯之難。因此泛泛地說「中國文化」，僅據《禮》的規範性表述套古代中國人的倫理實踐，難免不流於簡單化的吧。

又想到了一點題外話。清初，有一位憤世嫉俗的詩人方文，寫過一句尖刻的詩，「五倫最假是君臣」（《舟中有感》），應當是看多了易代間的表演後的感慨。其實「五倫」中哪一倫都可能有假，只不過最有可能假的，似乎的確是君臣這一倫。

張明揚：這裏又可以引申到另外一個問題，清亡之際同樣出現了如王國維、鄭孝胥、陳三立等一大批漢族「遺老遺少」，如何看待漢族知識分子在此種特殊歷史情境中的「遺」。

趙園：清末民初，不在我的研究範圍。推薦有興趣的讀者讀一讀臺灣學者林誌宏的著作《民國乃敵國也：政治文化轉型下的清遺民》（臺北聯經版）。「民國乃敵國也」，是鄭孝胥的話，用作書名，實在醒目。

我注意到，明人對於元儒（即如許衡）與蒙元當局合作，是有爭議的，對元遺民卻大多懷了敬意，也無非著眼於操守。他們並不都像錢穆那樣對這種現象義憤填膺，說這些人何以不知春秋大義——當然錢穆的義憤也有他的背景，多少也是拿古人說事兒。民初就不然了。民初的知識人看清遺民，眼神大多是不敬的。直到我成長的年代，說某人是「遺老遺少」，仍然是鄙夷不屑的態度，或許就與清遺民有關。連帶的，對王國維，以至後來的對陳寅恪、吳宓，都有了理解、評價的困難，甚至聚訟紛紜、莫衷一是，比如對王國維的自沉。

我相信毛澤東批評韓愈的「伯夷頌」，影響了與「遺民」有關的認知，以至歷史上的「遺民現象」，即使沒有成其為禁忌性的話題，

也難以得到深入的討論。我曾經對這樣一種重要的文化現象何以不能吸引更多的海外學者感到困惑，想到的解釋是，或許它更是古代中國特有的現象，歐美文化中沒有足以對應的類型——這只是我的無知妄說，情況很可能不是這樣。而國內的研究界，恐怕還要由意識形態方面解釋。當然，近些年的情況已經不同。我訪台期間發現，甚至有些不那麼知名的明遺民，也成為了研究生學位論文的論題。也因此可以知道，也要在較為開放的環境中，遺民——包括清遺民，甚至包括有「遺民傾向」的今人，才可能被以「正常的」態度對待，獲得有深度的討論。

原載 2012 年 7 月 8 日《東方早報・上海書評》

附記：上述訪談在《東方早報・上海書評》刊出後，有錢伯城先生的回應《關於韓愈伯夷頌引起的爭議》，刊《上海書評》2012 年 8 月 19 日《讀者會所》版。

保持對學術工作的熱情
——答《文藝報》約陳定家問

　　陳定家：趙老師，您好！很高興有機會採訪您。當我接受採訪任務時，心裡突然蹦出了「標杆」兩個字。聽說北大中文系的老師把您作為優秀研究生的標杆，見到出類拔萃的女生，就誇她或將成為「另一個趙園」！我本人也多次見證過以您為標杆的情景。十幾年前，我向所裡一位先生請教問題，那位先生總是有意無意地以「趙園說」做評判標準。此後，我在好幾位同事那裏遇到過類似的情形。您看，這些令人敬佩的求學者和治學者，都以您為標杆，這算得上一種學者的成功吧？可是有人說您走上學術之路純屬偶然，治學之路也並非一帆風順。您能否先說說這方面的情況？

　　趙園：您過獎了。「標杆」不敢當。我也聽到過您提到的那種說法，對那一種比方不可當真。我並不希望別人像我。事實上，我欣賞的年輕學人，包括女性，比如張麗華、袁一丹，各擅勝場，並不像我，倒是讓我覺得後生可畏。

　　我的「走上學術之路」，無非利用了 1978 年研究生招考提供的機遇。當時我在鄭州的一所中學教書，報考的動機，只是為了逃離那個單位。我研究生的同班同學，大多是中學教師，我猜想情況和我類似，未見得當時就有怎樣的志向。偶然性還在於，北大中文系在統計各考場分數時，我所在的考場漏計了一項分數。倘若這點疏失未被發現，我應當早已作為中學教師退休，在「頤養天年」。我不能因此說自己有怎樣的幸運。其實事後看來，得失很難計量。

　　走上「治學之路」後，應當說是比較順暢的。壓力不大，沒有深厚的已有積纍的壓力，也沒有來自國外漢學的壓力。有些條件現在仍然有，即如沒有來自國外漢學的壓力。壓力不大，「餘地」卻比較大。我是「文革」後第一屆研究生，學術荒廢已久，大家都剛剛起步或恢復研究工作，而中國現代文學專業，十七年間屢遭重創，發展不充分，因此無論新手還是老將，都像是在拓荒。而這批「新人」即使基礎薄弱，卻各自在「文革」中積纍了社會生活經驗；學識匱乏，卻不缺少對人事的理解力與識別力。這後一方面是我所屬的人文社會科學工作者的一點「本錢」，儘管有限，卻很重要。我最近還在一個場合，談到毛澤東所說文科應當以社會為工廠，作為教育理念是有合理性的，雖然具體的路徑未見得適當。

　　此外我們還得益于中國現代文學學科良好的學科環境。中國現代文學學科在「後文革時期」的「思想解放運動」中崛起，以五四新文學運動作為重要資源，與那個解放運動密切呼應。對於我所屬的這一代專業工作者，確實是難得的機遇。無論基於個人經歷還是遭逢的時世，都使我們有足夠的動力去「拼」。

　　近些年來學術生態已經大變。便捷的網路下載，不但改變著學術工作的方式，而且重新塑造了研究者與研究對象的關係，以致我讀到某些炫耀博學的宏文，會條件反射地想，那些材料是怎麼來的？網路時代的「博學」或正成為「虛胖」，那種文字少的是生命感，一個生動個人的生氣的灌注。這種無生命的學術作品正到處氾濫，如古人說的那樣，禍棗災梨，令人慨歎。

　　陳定家：《艱難的選擇》是您的第一本學術論著，您在這本書中試圖通過分析現代小說中的知識分子形象，描繪出現代知識者的心理圖景。有人將這本書說成是您治學生涯的里程碑，但您本人對這本書

所應用的敘述方式好像並不滿意，它是否有點受制於線性敘述邏輯的束縛，以致論述過程中的「豐富性」未能得到充分呈現？這本書對您此後的研究有什麼樣的意義和影響？

趙園：「知識分子考察」是讀研中就已經選擇的研究方向，與我們這代人的經歷有關——那一代現代文學研究者，幾乎不約而同地選擇了相近的方向，以便經由學術，思考「二十世紀知識分子的道路與命運」。我曾引用過魯迅「連自己也燒在裡面」的話，很能描述我們當時的狀態。這種學術工作，也是在探尋自己的精神血緣。知識分子與革命，或革命中的知識分子，是二十世紀的一大主題，對我的吸引力至今仍在。學術文體不能容納的更個人化的內容，我寫在散文隨筆中，即如那一組《鄉土》（收入《獨語》一集）。

對我的第一部學術作品的不滿，不止在敘述方式，還在框架、具體論述以至表述。那些缺陷，多少也由於資源的匱乏。我著手寫作那本書的時候，還沒有大量的理論輸入；我所憑藉的，是原有的一點積累。但那種「連自己也燒在裡面」的激情，是那一時期特有的。那種寫作狀態與研究態度，是只能一次的經歷，不可重複，值得懷念。

最初的選擇貫穿了我的學術工作的始終，由中國現代史上的知識分子到其前身（以古代中國的「士」為近代知識分子的「前身」，要作種種限定，這裏姑妄言之）。我常常對年輕學人說，最初的選擇有可能持久地影響你學術研究的取向與格局，也就以我和我的朋友們為例。最初的選擇確實有某種決定性。而我的學術工作始終在最初選擇的方向上，無論「二十世紀」還是「明清之際」。

陳定家：您的《北京：城與人》與《地之子——鄉村小說與農民文化》是繼《艱難的選擇》之後完成的兩部重要著作。學界對這兩本書都給予了很高的評價。依我個人的淺見，後者似乎比前者更為厚

重、更為深刻。但從媒介反應和讀者接受的情況看,前者受歡迎的程度似乎遠在後者之上。您能說說出現這種反差的原因何在嗎?

　　趙園:兩本書的寫作,投入大有不同。寫《北京:城與人》,緣起只是幾篇上個世紀 80 年代初的「京味小說」。在我的學術作品中,那本書寫得最輕鬆,甚至沒有做必要的文獻準備。但對於學術價值,不適用「投入/產出」的計量方式。這本書的「受歡迎」,多少由於機緣──出版時恰逢「北京文化熱」。後來「北京」、「城市」熱度不減,那本書就有了「常銷」的可能。而對於農村的關注度卻在下降。這種情況僅從新聞報導就可以感到。農時、農事、災情等等,曾經是我所屬的一代人日常關心的方面。我至今還保有對氣候影響於農事的敏感,與「改革開放」以來成長起來的世代不同。

　　寫《城與人》有偶然性,寫《地之子》,則像是還願。我儘管不是農家子弟,由於上個世紀五六十年代的經歷,對鄉村似乎有「天然的」親近感。70 年代初大學畢業後,曾在河南農村插隊兩年,那段經歷也令我難忘。回頭讀兩本書,長處都在作家作品的分析,而「大判斷」往往經不起推敲,也證明了我的強項在此而不在彼。

　　《城與人》之後,我至今仍然有對「城市」的興趣,旅行中往往持「考察」態度,對近幾十年的「城市改造」隨時懷了憂慮。而鄉村則是另一個關注的方面,尤其對於「空心化」帶來的鄉村文化生態的不可逆的變化,對於農村老人的養老困局。

　　陳定家:在大多數人心目中,您是中國現代文學研究領域堪執牛耳的實力派學者。《艱難的選擇》等著作為您開闢了堅實寬廣的學術道路,按常理說,接下來應該是您推出相關研究成果的高峰期,風頭正健,人生也步入了黃金歲月,但這個時候,您卻出人意外地放棄了現代文學研究這塊優勢陣地,移師當時「沒有本錢」的「明清之際士

大夫研究」，這無疑是一次學術冒險。這麼多年過去了，可否說說，您對這次學術轉型的心態與看法是否有所變化？

　　趙園：我的轉鷂明清之際，轉向史學與文學之間，是在提倡「跨學科」、「越界」之前，完全是一種個人選擇，既不像有些人猜測的那樣，因了上個世紀八九十年代之交的國內形勢，也與學術界的「潮流」無關——當時的我，由於缺乏外語能力，很封閉，對國外學術潮流幾乎一無所知，也缺乏瞭解的管道。至於被認為「暗合」了某種取向甚至理論，則更像是巧合。我的動機，無非是在已有的研究陷入停滯後，尋求挑戰，試探自己的可能性，希望再次激發學術熱情。那確如你所說，是一次「學術冒險」。我是像溝口雄三先生所說的那樣，「空著雙手」進入明清之際的那段歷史的。這麼說也不十分準確，因為我的手中有中國現當代文學研究的積累。這對我很重要。這一點，要在這以後的學術工作中，才被我越來越清晰地意識到。

　　這次轉折對於我至關重要。我至今仍然認為自己當年的選擇很明智——這不止是由「成就」的角度，更是由自我豐富、提升的方面衡量。進入新領域後，我有了機會接觸學術經典，接觸學術大師的作品，經歷了重新學習做學術的過程；也有了機會在更大的範圍內作學術交流。尤為難忘的，是與臺灣同行的交流。這種機會，是我從事中國現代文學研究所不能得到的。

　　陳定家：有人說您是歷史學家中文學敘事派，是文學研究隊伍裡歷史學家。您能否結合自己的研究，談談您理解的史學與文學的關係？

　　趙園：學科壁壘是人為設置的，一個大活人何苦要畫地為牢？記得一些年前，在一個場合回答提問，我說非驢非馬，是個騾子有什麼不好？這句話似乎也是別人說過的，我不過拿來自我辯解或解嘲罷

了。時下鼓勵「越界」，我的選擇的正當性已無需解釋，卻仍然有必要鼓勵年輕學人作這類嘗試。

古代中國的學術，文史本不太分。亦文亦史，前輩學者就承接了這種傳統。陳寅恪的《柳如是別傳》，是文學還是史學？倘若用了現在通行的尺度，能不能通過學術刊物的審稿程序？可不可以用來評職稱？

我自己不大考慮專業歸屬，想的是如何調動自己全部儲備（包括能力），力求使「題無剩義」，而非符合某個學科既經形成的評價尺度。「歷史學家中文學敘事派」或「文學研究隊伍裡歷史學家」不是刻意追求的結果，而是與專業背景有關。事實上在做「明清之際」的二十多年間，我主要是在向優秀的史學著作學習，獲益極多。但文學研究的專業背景對我的意義絕不是負面的。對這一點，越到後來體會越深，也越有自信。

陳定家：我注意到，您寫過一些學術自述，也接受過各種訪談，您在那裏談到了自己從事學術工作的甘苦。但我仍然希望知道，您如何看自己的學術工作的得失，包括中國現代文學研究的，與關於明清之際士大夫研究的。

趙園：回頭看，我關於中國現當代文學的考察中，較為經得住時間的，是作家作品研究。這一點，剛才已經提到了。即如論蕭紅的，論駱賓基的，論淩叔華的幾篇。所以經得住時間，是因為寫作家論必須面對作品，而有可能不過分依賴流行的理論框架。那一時期也確實有活躍的審美感受力——我發現這是最容易失去的一種能力，與年齡與經歷都相關。一旦失去，就難以再次獲得。讀自己的舊作，我常常會暗自驚訝，同時慶幸：幸而寫在了當時；過了那個時候，就難以寫出，硬寫，也決不會精彩。

　　關於「明清之際士大夫」的幾部著作中，第一部少一點遺憾。
《艱難的選擇》與《明清之際士大夫研究》，分別是兩段學術經歷中
的初作。那當然是很不同的兩本書，但在「投入」、「切身」、「痛癢相
關」上相近。寫《明清之際士大夫研究》較之寫《艱難的選擇》，更
有初次踏入陌生領域、與對象不期而遇的興奮，偶而會「文思泉
湧」，因知之不多，反而較少顧忌，有可能寫得酣暢淋漓，使內心深
處的激情得以釋放。那種狀態是不大可能長久維持的。儘管《續編》
諸篇更規範，論述更周延，卻少了那一種元氣，雖則「氣盛」了難免
於泥沙俱下。這既與狀態又與年齡有關——狀態往往也繫於年齡。

　　但我以為《續編》另有價值。以「戾氣」為題的確賴有直覺，寫
《君主》、《井田、封建》更出於設計，基於已經形成的對這類題目的
重要性的認知。至於最終結果如何，與是「直覺」還是「設計」無
關。「正編」或許更可讀，但我對《續編》不無自信，相信其中的論
題對相關研究有貢獻。學術作品不妨力求可讀，但可讀性畢竟不是評
價學術的標準。有人以表述「西化」、不「深入淺出」貶抑一個年輕
學人的作品，我覺得很奇怪。我們的使用的概念系統本來就賴有輸
入，不過「西化」的程度不同、來源不同罷了。而缺乏難度，缺乏深
度，缺乏重量感的東西已經夠多，何不挑戰一下自己的理解力，試著
讀一點確有分量的論著？

　　我的文字的好讀難讀，與論題更與寫作狀態有關。寫《易堂尋
蹤》也像寫《北京：城與人》，有偶然性，屬於計劃外專案，也因此
寫得輕鬆。用散文的方式組織學術，也讓我更有可能體驗寫作中的快
感。那本小書所寫的一組人物，在他們的時代並非都聲名顯赫，卻多
少令人想到了魯迅的論劉半農，清淺得可喜。這本小書的寫作中時有
感動，有沉醉。那在我，是一段美好的寫作經歷。嘗試著變換寫作方
式，以不同的方式處理不同的材料，即使在同一部書中也力求如此。

在我看來，這也是自我訓練的一部分。

材料運用中的「精審」，是一種難於抵達的境界，但寫到《想像與敘述》，取材已能節制，剪裁也較為工致，文字則少了那種格格不吐的艱澀，以至有評論者認為這一本的文字在其它幾種之上。但由學術作為一種經歷來看，得失仍然難言。寫到這時候，已趨於冷靜，甚至波瀾不興，沒有了最初進入「明清之際」時的興奮。僅僅由此我也意識到，是與這一種研究告別的時候了。

在高校演講的時候，曾有研究生問我，為什麼沒有做人物研究，那個時期本不缺少值得寫的人物。我說，那個時期的人物，即使我徵引較多的人物，我的學識也不足以應對。此外，花幾年時間寫一個人物，需要那人物對我有強大的吸引。我還沒有感受到這種吸引。進入「明清之際」，只寫過兩篇人物論，關於唐順之、傅山。寫《我讀傅山》也如當年的寫蕭紅，首先由於對象的文字的吸引。這無關於文字的好壞，甚至自己喜歡不喜歡，而是對那一種文字「有感覺」。至於何以「有感覺」，也說不清楚，或許屬於所謂的「默會知識」的範圍？這真的是一種不容易描述的經驗。這種經驗在我，並不常有，只能說是際遇，你與對象間的遇合，有某種神秘性。更多的時候，自己寫得艱苦也讓人讀得辛苦。寫作中的快感在我，是奢侈品，只能偶而獲得。借用了郭沫若的說法，大部分文章是「做出來」而非「寫出來」的。說這些，只是由個人的寫作狀態著眼，至於學術價值，適用別的衡量尺度。

我曾寫過題為「學術—人生」的隨筆，題目太大，只觸及了點皮毛。其實上面提到的每一本都有故事，甚至聯繫於「個人事件」，是自己「人生」的一部分。但我並沒有寫較為完整的自傳的計劃，也不會寫學術自傳，怕被現成的敘述方式誘導，將自己的學術經歷簡化，故事化。曾有臺灣學者問我何以想到寫「戾氣」，對這種問題，我至

今也仍不能有把握地回答。當時的那種直覺的背後，應當有長久以來經驗的積纍的吧，那些經驗確實一言難盡。您看，對學術作為過程的「還原」、「重現」，談何容易！

　　陳定家：對您的學術研究，已經有了不少的評論文字。我想知道您對於那些評論作何評論？

　　趙園：我曾經說過，無人喝彩，從不影響我的興致。事實上，我還是聽到了對我的學術工作的反響，不止喝彩聲，也包括切中肯綮的批評，我對此心存感激。我感激關於我的現代文學研究的批評，即如王曉明、王培元、孫郁的評論文字；感激關於我的「明清之際士大夫研究」的批評，黃子平的，止菴的，劉錚的，江弱水的，等等。尤其觸動了我的，是其中的幾位對我學術作品中的「硬傷」的發現，止菴關於《明清之際士大夫研究》的，劉錚關於《想像與敘述》的。止菴曾私下裡指出我書中的硬傷，令我汗顏，儘管他說得很客氣，小心翼翼，惟恐傷害了我的自尊。我至今與劉錚不曾謀面，但他指出的我使用材料的訛誤，實在讓我慚愧。那種錯本不該發生的。我當時想，這位批評者為了這篇評論文字，做了多少功課，包括版本方面的！竟然有人如此仔細地讀我的書，愧汗之餘，我仍然覺得快慰。

　　責任編輯是學術作品的第一位讀者。《易堂尋蹤》的責編張國功先生，《閱讀人世》的責編王欲祥先生，都在編輯過程中發現過硬傷，使那些錯在出書前得到了校正。由於知識準備的嚴重不足，出錯幾乎無可避免，儘管我已經如臨如履。這些較我年輕的學人——學術作品的編輯也是學人——施教於我，不能不令我感激。

　　我的去年病逝的表兄，是我的親屬中最認真的讀者，曾為《明清之際士大夫研究》列出「勘誤表」（他用的說法是「修訂表」），工工整整的兩頁。其中所勘之誤，就有止菴先生指出過的。而我的表兄

並非所謂的「學者」，不過是一個「讀書人」。「讀書人」豈是誰都能
當得！

　　陳定家：您剛才談到自己「得益於中國現代文學學科良好的學科
環境」，能否就這個話題再談一談？

　　趙園：我得之於工作單位的，不如得之於「專業界」的多。這些
年來人們將 80 年代過分地詩意化了。這種詩意化有其現實的指向，
大家對此都心知肚明。但也應當說，即使 80 年代沒有那樣美好，那
一時期的中國現代文學學科，在回望中也仍然有美好之處。王瑤先
生，樊駿先生，嚴家炎先生等前輩學者的風範，他們扶植、獎掖後進
的胸懷與氣度，他們所創造的和諧的內部環境，不同世代學人間的互
動互補，同代學人間的合作與此呼彼應──尤其京滬之間──實在令
人懷念。那真的是一個生氣勃勃的學術時代。

　　還記得王先生擔任學會會長期間組織的兩次「創新座談會」。儘
管第二次就有點氣象衰颯，仍然貫徹了鼓勵年輕學人的宗旨。我以為
他們將作為學科研究對象的五四新文化運動的某種精神帶進了學科，
使學科充溢著青春氣息和進取精神。這個學科在「文革」後的「思想
解放」運動中，一度處於前沿，在後來的市場化過程中邊緣化了。這
固然由於時勢的變化，也與學術界、專業界的生態有關。那一種境界
已經不可追尋，成為了一段遙遠的記憶。我們跟年輕的學人談那段學
科史，像是在「說古」，白頭宮女說天寶遺事，這是不是有點可悲？

　　我的學術活動在那個生氣勃勃的時期起步，得到了開放的學術環
境的鼓勵。一再聽人們談到，中國現代文學學科的學人「越界」的努
力與取得的成績，這也應當是這個學科的活力的一種證明。即使在走
進「明清之際」後，我也仍然與中國現代文學學科保持著聯繫，不但
有與年輕學人的交流，而且我的選題，關注點，至少有一些，是在從
事中國現代文學研究中形成的。

　　陳定家：您曾經以《任道與任事》為題對「明清之際士人的參政意識」進行過獨到的分析與闡發，您認為積極的政治參與，是有明一代士風的重要「面向」。我想問問，這種熱衷於「任道與任事」的風氣成因何在？影響如何？對於今天的知識分子來說有什麼借鑒意義？

　　趙園：明代的士大夫決不像明亡之際的反省中所說的，「風痹不關痛癢」，只能「袖手談心性」，他們中的傑出者絕不缺乏行動能力。梁啟超就過，「他們裡頭很有些人，用極勇銳的努力，想做大規模的創造」（《中國近三百年學術史》）。這種風氣應當與學派比如王學的興起、與明中葉以降的士風有關，也依賴于王朝政治所留出的空際，提供的空間。明代士大夫活躍的民間政治（王汎森的說法是「下層經世」），就賴有上述條件。我感動於這種虎虎生氣、昂揚意氣與積極踐履的精神，雖則我自己仍然更是「書齋動物」。

　　我關於明清之際士大夫的考察，政治是一個極其重要的維度，與一個時期裡「去政治」的取向相左。我的確關注那一時期的士大夫與政治，與王朝政治，與民間政治，關注他們在有關的實踐中的擔當，這種擔當的極端的嚴肅性，考察中時有感動。我從來沒有那種以政治為「汙」的潔癖，即使在剛剛經歷了「文革」的那時候。我關心的更是政治中的人性，當然也包括人性的扭曲、變形，卻不贊同由此而引出的極端的結論。

　　我在最近的一次演講中，談到社會組織即 NGO，認為社會組織、民間機構的興起，是中國的希望所在，無論較為高端的書院、讀書會，還是從事社區服務的志願者組織。我不以為知識人都應當「任事」，對能「任」善「任」者卻一向懷了敬意。人文知識分子僅僅有「人間情懷」是不夠的。既能「坐而言」，又能「起而行」，或許更近於完整意義上的「知識分子」。

　　陳定家：您曾說學者對研究對象的選擇應注意這樣一些問題：一是是否能夠激發研究者熱情；二是是否具有挑戰性；三是對研究者知識積累是否有所助益。您能否結合自己的相關研究更具體談談這方面的看法？

　　趙園：「人之患在好為人師」，不幸我常常不能剋制說教的衝動，以老賣老，對身邊的年輕學人耳提面命。您總結的那些意思，的確是我常常說到的。我對他們說，希望他們的選題「能夠激發自己的研究熱情」。有熱情，就有可能使學術工作不只是個「技術活兒」，所做的活兒也少一點「匠氣」。

　　我也對他們說，希望他們的選題具有挑戰性，有一定的難度，迫使自己克服盡可能強大的阻力。我以為學術工作者有必要始終清醒地意識到自己的限度，同時挑戰極限。這並不矛盾。發現自己的可能性，釋放潛能，或者最終不過證實了自己的有限——那又有什麼不好？這正應當是以學術為「志業」者的常態。要避免輕車熟路。作學術也如搞創作，忌「熟」忌「滑」。無論變換領域，還是改變具體的研究方向、方式，都有助於避免「熟」、「滑」，打破已經形成的研究格局與路徑依賴，使自己的研究不斷開新生面。

　　我喜歡引用的，就有孔子所說的「為人」、「為己」，「古之學者為己，今之學者為人」。(《論語‧憲問》)孔子所謂的「為己」、「為人」，語義、旨趣與我們通常的理解不同。我們所受的教育，是肯定「為人」而否定「為己」的，孔子卻提倡「為己之學」。我將「為己」理解為完善、提升自己。事實上，這種「為己」，也有利於持續保持對學術工作的熱情，使你更有動力尋求挑戰。

　　我們的學術工作已經越來越功利化了，方式也越來越像流水線上的作業。這很可怕。這種功利化正在戕賊學術的生機。我還看不出這種情況有改變的希望。

陳定家：您的著作能把理性思辨、邏輯演繹和散文筆法較好地結合在一起，這種表達方式賦予思想史以詩哲交融的藝術魅力。您的這種敘述方式的形成，是源於自身的學術素養？還是得益於研究對象的激發？或者還另有其它原因？

趙園：我在拙著《想像與敘述》附錄的《論學雜談》中，比較完整地表述了關於「詞章」以至學術文體的想法，大致意思是，對於學術作品，文體絕非最重要的，卻又非無關緊要。學術作品不講究文體，已是常態。令人不能卒讀或不知所云的文章隨處可見，真是一個問題。在文學專業從業者，這種情況與審美能力普遍下降「正相關」。年輕學人關注的是「觀念」、「問題意識」，文本成了可有可無的。我對此不能不憂慮。

我自己的文字敏感，得益於早年的閱讀，與我經受的語文教育也不無關係。我的閱讀起始較早，早在小學高年級，就開始閱讀蘇俄文學，包括契訶夫、果戈理。那種閱讀對於我的影響是終身的。我感激我的父親對我的閱讀不加限制。他似乎很信任我當時的理解能力。也是在那一時期，一半由於興趣，一半因了虛榮，我很看重語文課的「作文」，在意對我的「作文」的評價，較早地養成了推敲文字的習慣。

從事學術工作之後，繼續閱讀與寫作，寫作中受到了研究對象的影響。在專業寫作中，我會不自主地向對象靠近。也因此，《北京：城與人》或多或少沾染了「京味」，在我的學術作品中比較特別。我以為文學研究者既然以文學作品為對象，即使文字訓練不足，也有機會在文學閱讀中彌補，只要你真的有這種意願。

陳定家：有人說，就像鑽石和黃金多出產於地質斷層一樣，偉大的詩人哲士也多出生在「歷史斷層」。明清之際，多災多難，大開大合，是一個典型的歷史斷層，「國家不幸詩家幸」，苦難使思想生輝。

這個時期的文學與文化，原創或許不如先秦，氣象也略遜於漢唐，但就文化的複雜性和豐富性而言，明清之際自有其獨特魅力。您是這個領域的學術行家、大家，數十年沉醉其間，傾力經營，早已碩果累累，但仍被期待推出更多新的成果，因此，我很想聽您說說，您的研究現狀如何？下一步有何打算？

趙園：我正在做的題目，以明清之際士大夫為中心，討論古代中國的宗族，家庭，人倫關係，尤其父子，夫婦。對於倫常，我在做中國現代文學研究的時候就感興趣。《艱難的選擇》那本書中，就有《五四時期小說中的婚姻愛情問題》、《現代小說中宗法封建性家庭的形象與知識分子的幾個精神側面》、《中國現代小說中的「高覺新型」》這樣的題目。進入「明清之際」，已經寫到的，有君臣，兄弟，朋友，師弟子。近些年，還一直關注著發生在我們身邊的倫理層面的變化，尤其鄉村。這也是我的學術工作貫穿性的線索之一。

與此同時，我已逐步將主要精力轉移到完全不同的另一方向，今後會寫一些更與當代史相關的題目。我最近還在一篇關於「老年」的隨筆中，提到了「衰年變法」。衰年而能變法，更難能也更值得追求。我還想試試自己的力量，看還能做點什麼不同的東西。

任何人都有限度，學術工作者尤其如此：思想能力會衰退，感覺（包括文字感覺）會鈍化，寫作衝動會減弱等等。因此我事實上是在抵抗，抵抗這一「自然進程」。這或許是無望的掙扎，但掙扎、抵抗一下，總比聽任自己衰退要好的吧。其實不止到了垂暮之年，學術工作者在其「學術生涯」中始終需要抵抗，抵抗怠惰，抵抗淺嘗輒止，抵抗學術疲勞，抵抗世俗所以為的「成功」的誘惑。學術工作的艱苦與寂寞，使你不能不抵抗。而你的力量不也正在這抵抗中？

2013 年 11 月

原載《文藝報》2013 年 11 月 15 日

轉嚮明清之際士大夫研究屬偶然，但也像命運

——答《南方都市報》李昶偉問

南都：錢理群先生有一次回憶 1978 年北大現代文學專業碩士招生考試時的情景，說當時這一專業計劃招六名學生，但報考有近八百人，您是這近八百人中脫穎而出的六人之一，您曾經說進入現代文學專業有命運的偶然性，能不能談談這一轉折前後您的境遇？

趙園：應當解釋一下，有近八百人報考王瑤先生的研究生，應當與王先生那年不要求外語成績有關——你看，「文革」後首次研究生考試，導師（或許只是北大的老師）竟然有這樣的自由度！在王先生，也是僅此一次。他不要求外語成績，自然是「從實際出發」，世事洞明，是王先生的一大長處。他考慮到了這幾屆學生「文革」中的荒廢。如實地說，如若王先生要求外語成績，不但我和錢理群，我們的其它同學也多半到不了他的門下。

當時的我是鄭州的一名中學語文教員。那所中學「文革」中派仗激烈，人事遭到了較大破壞。選擇考研究生，像我一再說到的，更是一次逃離。所以能考取，我想是因為同考的七百多人準備都不充分，王先生只能不得已求其次的吧。

前一時搜集「文革」中與讀書有關的材料，發現了一些可稱「豪華」的書單。而我，除了《魯迅全集》前六卷和一些蘇俄小說外，沒有更多的可供分享的經驗。我所在的地方沒有京滬的那種「沙龍」，

我自己也不曾想到系統地讀書。我說當時的自己處在「無目標狀態」，過了一段「閒散的日子」。在整個社會都日益功利化之後，我其實很懷念那種狀態，很願意回到那種日子。

南都：明年是王瑤先生百年誕辰，我記得趙儷生先生在他的回憶錄裡有憶及王瑤和馮契兩位先生的文章，也曾談及王瑤先生和朱自清、聞一多的師生關係。趙儷生先生有個觀點是，弟子與導師，脫不開繼承和異化兩個方面。您覺得，就弟子與導師的繼承與異化關係而言，您從王瑤先生那裏繼承或異化兩者何者為主？

趙園：這個問題不容易回答。我和我的一班同學進校後，王先生的指導並不具體，同學間有交流，但大家都更是在自學。這固然因了王先生年事已高，也因我們是一批大齡學生。影響肯定是有的，這影響應當如通常所說的那樣，是潛移默化的吧，也就不大能訴諸清晰的描述。我和王先生較自然地來往，隨意地交談，已經是畢業離開北大之後。那時的交往方式主要是閒聊。王先生談興很濃，無所不談，只是很少談學術，尤其具體的學術問題。

我自己寫過《劉門師弟子》這題目，最感困難的，是梳理劉宗周的弟子對其師的師承。這當然與我始終不能進入理學有關。我也說不清自己具體的「師承」。「師門」對於我，是王先生和一班師兄弟，是這些人之間的關係。師兄弟也不像所謂的「學術共同體」，更是一個朋友圈子，而且不具有排他性。是不是同門，對於我從來不重要。此外，我至今也不大習慣於和別人討論學術。學術工作在我，更是自己關起門來讀書，思考，寫作。

非「繼承」即「異化」，是不是將關係過於簡化了？

南都：您曾說優秀的學術作品是最好的老師，哪些學術作品曾經是您的老師？

趙園：這個問題其實與上一個問題有關。我的確是將別人的、前人的學術作品作為老師的。應當承認，得之於這些「老師」的，比得之於研究生指導教師的要多。我從中受益的學術作品太多，是不是就不要列書單了？學習做中國現代文學研究，我更是由外國文學研究那裏獲益的。我至今仍然更喜歡讀外國文學研究的文字，因為那些研究另有理論背景，表述也少一點八股氣。我也向自己的研究對象學習，比如茅盾的、劉西渭的作家論，當然更有魯迅的作家論，尤其它的論安特列夫、阿爾志跋綏夫。這些名字，時下的青年或許聞所未聞，那就找來魯迅的《譯文序跋集》翻一翻。魯迅的這些文字也像他的雜文，有強烈的衝擊力。我能感到震撼的，就是這種文字。

進入明清之際，更有了接觸大師、學術經典的機會，陳垣，陳寅恪，孟森等等。但仍然應當說，我由臺灣同行那裏受到的啟發，並不少於上述大師，尤其在與他們處理同一時段的問題的時候。比如王汎森。他的那些與明末清初有關的論文，我都仔細地讀過，會琢磨他何以這樣選題，如何使用材料，等等。

我從中受益的，還有國外漢學。只不過服膺之餘，往往又不無保留，並不一味地佩服。這話題說起來太複雜，就不便展開了。

南都：在您的學術訓練中，您認為哪些方面是更為重要的？

趙園：我曾經由桐城派那裏借來「義理、考據、詞章」，說我認為必需的三項基本訓練，我將這三項修改為「思想、材料、文體」。我以為這種排列順序正包含了優先次序。我把我的有關的想法，在《想像與敘述》附錄的《治學雜談》中，已經說得很明白。

現在我想說的是，順序應當是因人而異的。作為學人，有必要對

治自己的缺陷，而且始終處在這種狀態。「學術訓練」應當是終生的。「揚長避短」，或許給了你藉口，使你滿足於你的那點長處，也就難以長進。我在別處已經一再提到，取材「精審」，是很難達到的境界。「新問題」、「新材料」互為因果。新材料的發現固然有待於新問題的燭照，新材料也會觸發新的思考。

此外文體也需要艱苦地訓練。記得臺灣學者錢永祥曾提到有人建議設立最差寫作獎（是否這個名目，記不太清了），他挖苦說可以入選的學術、理論文字太多，倘若評選的話，必有遺珠之憾。對於文學研究者，你本人的文字能力，與審美能力正相關。你有可能兩方面都差，因此事實上不適於研究文學。

南都：收入《論小說十家》中的關於張愛玲和蕭紅的文章，可以說是對這兩位作家最早的研究之一，您是如何「發現」她們的？能不能談談《論蕭紅小說及中國現代小說的散文特徵》一文的寫作過程？

趙園：我已不記得是怎樣讀起了張愛玲的《傳奇》、《流言》的，當時想必大有觸動，為了那令人羨慕的才情。或許事先受到了夏志清那部小說史的引導。能夠肯定的是，無論張愛玲還是蕭紅，最先吸引了我的，都是文字。不像時下有些青年學人，「問題意識」在前。我恰好相反，或許做完了一項研究，並沒有明確的「問題意識」，「問題意識」更像是別人給歸結的。當然，也並非真的沒有「問題意識」，只是不那麼自覺那麼刻意罷了。

在被文字吸引了之後，我會努力地說明，那文字何以吸引了我。這很難，但這過程，也是進入、深入作品的過程。《論蕭紅小說及中國現代小說的散文特徵》和《我讀傅山》，被我的學生認為是我的人物論中文字最好的兩篇。復原兩篇的寫作過程，在我都像是不可能的。我只記得當時品味文字時的專注。蕭紅那種稚拙的文字，是經不

住過度分析的，它何以打動你，更難訴諸說明。我現在也會吃驚，當時竟有那樣的耐心，將那篇分析文章寫得那樣長。錯過了那個所謂的「時間點」，一定再不可能寫出這樣的東西的吧。

南都：您曾說，從現代文學研究轉嚮明清之際士大夫研究，始終貫穿的是對人的興趣，這一興趣是對自身關注點自覺的選擇嗎？從現代文學中郁達夫、路翎、老舍到明清之際的王夫之、黃宗羲，這些對象什麼樣的特質吸引您的探索熱情？

趙園：對人的興趣，似乎應當是人文學者的共同點。可惜的是，或許因了太過功利，年輕學人首先考慮的是如何組織「論文」，問題、觀點被放在了優先的位置。

對象對於我的吸引可以是不同方面的，不一定是性情，也可能是文字（比如我們剛剛談到的蕭紅、傅山），是他們所提供的現象描述（比如老舍、當代京味作者），當然，更強大的吸引，來自他們的言論所包含的思想深度（尤其魯迅、王夫之）。曾經因性情而吸引了我的，似乎只有魯迅和郁達夫。但對於我涉及的人物，無論現當代作家，還是明清之際的人物，我都會力圖「想見其人」；他們對於我，不只是一堆思想史材料。

我前後寫過不止一篇以「讀人」為題的文字。活在這世上，一大樂趣，即「讀人」。無論文學研究還是歷史研究，都方便了讀人。僅此一點理由，也就不難使我將學術做下去。

南都：你曾經說，對問題的敏感是由訓練形成的，但更為可貴的品質，是窮究不捨、向對象持續深入的堅韌。在您的研究中，也能體會到那種持續深入的勘探能力，你有沒有覺得自己再難深入的時候？突破的方法是什麼？

趙園：我當然遇到過再難深入的那種情況。通常我的應對是，不放棄；或許會去讀讀相關或不相干的東西，試著活躍自己的思路以便突圍。我不會藉口「寫不出的時候不硬寫」放任自己。

我的經驗是，突破的契機不是等在那裏，往往是你創造了它。避免過分明確的預設，盡可能保持研究中的開放狀態，隨時接納與已有材料不同的材料，與已經形成的認知扞格的思路，就有可能獲得深入的機會。

南都：明清之際研究歷時二十餘年，單純從時間上而言似乎比從事現代文學的時間還要長，此間一值得以持續不竭的動力是什麼？

趙園：在《明清之際士大夫研究》一書《續編》的《後記》裡，我描述過自己的研究狀態，說，「我往往是被一個個具體的認知目標所吸引，被由一個目標衍生出的另一個目標所推動，被蟬聯而至的具體『任務』所牽繫；在工作中我的快感的獲得，通常也由於向這些具體目標的趨近，是似乎終於抽繹出了現象間的聯結，是發現了言論間的相關性；錯綜交織的『關係』如網一般在不意間張開，這背後無窮深遠的『歷史』，似漸漸向紙面逼來……」

明清之際是史學上的重要時段，可供開掘的面向很多，我只不過在淺水中趟過，略有沾濕。我的打算抽身，也更限於能力與興趣——此外還有其它想做的事，而留給我的時間已經不多。

南都：在今年寫作《關於「老年」的筆記》中，您會擷取顧頡剛、吳宓日記中的老年體驗，社會新聞中的老年處境，以及明清士人歸有光、王夫之等的老年表達，您說：「老年」在您，是一個可以繼續做下去的題目。令人想到，您曾經在明清之際士大夫研究中涉及關於「死」，以及「戾氣」的題目，您為什麼會選擇這樣帶有生命體驗

但一般人似乎不知該如何談起的題目？

　　趙園：人生沒有什麼嚴酷的經驗是不能面對的。我的態度或許得益於魯迅的影響，比如「直面慘澹的人生」、「前面是墳」之類。至於一再說老，是因為我自己老了。我隨時覺察著自己由皮膚到文字一點點地風乾。由最初的驚心動魄，到習為常態，也是一個過程。你學會了面對人生的嚴峻，調整心態，平靜、平和地面對生理、心理狀態的諸種變動。我說過，從事學術工作的便利之一，是有可能細細地體驗發生在自己這裏的變化。其實在你提到的那兩篇隨筆之前，我已經一再寫到對於老衰的體驗，以致讓王曉明感到不解；也一再寫到我所見老人，希望吸引別人去看這一片最慘澹的風景。顧頡剛、吳宓、歸有光、王夫之等人的說法，不是從網上搜來的，是讀書中遇到的。帶一些題目、問題讀書，就可能有不期之遇。

　　至於「戾氣」，有一點不同，並沒有「問題」在前，只是遭遇了王夫之、錢謙益那些人的言論，將我的感受、經驗點醒了。我強調材料刺激思考，也有自己的經驗根據。接下來，是在這一方向上的繼續擴展，梳理有關的線索，思路漸次形成。那些不同材料間的關聯，當然是我發現的。

　　文學閱讀會使你體味他人的苦痛，這或許也是一種代價。在我，無論讀古人還是讀近人、今人，都不免要設身處地。過於投入有可能影響了判斷，但我仍然不能欣賞那種經由理論化、觀念化而將歷史合理化的態度，會隨時想到歷史中的人，他們的啼笑歌哭，他們的歡樂和傷痛。

　　南都：您在不止一處提過對學術作品中「元氣淋漓」狀態的肯定，您是否覺得生命力的缺乏是今天知識生產現狀中的迫切問題？

　　趙園：今天知識生產中的迫切問題太多，生命力的缺乏只是其中

之一。我欣賞文學、學術作品中的元氣，卻不願拿這個對年輕學人說法。陳義過高，只能讓他們無所適從。他們面對的問題比我們當年嚴峻，首先是求職；千難萬難謀到了與學術有關的職業，即刻要應付的，是「量化評估」一類壓力。而我們幸運的是，讀研期間還沒有實行「學分制」；從事學術工作直至退休，不曾受到「量化評估」的威脅。我們都很努力，有一種把耽誤了的時間補回來的緊迫感。即使這樣，有沒有上面的那種壓力，也是不同的。這就像我儘管仍然在繼續已有的研究項目，頸項上沒有了某種軛，狀態會不太一樣。

現在的事實是，教育、科研體制一致鼓勵功利化，鼓勵那種「制式」的寫作。輸入關鍵字──網搜，下載──組織、拼貼，對於這一套，不少年輕人讀研期間就已經操練得很嫻熟。經了這種訓練，恐怕此生不會也無意於保存什麼「元氣」，更談何「淋漓」！有一段時間，作家們喜歡將寫作說成「碼字兒」，多半是自謙。如果他們幹的活兒真的只是「碼字兒」，那還是去幹點別的好。

我得說明，我並不簡單地反對學分制、某種「評估」甚至「工程」，因為我發現，沒有外部的壓力，又不肯給自己壓力，使我的有些年輕同行失重。我所在的研究機構，確有一些年輕人在這樣地將自己「混」老：是不是對不住納稅人供給的衣食？你看，我常常這樣地與自己辯難，在不同的方向間遊移不定。

南都：如何找到灌注自己生命體驗的學術對象，您對年輕的研究者有什麼建議嗎？

趙園：這似乎屬於那種不大可能傳授的「經驗」。你得先有「生命體驗」，有一些刻骨銘心的感受，然後才有機會與那個對象相遇，將自己的生命體驗「灌注」。大家都在生活，人文知識分子還需要思考生活。這無疑會增添生存的負擔，是必要的付出。我不想過於強調

經歷對於學人的意義，似乎非要經受了大苦大難，才能做出有深度的學術。我在王夫之那裏，讀到的是艱難「疢疾」之於人的斫喪，而不是貧賤憂戚「玉汝于成」。

我不熟悉新科諾貝爾文學獎得主門羅（一譯芒羅）。由報導看，她生活在加拿大的小鎮，身份之一是家庭主婦，想必沒有當代中國知識分子的那種非常經歷。這不妨礙她對人類普遍經驗的深刻體認。對於年輕的研究者，我的建議僅僅是，認真地生活，觀察周圍的人事，由日常生活中磨礪洞察力，理解力。

對於周圍的年輕學人，我並不苛求，只希望他們能做合格的學術，當然合什麼「格」，要看他們的標準；我建議他們「取法乎上」——何者為「上」，也仍然取決於他們自己的眼界。

南都：您的明清之際研究中，士與他的時代之間的緊張也是觸及的問題之一，就您的經歷而言，您覺得學者如何面對與自身時代的緊張？

趙園：明清之際的士大夫面對與自身時代的緊張，因應之道是因人而異、因時而有不同的，並沒有一致的對策。儘管當時有苛論，甚至責人以死，但也仍然有空間，有可供選擇的餘地。有人作激烈的抵抗，也有人潔身自好；有的先抵抗，後退守，守住自己認為的那條底線。黃宗羲、王夫之都是由抗清前線退下來專心著述的。如果沒有他們的著述，也就不會有我的「研究」。更有一些有經世之志的儒家之徒，即使朝代更換，也仍然以生民為念。我不想在這諸多選擇中區分高下，卻要說我欣賞那種無論在何種境遇中都不失「民胞物與」的情懷、致力於培植生機的真正儒家之徒的品格。他們在與自己時代的緊張關係中創造了與世界交流的獨特方式，創造了有價值的生活、個人生存的深度，而不是總在抱怨生不如死。我樂於感受他們的文字所傳

遞的溫度，那種對於人間世的溫暖感情。要知道那時的輿論鼓勵的是極端、甚至表演性，而我欣賞的更是以處常的態度處變，或者說處變而不失常度。

南都：關於老年問題，特別是農村老年問題，您曾經關注農村老人自殺率居高不下，農村倫理狀況變動的現象，並在全國政協會議上提出針對農村老人老有所養的提案，您如何看待知識人現實參與的問題？

趙園：在現有的體制下，一個普通公民實施有效的干預，幾乎是不可能的，即使政協委員也一樣。但盡力做一點事，發一點聲，是必要的。尤其代那些沉默的弱者發聲。記得八九年前在廣東考察，曾有記者找我夜談，希望能繼續發聲。她的話我至今記得。

但我的原則是，將學術工作與「現實參與」區分開來。我不在學術作品中旁敲側擊，我以為那種「參與」方式勢必損害了學術，不合於學術工作者的工作倫理。我會嘗試用別的方式「參與」，比如你剛剛提到的《關於「老年」的筆記》。我發現這兩篇隨筆引起的關注，比我的提案要大。問題在那些社會現象是否真的讓你牽腸掛肚，至少，對那些「社會問題」你是不是真的在意。

南都：您在此前的一次訪談中曾提及新的學術轉向將轉向當代，可否談談從明清之際轉向當代的考慮是什麼？是什麼吸引了您作此調整？

趙園：轉向當代，指的是處理當代史的某些問題；不一定是嚴格意義上的學術寫作，但一定會繼續嚴守學術工作的倫理規範，不會圖一時的快意，意在博別人的喝彩。在我看來，這也是學術工作者應當有的操守。

我一向認為人文學者對於自己生活的時代和社會負有責任。當然盡此責任的路徑不妨有因人之異。做好自己的專業研究也是盡責。我不願將自己的選擇道德化。看到有些未必能嚴守醫德的醫生，也在馬路邊擺攤兒「學雷鋒」，就會想，他不如先將每天的應診做好。

例行問題：

南都：對您影響最大的書有哪幾本？

趙園：對我有過影響的書很多，但由一生來看——我已經度過了大半生，可以這樣說了——對我影響最大的書，仍然是《魯迅全集》。看到過「關鍵之書」的說法。魯迅的著作，正是我在關鍵時刻所讀的「關鍵之書」。

南都：您認為要做好學問最重要的是什麼？

趙園：或許是一種所謂的「意志品質」，即沉潛，堅毅，《尚書·洪範》所謂的「沉潛剛克」。不止對於學人，對於人，我也看重這樣的一種品質，氣質。

南都：目前為止，個人最滿意的著作是哪一本？

趙園：《明清之際士大夫研究》。儘管這本書由嚴格學術的尺度度量，毛病很多，甚至有「硬傷」。

南都：您的工作習慣是怎麼樣的？

趙園：在這方面我沒有怪癖。我的主要工作時間在白天，不像有些同行那樣習慣于熬夜。上午寫作，下午讀書、做筆記，為寫作準備材料。我的工作方式的特別之處，或許在大量做筆記。最終成果往往不是一氣呵成，而是零碎片段的筆記拼貼而成的。此外，我往往要對文稿反覆修改，用的是減法，即刪節。

南都：除了做學問外，還有些什麼樣的愛好？

趙園：曾經興趣廣泛，喜歡看電影，偶而看美展，迷戀民族音樂。保留至今的愛好，或許就是看電影了——當然有我的選擇標準。看故事，看人物，也看表演。有時看的更是表演，對出色的表演很享受。老人漸就枯槁，刪繁就簡，減少一些興趣是正常現象。

原載 2013 年 12 月 19 日《南方都市報》

當代名家叢書·趙園選集　A0502008

世事蒼茫

作　　者	趙園	
責任編輯	蔡雅如	
發 行 人	陳滿銘	
總 經 理	梁錦興	
總 編 輯	陳滿銘	
副總編輯	張晏瑞	
編 輯 所	萬卷樓圖書股份有限公司	
排　　版	林曉敏	
印　　刷	百通科技股份有限公司	
封面設計	菩薩蠻數位文化有限公司	

出　　版　昌明文化有限公司
桃園市龜山區中原街 32 號
電話　(02)23216565
發　　行　萬卷樓圖書股份有限公司
臺北市羅斯福路二段 41 號 6 樓之 3
電話　(02)23216565
傳真　(02)23218698
電郵　SERVICE@WANJUAN.COM.TW
大陸經銷
廈門外圖臺灣書店有限公司
　　電郵　JKB188@188.COM

ISBN 978-986-496-037-8
2017 年 7 月初版
定價：新臺幣 380 元

如何購買本書：
1. 劃撥購書，請透過以下郵政劃撥帳號：
　　帳號：15624015
　　戶名：萬卷樓圖書股份有限公司
2. 轉帳購書，請透過以下帳戶
　　合作金庫銀行　古亭分行
　　戶名：萬卷樓圖書股份有限公司
　　帳號：0877717092596
3. 網路購書，請透過萬卷樓網站
　　網址　WWW.WANJUAN.COM.TW
大量購書，請直接聯繫我們，將有專人為您
服務。客服：(02)23216565 分機 10

如有缺頁、破損或裝訂錯誤，請寄回更換
版權所有·翻印必究
Copyright©2016 by WanJuanLou Books CO., Ltd.
All Right Reserved　　　　**Printed in Taiwan**

國家圖書館出版品預行編目資料

世事蒼茫 / 趙園著. -- 初版. -- 桃園市：昌
明文化出版；臺北市：萬卷樓發行, 2017.07
　　面；　　公分. -- (當代名家叢書. 趙園選集；
A0502008)
ISBN 978-986-496-037-8(平裝)
855　　　　　　　　　　　　106011521